读点经典
中外科幻名家
经典丛书

中国科幻名家精品集

中篇小说卷

郑 军 主编

哈尔滨出版社
HARBIN PUBLISHING HOUSE

图书在版编目（CIP）数据

中国科幻名家精品集．中篇小说卷 / 郑军主编．—
哈尔滨：哈尔滨出版社，2018.4
（读点经典：中外科幻名家经典丛书）
ISBN 978-7-5484-3869-4

Ⅰ．①中… Ⅱ．①郑… Ⅲ．①科学幻想小说 - 小说集
- 中国 - 当代 Ⅳ．① I247

中国版本图书馆 CIP 数据核字（2018）第 018430 号

书　　名：中国科幻名家精品集．中篇小说卷

作　　者：郑　军　主编
责任编辑：赵　晶　韩金华
责任审校：李　战
封面设计：贝哈鼠

出版发行：哈尔滨出版社（Harbin Publishing House）
社　　址：哈尔滨市松北区世坤路 738 号 9 号楼　　邮编：150028
经　　销：全国新华书店
印　　刷：湖北卓冠印务有限公司
网　　址：www.hrbcbs.com　　www.mifengniao.com
E - mail：hrbcbs@yeah.net
编辑版权热线：（0451）87900271　87900272
销售热线：（0451）87900202　87900203
邮购热线：4006900345　（0451）87900256

开　　本：880mm×1230mm　1/32　印张：8.25　　字数：170 千字
版　　次：2018 年 4 月第 1 版
印　　次：2018 年 4 月第 1 次印刷
书　　号：ISBN 978-7-5484-3869-4
定　　价：21.80 元

凡购本社图书发现印装错误，请与本社印制部联系调换。
服务热线：（0451）87900278

科幻是创新的源泉

1818 年，玛丽·雪莱写了一部《弗兰肯斯坦》的书，科幻文学诞生了。

1828 年，儒勒·凡尔纳横空出世，连续出版了 20 多部探险科幻长篇，引领了全球阅读科幻的热潮。

和很多科幻迷一样，我也是从凡尔纳开始科幻之旅的——在小学的时候，我从父亲箱子底下翻出的一本繁体字的书，那是凡尔纳的《地心游记》。从那一刻起，我的人生与科幻接轨了。

事实上，凡尔纳的科幻作品还没有摆脱欧洲探险小说这样的"旧襁褓"，但透过"襁褓"，我们能清晰地感受到科幻这个小生命正在律动，正在展示着强大的生命力。

凡尔纳笔下的人物个性鲜明，十分单纯，像一个个色彩鲜明的符号，以至于梵蒂冈教皇称他的小说"如水晶般纯洁"。在凡尔纳的科幻小说中，人类在文学中的主角地位首次让位于"大机器"，比如《海底两万里》中的鹦鹉螺号潜艇，《机器岛》

里的机器岛，《从地球到月球》里的登月巨炮。

凡尔纳被誉为科幻之父，他的小说有着明显的技术内核，在科学技术方面的描写十分严谨，想象也比较贴近现实。他的小说展现了科学的美感，也能让读者对科学产生浓厚的兴趣。

其实，在我真正创作科幻小说时，得益最大的并不是以前读过的科幻文学，而是科普类作品，以及后来我在大学里学习到的知识。

提起凡尔纳，就不得不提及另外一名科幻大师——乔治·威尔斯。

如果说凡尔纳的科幻是科学幻想，那威尔斯的科幻就是"异想天开"了。所以，凡尔纳小说里的"鹦鹉螺号潜艇""机器岛""电视机""电报"在后来都实现了，而威尔斯小说里的"时间机器""隐身人"在今天还是幻想。

一个科幻作家的地位并不取决于作品里有多少想法被实现，事实上，威尔斯对科幻的作用丝毫不逊于凡尔纳。

在威尔斯之前，科幻文学无法独立存在，只能依附于别的文学类型——《弗兰肯斯坦》可以归类为恐怖小说；凡尔纳的很多小说可以归类为冒险小说。但威尔斯的科幻小说不从属于任何别的文学类型，它就是以科幻的面目出现的。说到《时间机器》，说到《世界大战》，说到《隐身人》，谁会将它们当成别的文学类型，而不认为它们是科幻呢？

威尔斯的科幻小说，是最早最纯粹的科幻。因此，也有学者将《时间机器》发表的时间1895年确定为科幻诞生的日子。

威尔斯以自己的出众的创作才华，开创了一个又一个科幻新题材：利用机器进行时间旅行、用化学物质隐身、使用原子武器进行灾难性战争……威尔斯开创的科幻题材数量之多，范围之广，后世无出其右。

科幻作品，是一种能够激发读者想象力的文学题材。

爱因斯坦曾说："想象力比知识更重要，因为知识是有限的，而想象力概括着世界的一切，推动着进步，并且是知识进化的源泉。"

大量科学发展事实证明，科幻是创新的源泉之一，科幻能够激发发明创造。潜水艇的发明者之一西蒙·莱克、无线电发明者之一马可尼等科学家，后来都承认自己受到过凡尔纳作品的启发。美国和欧洲的科技强盛，也与科幻小说的贡献密不可分——许多科学家在儿时迷恋科幻小说，并因此在成年后从事科技事业。

科幻，能引爆人的想象力；经典的科幻作品，能让人的想象力超越时代。

举个例子，同样是一个宇宙背景的科幻作品，普通的作品可能是这样的：

警务飞船紧咬着走私飞船，掠过了一个又一个星球。每经过一个星球时，走私飞船船长都仔细观察星球的地貌，他急切地想找到一个地形合适的星球降落，同追击者决战……

这种作品给读者的印象是，宇宙比警匪片中的小镇子大不了多少，太空中的星球也就像小镇路边的一家商店似的。在这样的描写中，作者对宇宙的宏大是麻木不仁的。对于这些寓言式的小说来说，宇宙只是一个发展情节的工具。

但科幻的主要魅力不在于此，真正经典的作品往往是能引发人思考的。比如同样是宇宙题材，经典的作品会是这样的：

一艘巨大的宇宙飞船，在漆黑寂静的太空中飞向一个遥远的目标，它要用两千年时间加速，保持巡航速度三千年，再用两千年减速。飞船上一代又一代的人出生又死去，地球已经成了上古时代虚无缥缈的梦幻，飞船上考古学家们从飞船沧海桑田的历史遗迹中已找不到可以证实它存在的证据；那遥远的目的地也成了一个流传了几千年的神话。一代又一代，人们搞不清自己从哪里来；一代又一代，人们不知道自己会到哪里去。大部分人认为，飞船就是一个过去和将来都永远存在的永恒世界，只有不多的智者坚信目的地的存在，日日夜夜地遥望着飞船前方那无限深远的宇宙深渊……

这是多部西方科幻小说的主题。在这样的描写中你感受到了什么？是宇宙的深远广袤，还是人生的短暂？也许，你因此以上帝的视角，从宇宙的角度远远地俯瞰整个人类历史。你感慨地发现，我们的文明只是宇宙时空大漠中的一粒微小的沙子。

多读科幻，更要多读经典的科幻作品。

刘慈欣

目 录

等云来

夏笳

一

倩倩一个人坐在操场边上等着老师来。

大黑狗在她脚边懒懒地摇晃着尾巴。

天真蓝，蓝得掺不进一点别的颜色，只有最远处山头上飘着一小朵白亮亮的云，像只迷路的羊羔。倩倩最喜欢看云。云上像有另外一个世界，大地上有的，没有的，都能在那个世界里找到。

山里的云最多变。安静的时候像一群仙女，旁若无人地舞动纱裙，舞着舞着，便一步一步地沿着山坳走下来了。云来时，远远近近灰蒙蒙一片，看不见对面的山头。细小的水点子直往人衣服里钻，不一会儿又凝成雨珠噼里啪啦地掉下来。黑压压的云像狂暴的兽群在天上厮杀，云里裹着电闪雷鸣。爷爷说，那是雷神在拍打自己的肚皮呢。

爷爷一大早就下山接老师去了，留下倩倩一个人在操场边上等。她等了又等，天上的云变了又变，还是不见老师来。大黑狗醒了，抬起头呜呜地哼了一阵，又把肚皮翻向另一边继续睡。云渐渐在天边聚拢了，变成橘红色、深红色、紫红色。四下里越来越暗，操场边上的一盏昏黄的电灯亮起来，引来蚊虫嗡嗡乱飞。

等了许久，老师怎么还不来？倩倩着急起来。周围已经黑透了，只有满天星星热热闹闹地交头接耳。又不知等了多久，终于看见山路尽头有一星似有似无的灯光。她跳起来大喊："爷爷——爷爷——"大黑狗也跟着汪汪汪地叫起来。

爷爷总算把老师接回来了。借着昏黄的灯光，倩倩看清了老师的模样。老师很年轻，个子高高的，裤腿一直卷到膝盖，腿脚上满是泥水。脸是白白的，扎一个黑漆漆的马尾，笑起来牙也是白白的。老师真好看呀，倩倩左看右看也看不够。

爷爷说："倩倩，这是王老师。"

倩倩却突然害羞起来，躲到爷爷背后不说话。

二

倩倩在白竹村小学上二年级，她的爷爷是小学校长。学校很小，建在山间一块巴掌大的平地上，四排二层楼高的校舍组成个回字形，中间是个水泥地的操场，操场北边有根旗杆，两旁种了几棵松柏树，南边就是校门。门外还有个略大一些的操场，两边竖着篮球架。操场下面就是连绵起伏的梯田和山地。

校门右边的黑板上写着几个大大的粉笔字：热烈欢迎王老师莅临白竹村小学开展支教活动，旁边还画着五颜六色的花。爷爷说："这都是学生娃们画的。"王老师站住看了一阵，说："画得真好。"她还掏出手机拍了几张照片。

晚上爷爷招待王老师在学校食堂吃饭。食堂只有一间屋，里面摆了几条长板凳，一张方桌。平常路远的学生中午不回家，就在这里吃饭，饭菜都是倩倩妈一个人做。为了招待老师，倩倩妈专门从家里担了两大筐菜肉，走了6里山路来到学校，忙活一晚上，端出一桌子菜：一盆野山笋炒腊肉，一盆加了蘑菇粉条土豆白菜的炖鸡汤，一盆米饭，一盆煮玉米，还有一瓶自家酿的白酒。

王老师看着盛得冒尖的饭菜很吃惊，连声说："校长，菜太多了，这怎么吃得完？"

爷爷把酒杯端起来说："王老师，你是贵客。我们这里条件差，你大老远的是来吃苦的，我们总得让你吃好。"

王老师说："校长您千万别客气，我也是来跟你们学习的。"

两人干了杯，坐下来吃菜。几杯酒下肚，爷爷黑黝黝的脸庞泛起了红光。

他说："王老师，听说你要来，学生娃们可是高兴坏了。上一次有老师来还是3年前，是几个大学生放暑假来支教。他们回去以后，学生娃们一直念叨，想得不行啊。"

王老师问："他们后来没再来吗？"

爷爷说："我们这地方交通不方便，来一趟不容易。倒是听说还有给学生娃们写信的，一封信在路上也得走个把月。"

倩倩在一旁忍不住问："老师，你从哪儿来？"

王老师说："我从北京来。"

倩倩知道北京，是个大城市，听说有好多高楼、好多小汽车。倩倩的爸爸就在北京给人修汽车。

倩倩又问："北京远吗？"

"远！要先坐 3 个小时飞机到昆明，再从昆明坐 4 个多小时汽车到大理，再从大理换车，坐 3 个小时到南涧县城，从县城坐 1 个小时到宝华镇，到了宝华镇，还得再找个车，开到公路旁边下车，换双拖鞋，爬两个小时山路上山，就到啦。"

倩倩听老师说这一长串下来，像唱歌一样怪有趣的。她忍不住咯咯地笑起来。

爷爷又把酒杯斟满笑道："都说现在科技发达了，可车轱辘到不了的地方，还得靠人腿不是？你们城里人坐小汽车坐惯了，难得有这机会，就当是锻炼锻炼腿脚吧。"

王老师也跟着笑了。

三

白竹村小学没有自来水，平时吃的用的是蓄水池蓄的雨水，要用热水得靠厨房炉子烧。晚上倩倩去给老师送热水，老师住在二楼一间小会议室里，仅有的几张皮沙发拼成一张床，上面铺着倩倩妈从家里背来的干净被褥，还挂了一顶新蚊帐——山里蚊虫多，上一回来的几个学生没有蚊帐，被咬得浑身上下都是红包。

倩倩进屋的时候，看见王老师正坐在床边上，对着手中的手机说话。手机里发出一道白光，照在泥灰斑驳的墙壁上，映出一排一排的字儿。王老师说一句话，墙上的字儿也就多出一句来，好像有一只看不见的手在听写似的。

王老师看见倩倩，笑眯眯地招手让她过来，说："我在记录晚上跟你爷爷说的话呢，回去要整理成文章给大家看，让更多人了解你们学校的情况。"

倩倩似懂非懂，羞涩地点了点头。

王老师问："倩倩，你要不要说两句试试？对着这里说就行。"

倩倩闭紧了嘴巴使劲摇头。她连手机都很少有机会见到，更不要说这么新奇的玩法。

王老师又问："那我给你拍张照片好不好？拍得漂漂亮亮的，给你爷爷看看。"

倩倩憋红了脸，终于开口问道："老师，你的手机能打电话吗？"

"你想打给谁呀？"

"打给爸爸。"

"你爸爸在哪里？"

"在北京。"

王老师摇了摇头，说："这里没有信号，手机打不通。"

倩倩失望地把头低下去。王老师忙安慰她说："不然我多给你拍些照片，等回北京以后寄给你爸爸看，好不好？"

"真的？"

"这还有假？"

倩倩又乐起来，她摆好姿势，让王老师咔咔咔拍了十来张。拍出来的照片也可以投影到墙上看。倩倩看着墙上的自己，跟真人差不多大，就像照镜子一样怪好玩的。她忍不住咯咯直笑。

王老师也笑了。她不禁感慨道："你们这地方，跟城里一比简直是两个世界啊。"

两个世界？倩倩听不懂。

"现如今城里人离了手机简直没办法过日子，连吃个饭都要拍张照片发到网上，一眨眼的工夫就能被全世界人看见。说句实话，我跑到这儿来没了网络，跟谁都联系不上，还真是挺不习惯的。"

倩倩还是半懂不懂。她想让王老师高兴，就从口袋里掏出几个白生生的花苞塞到老师手里。花苞细细长长，用红绳穿成一串，一股甜幽幽的香气。这都是她来学校时在路边树上掐的，倩倩妈给她穿起来，让她戴在身上，说是戴了不生病。

"真香！倩倩，这是什么花？"

倩倩摇摇头。她不知道这花的名字，也没人教过她。

"送给我的？"

倩倩点点头。

"谢谢倩倩，老师最喜欢花了。"

王老师把花苞串挂在脖子上，说："来，倩倩，跟老师一起拍张照。"

她们又一起拍了几张。倩倩开始喜欢上拍照了，拍照真好玩。

拍完后王老师说："倩倩，明天我会给你们一个惊喜，比拍照片更大的惊喜。"

因为这句话，倩倩兴奋得一晚上都睡不踏实。窗外夜风一阵一阵吹过山林，松涛起伏澎湃，满天星星都好像在叽叽喳喳地说话。

明天，明天快点来吧！

四

第二天清晨下着小雨，倩倩伞也不打，背上书包就往学校跑。山路两边的花儿草儿都在蒙蒙雨丝中点着头。她抬头往天上看，天上的云层层叠叠，在晨光里一点一点变亮，像一幅画卷等待人去涂抹。她禁不住又加快了脚步。

白竹村说大不大说小不小，山前山后加起来有800多户人家，3000多口人，主要以白、彝两族为主。全村念小学的孩子有200多人，6个年级6个班，每班三四十人不等。教书的老师除了倩倩爷爷之外，还有两个二十岁出头的民办教师。眼下正放暑假，学校原本不开课的，但听说有老师从北京来，家住得近的学生都跑来了，连几个小学毕了业在县城念中学的学生也来了，加起来有七八十人。这么多学生，校长怕王老师一个人教不过来，想找另外两个年轻老师来帮忙，王老师却说她一个人能行。

早上先是升旗仪式。七点半，雨恰好停了，孩子们在操场上排好队。校长扛来一台不知有多少年头儿的老录音机放国歌。刺刺啦啦的乐声中，两个孩子拽动绳子，把鲜艳的五星红旗拉到高空中。国旗在湿漉漉的旗杆上缠绕了一阵，终于迎风招展。

升完国旗，校长请王老师上台讲话。王老师穿一件白衬衣，像云一样轻飘飘地走上来。孩子们安静极了，一个个瞪大了眼睛，巴不得连呼吸也一起屏住。

王老师说："同学们，早上好，很高兴见到你们。在接下来的两个星期里，我将会是你们的老师。"

"同学们，昨天你们校长告诉我，3年前，有一支来自北京的支教队伍来这里给大家上过课。我听说他们从南涧县教育局借了投影仪、屏幕和其他教学设备，一步一步扛上山来，给大家放图片、放电影。他们还给大家拍了很多照片，回去以后洗印出来，寄给大家看。这些大家还记得吗？"

沉默片刻，年纪大的学生三三两两地拖长声音回答："记得——"

王老师又说："同学们，过去我们上课，是在教室里，一个老师对着三四十个学生，老师在讲台上讲，学生在下面听，老师在黑板上写，学生在本子上抄。后来，有了多媒体，学生们不仅能听老师讲课，还能看图片，看电影，在电脑上做作业题，甚至有些学生坐在家里，就能听到十万八千里之外另一间教室里老师讲的课。将来呢，将来的课堂会变成什么样？没有人知道，但这是一个很有意思的问题。接下来，我想介绍另一位特别的老师给大家，让她带你们感受一下未来的课堂。"

孩子们听到这话，一个个伸长了脖子。天上的云恰在此时裂开一道缝，把一缕阳光洒落到小小的操场中央，四下里安静极了。

只见王老师伸出左手，卷起衬衣袖子，露出手腕上一个白亮亮的镯子。她把手腕轻轻摇晃了3下，镯子中间突然亮起一点蓝幽幽的光，像一盏小灯，又像一颗蓝宝石。伴随着嘤嘤的声响，一缕洁白的水雾从蓝光中央袅袅升起，凝成一团云的模样，慢慢向着空中膨胀开来。

孩子们呼啦啦地踮起脚来，趴在前排同学的肩膀上拼命往前挤。

云团越来越大，转眼间便把王老师的身影裹在里面。那云团的轮廓很清晰，好像一颗雨后钻出地表的白蘑菇，又像蓬松的棉花，每一缕发亮的云絮都在阳光下看得清清楚楚。然而当云团继续向着学生们涌来时，他们就知道这的确是云了，是像空气一样没有形状的。一些孩子伸出手，想试着抓一把云，却只感觉到细小的水珠沾在脸上、身上，凉丝丝、湿漉漉的，还有一点痒。

云团继续变大，终于把所有学生都包裹在里面了，云里雾里什么都看不清。这场面倒并不陌生，山里面雨水多，一年里总有好多日子是在云里面走。孩子们忍不住嘻嘻哈哈地笑起来，蹦着跳着，你推我一把我拍你一下，觉得很快活。

他们看不见王老师，却能听见她的声音从云中传来：

"同学们，你们知道这是什么吗？"

一个孩子高声叫道："是云！"

"对，是云。同学们，现在大家都在一朵云里了。但这朵云跟你们平常看到的不太一样。它是一朵智能云，像大家一样能说话、能思考，还有自己的名字。"

紧接着，孩子们听见了另一个声音，一个跟他们差不多年纪的小女孩的声音，脆生生的，像熟透的梨子。

"大家好，我是小云。"

孩子们兴奋地四处张望，却什么都瞅不见。紧接着他们又听见了王老师的声音，像那小女孩的声音一样，清清楚楚地响在每个孩子耳朵里。

"同学们，刚才就是小云在跟大家打招呼。你们看不见她，但她其实就在你们身边。她可以同时跟你们每一个人说话，回答你们的各种问题。就在刚才，小云已经认识了你们每一个人，你们的脸上、手上、眼睛和耳朵里，都有了薄薄的一层云。这云是由很特殊的材料做成的，既能像水汽一样随意流淌，又能传递各种各样的信息，甚至还能变化出不同的形状和颜色。现在，你们走到学校里的任何一个角落，都能随时跟小云说话，就像打电话一样方便。"

伴随着王老师的话音，周围的云雾渐渐变淡了，孩子们又能看清楚彼此了。他们看见王老师站在那儿，一团云飘浮在她的双手之间，又白又亮，像一个大大的雪球。那真的是云啊，跟他们每天在山间看到的云一模一样。可他们谁也没有像这样把云捧在手里过，也许只有在梦里才有吧。

王老师说："同学们，你们谁来问小云一个问题？"

孩子们都不说话，只有倩倩怯生生地举起手。王老师冲她点点头，倩倩小声问："小云，你从哪儿来？"

她立即听到了小云的回答，其他孩子也同时听到了。

"我从北京跟着王老师一起来的。"

倩倩又问："你多大了？"

孩子们都哄笑起来。小云回答："我从出生到现在有一年零三个月啦。"

另一个孩子问："你有爸爸妈妈吗？"

"我有很多很多爸爸妈妈，还有很多朋友，他们都很喜欢我，我也喜欢他们。你愿意做我的朋友吗？"

不知道谁扯着嗓子高喊了一声："愿意！"大家又笑起来。

王老师说："同学们，小云虽然年纪小，但她很聪明，可以学会做各种各样的事，帮助我们实现许多梦想。过去100多年来，人们发明了电视、电脑、智能手机，科学技术在以飞快的速度改变着我们的生活，现在我们又有了小云。最近一两年，在北京、上海这样的大城市里，小云已经逐渐变成人们生活的一部分，人们依靠她通信、办公、娱乐、社交、记录生活。在这些城市里，云是连成片的，整座城市都在同一朵云里。在城市之间，还有云的通道，可以把世界各地的人们连在一起。然而在这些大城市之外，还有很多没有被云覆盖的地方，有些地方甚至连电话和电视信号都接收不到。"

她停下来环视四周，目光落在操场一角的电视天线上。因为山高，这里的电视信号很差，学校里虽然有一台电视机，可是平常很少有人看。

她继续说下去："现在，全世界有很多公司和科研团队都在努力开发智能云的应用。很多人都相信，智能云能够做到的事情其实远远超出我们的想象。就好像电脑和手机刚刚发明的时候，仅仅是用来计算数学题和打电话，但很快它们就从方方面面改变了现代人的生活。今年6月的时候，有一位中国学者在一次国际大会上发表了一个演讲，她认为，小云最大的潜能是帮助人们学习，尤其是帮助像你们这样的孩子。这个演讲的内容很快就传播到了世界各地。所以，从这个夏天开始，有很多像我一样的志愿者，带着小云，翻山越岭，走很远很远的路，到那些乡村小学校里去给孩子们上课。"

她说到这里再次停下来，注视着操场上的一张张小脸，他们脸上有那么多的疑惑、专注、天真、欣喜、好奇，还有希望。这场面突然让她有点想哭了。风吹来，吹着她的衬衫衣领上下翻飞，她手中的云团也不断地改变着形状，像一个顽皮的精灵。

她接着说道："同学们，虽然我带来的只是很小很小的一朵云，但这朵云里存储的信息，比印在你们课本里的所有内容加起来还多，也比县城图书馆里的所有书本内容加起来还多。在接下来的两个星期里，首先我要教会你们怎样通过小云来学习，然后你们要学会怎样在小云的帮助下自己组织课堂，最后是小云和你们一起学习。同学们，其实我来这里，不是给你们上课的，而是请你们给小云上课的。小云虽然很聪明，但她以前从来没有当过老师。当你们向她学习的时候，她也会同时向你们学习，去了解怎样让你们的课堂变得更有趣、更快乐、更有效率。你们每个人在这里看到听到的一切，都会被记录下来，被带回去储存在云数据库里，让全世界其他地方的云也能够共享，这样将来就会有更多的孩子能够跟着小云一起学习。同学们，你们知道吗？未来正掌握在你们手里！"

没有人说话。对这些孩子来说，"未来"是个有些遥远的词。他们在课本上读到过，国家的未来，民族的未来，世界的未来，但这些东西看不见又摸不着。尽管如此，他们还是努力想理解老师的话，想要知道那个神秘莫测的"未来"究竟长什么样子。

半晌，有个孩子举手问："王老师，我们学什么呀？"

"学什么？这个问题问得好。"王老师笑起来，"同学们，你们来学校最想学什么？"

安静片刻，后排有个孩子喊叫起来："学唱歌！"

其他孩子也七嘴八舌地叫起来：

"画画！"

"算术！"

"写作文！"

"下棋！"

王老师又笑了。她说："同学们，你们说得都很好。我想你们山里面长大的孩子，是最喜欢唱歌的。今天第一节课，就让我们一起来学唱一首歌好不好？"

孩子们一起高喊："好——"

王老师又问："小云，你想跟大家一起唱歌吗？"

小云也学孩子们拖长声音道："好——"大家又笑了。

王老师说："好的，小云，请给我一架钢琴。"

随着话音，她手中的云团开始变化了。一缕牛奶般洁白的云絮流淌下来，在半空中凝成薄薄的一片，仿佛落到了一块看不见的玻璃板上似的。

王老师招了招手说："倩倩，你过来。"

倩倩的心扑通扑通跳得很快。她来到王老师身边，看见她面前飘浮着一排黑黑白白的东西。哦，是钢琴，她认得了，她在电视上见到过的，它可以弹奏出好听的乐曲。

王老师问："倩倩，你弹过钢琴吗？"

倩倩摇摇头。

"想弹吗？"

她点点头。

"你弹一下试试看。"

倩倩不知道怎么弹。她见过的钢琴又黑又大又笨重，像一只大动物。眼前这一排琴键却轻飘飘地悬浮在半空中，那么薄，薄得近乎透明，仿佛碰一碰就会碎掉。

王老师轻声说："倩倩，像我这样，把手抬起来。"

倩倩鼓起勇气，学老师的样子抬起双手，轻轻落在黑白相间的琴键上。琴键很光滑，像夏天溪水里凉浸浸的石子儿，虽然又轻又薄，触感却很真实。

"现在，按一下发光的地方。"

右手食指下面的琴键亮起来了，像一盏小灯。倩倩按了下去。

咚。

她听见了一声轻响。那声音多好听呀，像是山间百鸟的鸣叫都融汇在一起，凝成一颗甘露。她突然间激动得想哭。

"很好，倩倩，就这样弹。"

琴键一个一个地亮起来，倩倩一个一个地按下去。

咚。

咚。

咚咚咚。

咚咚咚咚咚咚。

她弹出连贯的旋律来了。但她自己并不知道什么是旋律，只是沉浸在优美的琴声中。

王老师也把手放在键盘上，轻声说："小云，请帮我和倩倩伴奏。"

一支欢快的乐曲响起来了，像叮叮咚咚的山泉。倩倩继续弹啊弹，琴声与乐声完美地汇聚在一起，像溪流蹦蹦跳跳淌过山林。

小云用她甜甜的声音唱起来：

暖暖的春风迎面吹
桃花朵朵开
枝头鸟儿成双对
情人心花儿开

五光十色的歌词落下来，落到每个孩子的面前，像一串串雨珠从天而降。

哎哟哎哟，你比花还美妙
叫我忘不了
哎哟哎哟，秋又去春又来
记得我的爱

"大家一起唱！"

孩子们开口唱起来，起初是稀稀落落的，有些跟不上拍子。但他们都是山里长大的孩子，几乎还没学会说话就先学会唱了。很快他们就全身心地融入到歌声中去了，几十张小嘴一起开合，几十个稚嫩的童声汇聚成整齐嘹亮的歌声。

我在这儿等着你回来

等着你回来，看那桃花开

我在这儿等着你回来

等着你回来，把那花儿采

唱着唱着，他们真的闻到了桃花香。在他们脚边，在他们周围，冒出了绿油油的树苗，长成了茂密的桃林，开出了红的、粉的、白的花。风吹过，花瓣像雨点一样纷纷扬扬地落下，落在倩倩的脸上、身上，软软的，凉凉的，轻轻的，好像雪花，不一会儿的工夫就不见了。孩子们伸出手来，蹦着跳着去抓那些花瓣，但倩倩却顾不上，她只想一直这样热热闹闹地弹下去，唱下去。

五

倩倩从来没有觉得学校这样让人快活过。

每天天一亮，她就背起书包去学校，边走边摘路边刚刚盛开的野花，摘好大一把带去学校送给王老师。王老师喜欢花，学生们就摘各种野花送到她屋里。窗台上、桌子上、地上，瓶瓶罐罐里全都插满了花。眼看就要没地方摆了，只能堆在一个纸箱子里面。

操场一角的屋檐下有一个铁架子，上面挂着一个黑漆漆的铁砣子，那就是孩子们的上课铃。每天早上，王老师都会用一把小榔头轻轻敲响铁铃。"铛——铛——铛——铛——铛——"悠长的声响萦绕在校园里，孩子们就要准备上课了。

上午是基础课。王老师把孩子们按照年纪大小分成 6 个班，分别安排在 6 个教室里，每个教室里都有一团云。孩子们围坐成一个圈，听小云给他们上课：算术、几何、语文、英语、历史、地理、物理、化学、生物，有一些课他们从来没上过，可是却那么有意思。

他们可以看见各种珍禽异兽从云中跃出来，金丝猴、长颈鹿、大象、老虎、乌龟、海豚……甚至可以亲手摸一摸，却不用担心它们会伤人。他们可以进入到一片叶子的表面，去看一看叶绿素的模样，看一看细胞分裂的过程，可以追着一个水分子周游一棵大树的根茎枝叶，再从叶片的气孔中蒸腾出去，飞到高空中凝成云雾和雨雪。他们可以看到最抽象的公式从最直观的运动过程中推导出来，可以在无限光滑的雪白平面上推动一块砖，可以亲手掂一掂一只铁球、一片羽毛的重量，然后惊奇地看到它们在真空状态下竟然同时落地。

他们可以进入每一个历史时代，跟古今中外的名人交谈，可以问他们各种稀奇古怪的问题，把那些白胡子的大人物为难得张口结舌。他们听李白和杜甫吟诵唐诗，字词腔调都和现代人说话很不一样，可是却那么好听。他们还去了几百年前的伦敦，坐在莎士比亚的剧团里，和一群衣衫褴褛的老百姓一起看了一场怪热闹的戏。他们去北极看极光，去撒哈拉沙漠骑骆驼，去亚马孙雨林抓蝴蝶，去马里亚纳海沟潜水，甚至可以钻进一座喷发的火山里去看一看。

他们来到恐龙生活的时代，看到一颗火红的流星坠落下来，吓得孩子们纷纷捂住了眼睛。然而尘埃落定之后，一切重新开始。他们看到哺乳动物的繁荣昌盛，看到猛犸象和剑齿虎，看到人类文明的黎明。他们看到一只生活在非洲大草原上的名叫"露西"的猿猴，一些科学家认为，她是全人类最早的母亲。他们也看到一个叫"女娲"的女人，她生活在神话世界里，披着又长又黑的头发，用河边的黄泥捏出了许多小人儿。她轻轻吹一口气，小人儿们就活蹦乱跳地跳下地来，像许多黄色的雨点。

"王老师，她真像你呀！"一个孩子禁不住叫道。大家哄堂大笑，笑得王老师脸都红了。

下午是各种各样的兴趣小组：跳舞、书法、绘画、折纸、雕刻、软陶、组装模型、钢琴、二胡、小提琴、黑管、葫芦丝、围棋、象棋、军棋、五子棋，还有各种体育运动……情情把每种感兴趣的都试了试，但她最喜欢的还是弹钢琴，一弹两三个小时都停不下来。她已经学会了认五线谱，弹起曲子也越来越像那么回事了。

晚上吃过饭，一些学生还舍不得走，老师就在操场中央放电影给大家看。黑漆漆的夜色里，立起一道薄薄的巨大云幕，足有两层楼那么高。孩子们搬出食堂的长条凳一排排坐好，安静地张大眼睛，看着云幕上闪烁的光影。黑白片、彩色片，默片、有声片，中国片、外国片，歌舞片、科幻、功夫片……那些影像是不会从幕后跑出来的，却仿佛有一股奇怪的吸力，要把人牢牢地吸进去。村里一些大人也跑来了。男人们坐在最后一排，一边看一边抽烟，红红的烟头在夜色里明灭。女人们忙完了家里的活，背着娃娃，轻手轻脚地溜进校门，远远地站在角落里。王老师请她们搬凳子坐，她们却只是羞涩地笑着连连摆手。直看到很晚了，才如梦初醒，拉着自家孩子赶回家去。

他们还看到了那位中国学者在国际大会上的演讲。她有些上年纪了，一头银发梳得整整齐齐，聚光灯照上去直发亮，穿一条暗绿色旗袍，腰背像剑一样笔直。她讲的是英语，虽然有字幕翻译，但孩子们还是看得似懂非懂。尽管如此，倩倩还是觉得她神气极了。她想，要是有一天我也能站到那么漂亮的舞台上就好啦，有那么多五颜六色的灯光照着，还有那么多人给我鼓掌。

这是一个梦，可是看起来却那么像真的。

六

两个星期很快就过去了。

农历六月二十四日是西南少数民族的火把节，也是王老师在这里的最后一天。火把节，古时候又叫"星回节"。《路南州志》记载："六月二十四日夜，束薪为燎，以腥肉为牲，互相馈赠，谓之星回节，俗称火把节。"元代李京也在《云南志略》中写道："六月二十四日通夕以高竿缚火炬照天。"

火把节，顾名思义是要烧火的。过节之前，家家户户都要准备柴草、竹片和松脂，扎成火把。晚上太阳落山，人们吃过晚饭，聚集到村中空地，架起一堆篝火，点燃大大小小的火把，围着火堆载歌载舞。女人和小孩还会把手腕上戴了一年的五色彩绳割断，扔进火堆里烧掉，寓意祛病辟邪，祈求安康，第二天再换上一条新的。

这是一个响晴的天。倩倩早早到了学校。今天学校不上课，上午全体师生一起上山采蘑菇；下午回学校开游园会，有各种体育和文艺比赛，还要发奖品；晚上在学校门前的操场上点火把过节，欢送王老师。倩倩和同学们约好，要换上最漂亮的裙子，一起跳孔雀舞给王老师看。

还不到 8 点钟，大家就在操场上集合好了。王老师带着小云来到大家中间，她今天穿着一件大红短袖衫，映衬着一张晒得发黑的脸，显得更加精神了。

王老师说："同学们，我们今天上山，除了去玩之外，还有一项重要的任务，那就是绘制一幅学校附近的全景地图。"

孩子们都安静下来，听着。

"这项任务很简单。一会儿我们所走的每一条路，路边的每一处地标，每一户人家，每一棵树，每一朵花，小云都会记下来。你们要做的，就是把你们知道的都告诉小云。这是什么树，什么时候开花结果，果子能不能吃；那是什么鸟，几月筑巢，几月孵蛋。这是谁家的井，那是谁家的柴，谁家的田里种了什么作物，是玉米还是烤烟，是滴灌、喷灌还是沟灌。谁家有几口人，几间房，养了多少牲畜，通没通自来水，有没有装电话。还有我们路上采的蘑菇，叫什么名字，是什么颜色，有什么特征，有没有毒，这些你们通通可以告诉小云。有了这些信息，小云就能画出一幅非常精确的地图。这不仅可以帮助大家留心观察你们生活的环境，而且对村子今后的经济发展也能发挥巨大作用。"

孩子们听到是这样的任务，不禁七嘴八舌地议论起来。王老师又说："同学们，小云跟大家联络的距离是有限的，所以小心不要跑得太远。等上午活动结束，大家就按照小云的指引，回到学校来集合，好不好？"

"好——"孩子们迫不及待地高喊起来。

"那我们出发！"

"噢——"

孩子们像出了圈的小羊羔，一股脑儿冲出校门，向着山间小路上奔去。倩倩也恨不得长出翅膀飞到最前面，但她还是紧紧抓住王老师的手，跟在队伍后面不紧不慢地走。大黑狗在她身旁蹿前蹿后，毛茸茸的尾巴快活地摇摆个不停。天瓦蓝瓦蓝的，金色阳光照着大地，只有大家头顶上方那小小的一朵云，在山路上投下清晰的、形状变幻不定的影子。

他们翻了一个又一个山头。对这些孩子来说，山里就是他们的家，是他们玩耍和探险的乐园。他们把自己耳熟能详的一切指给王老师和小云看：山路、田埂、溪流、泡核桃树、树下的老牛、水田里的一群鸭子……他们随手翻捡着藏匿在树下和草丛里的蘑菇：黄癞头、鸡油菌、干巴菌、见手青、牛肝菌、虎掌菌、青头菌、北风菌、南瓜菌……雨季，山里的蘑菇一茬又一茬，永远采不完似的。

他们路过一大片向日葵田，向日葵金灿灿的，一直开到天边。几个男孩子跳到地里去，连枝带叶拔了一整棵，像旗子一样扛在肩头上，兴致勃勃地跑来送给老师。老师接过花，笑得腰都直不起来了。

他们来到一座山头。山边有一株火一般的红花，下面是层层叠叠的梯田。举目四望见不到房舍，只有弯弯曲曲的小路穿过田地，通往远方苍翠的群山。山上云起云落，把斑驳的光和影一块一块地洒落在大地上，让地上的颜色变得更丰富了。

王老师说："同学们，你们看，山那边是一个很大很大的世界。我希望有一天，你们能腾云驾雾，去那个世界里看一看。"

玩了一上午，大家满载而归，把采回来的蘑菇交给倩倩妈，等着晚上炒菜吃。其实当地人吃菌没有太多花样，不过是加大蒜、青椒或者腊肉一起炒，再不然就是烧汤，怎样烧都很鲜美。但蘑菇一定要烧熟。

吃过午饭，孩子们就开始为下午的游园会做准备了。他们把手工课上做的剪纸和画的画贴在墙上，把各种彩纸折的小动物挂在窗外。他们还吹了许多五颜六色的气球，等着下午做游戏的时候用。教室角落里堆满了气球，像是随时要从窗口飘出去，但孩子们还是吹个不停。

倩倩抱着一个红红的气球，鼓起腮帮子拼命吹。气球已经比她的脸还要大了，薄薄的橡胶皮绷得近乎透明。这气球究竟可以吹多大呢？能不能把她带到天上去？在这如梦似幻的日子里，她的小脑袋里也充满了各种各样的幻想，像这些气球一样，随时随地要往外飞，飞到很远很远的地方去。

突然，一个男孩子从外面跑进来。

"倩倩，你妈妈吃蘑菇吃坏了，要送医院！"

倩倩手一抖，气球"啪"的一声爆了。她吓得回不过神来，耳朵里嗡嗡作响，脸上火辣辣地疼，呆了好一阵，终于"哇——"的一声大哭起来。

七

倩倩跟着爷爷坐车来到镇上医院。山路颠簸得厉害，她一路哭个不停，怎么哄都哄不住。

倩倩妈进了急救室，等了好久还不见出来。王老师也来了，陪着校长交钱办手续。倩倩哭累了，一个人歪在医院的长椅上睡着了。

醒来的时候，身上盖着一件外套。她抬起头，看见王老师坐在旁边，就抱着老师又哭起来，一边哭一边喊："妈妈——我要妈妈——"

过了一会儿，有个护士来叫他们。倩倩跟着王老师和爷爷进了一间屋子，一个穿白大褂的大夫坐在那儿，用一半方言掺一半普通话跟他们解释病情，还问了很多问题。听着听着，倩倩渐渐有点明白过来。

医生说，妈妈不是吃蘑菇吃坏的，是肠胃病。她的腹部有个硬块，可能是个瘤。他还问，妈妈平常是不是经常胃痛，痛了多久，痛起来都吃什么药，有没有去医院检查过。他又说，到底是什么病，是好是坏，能不能治，镇上医院查不出来，只能等明天往县城医院送，最好多准备点钱。

爷爷问，要多少钱。

大夫说，检查费、住院费加在一起，总得先备下两三万吧。如果查出来是瘤要做手术，少说又是五六万。如果是良性早期还好，如果是恶性晚期，那就不好说了。

爷爷像被雷劈过的老树，花白的脑袋沉沉地垂下去，站在那里许久，一句话也说不出。倩倩用力拉住爷爷的手，那手像块磨刀石一样又冷又硬，没有一点热气，她心里慌起来了。她不知道瘤是什么，只记得以前学校里有个高年级学生，学习很好，突然有一天就不见来学校了。后来听说是家里有人长了瘤，为了治病砸锅卖铁，最后人没留住，也再没见那学生来上过学。

过一会儿护士又进来了，让爷爷进去看看倩倩妈。爷爷出来以后，跟王老师说了好一阵子话。王老师说，她一会儿先去银行取些钱给爷爷应急，回北京以后再想办法上网搞一次募捐，筹钱帮倩倩妈看病。只要有钱，就能送倩倩妈去昆明甚至北京的大医院，那里医疗条件好，什么样的病都能治好的。倩倩在一旁听了这些话，渐渐地不哭了。

王老师跟倩倩说："倩倩，老师得赶回学校了，同学们都在学校里等我。今晚你就跟爷爷在医院陪妈妈，好不好？"

倩倩眼泪汪汪地点了点头。

王老师又说："倩倩乖，不要再哭了，要勇敢。只要倩倩勇敢了，妈妈就一定会好起来的。"

倩倩又点头。妈妈病了，从这一刻开始，她不再是小孩子了。

八

王老师走了以后，倩倩和爷爷上街随便吃了点东西。爷爷让倩倩在医院护士的值班室里待着，自己去镇上买些住院需要的日用品。这医院很小，晚上大夫都回去了，只有一个中年护士值班。

倩倩在铺着白被单的床上昏昏沉沉地睡了一会儿，醒来时周围一个人都没有。她摸下床，探头望向门外。走廊上空荡荡的，只有两只昏暗的灯泡一闪一闪的。

她害怕起来，想到妈妈还在病床上躺着，就轻手轻脚地摸到病房里去。里面只有两张床，一张空着，另一张床上躺着倩倩妈，她的脸歪向一边睡着。倩倩更加害怕了，一步步蹭到床边，伸手去摸妈妈的脸。妈妈没有醒，但她的脸是热的，还有湿润的气息呼到倩倩手上。她心里一块石头落了地。

妈妈的脸看上去很陌生，脸色灰黑，一道道皱纹紧蹙在一起，像晒干的泡核桃皮。倩倩不知道妈妈什么时候变成了这副模样，在她印象中，妈妈总是很精神的，仿佛不知道什么是疲惫。她又把手伸进被子里去摸妈妈的手，摸到的全是松松垮垮的皮肤和皮肤下面的青筋。她又继续摸，摸到手背上的纱布和纱布下面的针头，摸到冰凉的输液管，紧接着又摸到一根滑腻腻的东西，像老鼠尾巴。她浑身汗毛直竖，战战栗栗地掀开被子，看见妈妈手腕上那条黑油油的绳子。

她想起去年这时候，妈妈亲手编了两根彩绳，一根给倩倩戴，一根自己戴。那绳子编得多漂亮啊，同学们见了都啧啧称羡。现在自己的彩绳还是那么鲜亮，妈妈的却黑成这副模样。她想起妈妈每天在厨房里烟熏火燎的操劳模样，想起她一边紧皱眉头，一边卷起袖子擦着脸上的汗。她心头突然一闪，仿佛看见了明亮的火光。啊，妈妈的病根就在这里，只要今晚把绳子烧掉，妈妈就会好起来了！

她陡然间感觉到自己肩头的责任。为了妈妈的病能好，她必须得赶紧做点什么。她伸手去解绳子上的结。结系得很紧，又浸透了油灰。倩倩扯了很久，终于把绳子解开了。倩倩，你要勇敢。她在心里对自己说，只要勇敢，妈妈就一定会好起来的。她把绳子卷成一团紧紧握在掌心里，仿佛握住的是妈妈肚子里那个瘤。医院里静悄悄的，一个人都没有。倩倩一口气冲到外面，朝上山的方向跑去。

九

天空中只有一弯苍白的月亮，在云里时隐时现。月光明澈的时候，能隐约看见山路上发亮的水坑和石块，没有月亮的时候，只剩下黑漆漆的一片，伸手不见五指。

山风吹来，掀动连绵起伏的松涛。各种虫儿在草丛里高声唱着。

为了给自己壮胆，倩倩大声唱起歌来："暖暖的春风迎面吹，桃花朵朵开。枝头鸟儿成双对，情人心花儿开。哎哟哎哟，你比花还美妙，叫我忘不了……"

唱着唱着，她却哭起来，心里面有说不出的难过。妈妈生病住院了，爷爷和爸爸都不在，王老师也要走了，好像所有的伤心事都一起来到眼前。她越想越难过，干脆坐在路边放声大哭了一阵，哭完想要起身继续走，摸到口袋里那团油腻腻的绳子，又忍不住一阵大哭。

就这样哭一阵走一阵，胸口抽得喘不上气，两条腿也像面条一样软绵绵的。

山路盘旋曲折，似乎越走越长。

她有点辨不清方向了，熟悉的山路变得陌生，像处于一座巨大的迷宫里。她又在路边坐下，不想再走了。夜风像山间的溪水一样凉，她觉得很困，就靠在一棵树上，慢慢地把眼睛闭起来。

周围越来越黑，越来越安静。虫鸣声渐渐地听不到了。

此时却依稀听见妈妈在叫她。

"倩倩——倩倩——"

她想回答，却张不开嘴。

不知道哪里传来一阵狗吠。

"倩倩！"

一双温暖的手臂一下子把她抱住了。

她觉得很安心，就昏昏沉沉地睡了过去。

醒来时，发现自己裹在厚厚的外套里，有个人背着她在山路上走。

看不到脸，只闻到头发上熟悉的香味。不是妈妈，是王老师。

脚下的路被一道白光照亮，大黑狗在光圈里一路小跑，尾巴摇来摇去。她抬起头，看见一朵小小的云在半空中，仿佛一盏明灯，在黑夜中照出一个银白的光锥。她像沐浴在一场光雨中，脸上身上都落满了光，湿湿的，凉凉的，却又感到说不出的温暖。

她又抬头向前看，看见明亮的火光刺破夜色。山路尽头，孩子们正举着火把立在操场边上，为她们照亮回去的路。

十

火是多么热啊。

倩倩站在火边，熊熊燃烧的火让她的身体渐渐暖和起来。火可以烧死害虫，祛除瘟疫，赶走黑暗，带来新的光明。火还象征着血，象征着生命、爱和勇气。

她想起从爷爷那里听来的火把节的故事。故事发生在很久很久以前，有个漂亮能干的姑娘，与一个英俊的小伙子阿龙相爱了。但附近12个部落的男子纷纷前来提亲，其中有个土官老爷凶残地威胁说，如果姑娘不肯嫁给他，就要血洗山寨。姑娘无奈之下，答应在六月二十四那天相亲。相亲的日子到来时，姑娘穿上雪白的衣服，套上黑色短裤，胸前系一块花围裙，烧起一大堆火。12个部落的头人也赶来了。姑娘回头看了阿龙最后一眼，纵身跳入火堆中。阿龙和几个小伙子想拽住她，却只扯下了她的围裙。为了纪念她，12个小伙子抬起大牛推向对方，以推倒为胜。之后大家杀牛饮酒、唱歌跳舞，烧火直至天明。从此之后，每年的六月二十四日就被定为"火把节"。

她又想起其他听来的故事，那些故事里的女主角都是那么勇敢。但她又不禁想到，与英勇地死去相比，或许默默无闻地活着，去做一些看似微不足道的事情，更需要勇气。

她拿过一个小小的由竹片扎成的火把，然后把自己手腕上的绳子割下来，和妈妈的绳子一起绑在火把上，伸进火堆里面去。绳子烧着了，像两条黑色的小蛇扭动了一阵，渐渐化为红亮的光。做完这件事，她心里舒服多了。

孩子们欢呼着，把手里的松香粉用力扔进火堆里。粉末被点燃了，腾起成千上万个金灿灿的火星，有一股辛辣的香气。

有人从家里拿来了烟花炮仗，在篝火旁点燃。耀眼的红的绿的光芒，呼啸着冲到高高的夜空中去，仿佛也要变成空中的星辰。尽管那些星辰是很遥远的——听王老师说，连跑得最快的光也要走几百几千万年，但它们毕竟穿越了那样寂寥的夜空，走了那样远的路，来到这些孩子的眼睛里，来到他们的梦里，也就似乎没有那么远了。

他们听见王老师在叫他们。

"来，同学们，都到火堆旁边来。"

孩子们聚拢过去，围着火堆，手拉手站成一个圈，王老师站在圈子里。

"今天晚上，我想给大家上最后一课。"

小云在他们头顶上方，也被火光映成了金黄色。一阵纷纷扬扬的雨雾从云团中流淌下来，像金色丝线织成的帷幕，把孩子和老师都笼罩在中间。渐渐地，他们眼中的景色变得不真实起来，像被一道水帘隔开了，又像置身于一个巨大的水晶球中，五彩光芒纵横交错，呈现出如梦似幻的影像。

他们仿佛双脚渐渐离开了地面，向着空中飞去。脚下熊熊的火堆变小了，与他们熟悉的学校一起，变成黑漆漆的群山间的一星亮光。举目四望，只有远处另一处山头后面，露出稀稀落落的灯光。

"同学们，前面亮着灯的地方就是白竹村，离咱们的小学大约 2 千米。"

他们继续向前，翻过一座又一座山头。黑暗尽头，出现了另一片灯光，隐约能看见房舍和街道，还有一丛一丛欢庆节日的火光。

"这里是宝华镇，离白竹村 7 千米。"

沿着莽莽山林间蜿蜒曲折的小路继续向前，是一片更热闹的灯光。

"这里是南涧县城，离宝华镇 20 千米。"

他们加快速度，看到越来越多的城镇与农田，看到纵横交错的公路和铁路，镶嵌在崇山峻岭与溪流湖泊之间，像大地的血脉。风声在耳边呼啸，风吹得人双眼发痛。

他们飞过了大理市，离南涧 100 千米，苍山、洱海兀自在月下沉睡。又飞过了昆明，离大理300千米，此时华灯初上，街市里人声鼎沸。紧接着他们向空中一跃，跃上云端，四下里白茫茫一片，只有雪山般层峦叠嶂的云柱上，月光在静静地流淌。

"我们上天啦！"一个孩子惊叫起来。他们谁也没有见过云上的世界。

四下里没有一点声音。苍青的天空中，星辰那样明亮，仿佛触手可及。

再次穿越云层跃下地面时，他们已来到首都北京，距离昆明2500千米。

又一个孩子叫道："天安门！"

他们真的看见了天安门，朱红的城墙，金黄的琉璃瓦，还有水晶般剔透的街灯和金水桥。宽阔的长安街上车流如织，像是由七彩光芒凝聚而成。仿佛你眨一眨眼，它们就会消失、散落，像烟花一样飞到空中去。

一个孩子不知为什么，"哇"的一声大哭起来，惹得其他孩子也跟着掉起眼泪。他们这辈子最大的梦想就是能到天安门前看一看啊。

他们看过了美轮美奂的鸟巢、水晶蛋一般的国家大剧院，还有街道上数也数不清的小汽车。他们恋恋不舍地再次起程跃上云端，来到上海，欣赏了夜色中的黄浦江和东方明珠，还有丛林般茂密的高楼。从这里，他们一步跃过广袤的太平洋，来到彼岸陌生的世界，那里有更多如梦似幻的景色等待着他们。他们看到高举火炬的自由女神，看到端坐沉思的林肯先生。他们一蹦一跳，踏遍了七大洲和四大洋。在一望无际的大海上，举目四望，没有陆地，只有一轮明月悬挂在微微拱起的地平线上方。这让孩子们想起古诗：

海上生明月，天涯共此时。

他们学过这首诗，却直到这一刻才真正理解它的意境。

"地球是圆的！"一个孩子欣喜地喊道。

另一个孩子跟着喊道："地球在转！"

是的，地球在他们脚下缓缓转动，那样巨大，那样沉重，仿佛带不动46亿年的沧桑。在云雾缭绕的蓝色大气层之外，是天鹅绒般黑漆漆的太空。月亮滑落到一边去了，太阳升起来，在玻璃般的海面上映出巨大的光晕。

深空中传来悠远的回响，像最轻柔的叹息，又像最宏大的交响乐。

他们继续向上，摆脱地心引力的束缚，从奇形怪状的太空垃圾和国际空间站旁飞过，向人类仰望了千万年的月亮前进。月亮表面坑坑洼洼，像块苍白的海绵，上面既没有仙女也没有玉兔。他们在厚厚的、沉积了亿万年的月球尘埃里踩了几个小小的脚印，那些脚印将在他们离开之后保持很久。尘埃落下之前，他们已向火星飞去。火星是橘红色的，上面有薄薄的大气，陡峭的群山之间寸草不生，显得很是荒凉。他们继续前进，穿越密密麻麻的小行星带，木星那吓人的大红斑注视着他们，像一只濒死的眼睛。他们在土星绚烂的光环上流连忘返，最后依依不舍地离开。他们向着奥尔特云飞去，途中与一只金属甲虫般的小飞船擦身而过,那是美国人于 20 世纪 70 年代发射的"先驱者 10 号"。

现在他们逐渐看出来,太阳其实也是很小的,在太阳之外还有更多璀璨的星团。但与星团之间浩瀚无边的虚空相比,它们也不过是一些微不足道的光点,像沙砾一般迅速消逝在指缝间。

他们飞了很久,却没有听见其他声响。难道在这样大得不可思议的宇宙中,居然只有小小的地球上住着人类吗?带着这样的疑惑,他们继续向着半人马座 α 星飞去。那里很远,但并非不可抵达。

他们听见老师的声音在耳边响起,像海上的涟漪,向四面八方扩散开来:

"要记住,孩子们,世界很大,路还很长。要勇敢地迈出第一步,不管是一小步还是一大步。"

十一

王老师要走了。

临走前,她交给倩倩一只与自己手腕上一模一样的镯子,里面有一朵与小云一模一样的云。

只要戴着镯子,倩倩去哪里,小云也去哪里。孩子们可以继续和小云一起学习。

云里不仅有各种书、电影、音乐和学习程序,还有过去这十几天的全部影像资料，孩子们可以随时打开重温。

还有他们共同绘制的那幅全景地图，王老师说，前一天晚上，正是参照这幅地图，由小云计算出一条最高效的搜救路线，走了不到半个小时，就把倩倩找到了。

不过，这么小的一朵云，信号范围很有限。所以老师回北京以后，要跟孩子们联络，还得靠写信。一封信还是得在路上走个把月。但是老师答应，她会很快回来的，会带倩倩妈去城里的大医院看病。

今后呢？也许还会有更多的人来，来这个偏远的小山村里，看看小小的一朵云带来了怎样的变化。

孩子们簇拥着老师，送了一程又一程。沿途采下的野花，塞满了老师的衣袋和背包。

他们把老师送下山，送到公路边，看着老师上了车。一个一个挤到车窗边，眼睛里面含着泪。老师一个一个地反复叮嘱："不许哭！"大家只能拼命把眼泪憋回去。但老师自己的眼眶也是红红的。

倩倩挤到车窗边，把一根崭新的五色彩绳缠到老师手腕上。彩绳是她自己连夜编的，一根给妈妈，一根给老师。系好彩绳，她眼泪汪汪地喊道："王老师，你要保重身体，不要生病——"

话还没说完，车就摇摇摆摆地开了，只隐约看见老师的脸，她隔着溅满泥水的后窗向大家挥手。大黑狗汪汪叫着，跟在车轮后面追出老远。

孩子们站在路边望着。不知谁先起了个头，大家一起拍着手唱起歌来。

我在这儿等着你回来

等着你回来，看那桃花开

我在这儿等着你回来

等着你回来，把那花儿采

没有伴奏，只有童稚的、略有些参差不齐的歌声在山路上回荡。他们不知道老师还能不能听见他们的歌声，却一直不停地唱下去、唱下去。

车终于消失在公路尽头，前方只有苍茫的群山，和小小的一朵白云，在蓝天上飘。

作者感言：

2007 年，我在中国传媒大学影视艺术学院读硕士研究生。那年夏天，因为清华科幻协会第一任会长薛辉的引荐，我有幸加入清华大学一个暑期支教分队，前往云南省大理白族自治州南涧县白竹村小学支教 10 天。整支队伍加我在内，有 4 男 3 女共 7 个人，都是 20 岁上下的学生。

我在队里的任务，主要是拍摄照片和视频。那时候大家都没用上智能手机，我用一台索尼便携式 DV 和一个傻瓜相机完成了拍摄工作。除此之外，我还教孩子们趣味数学、唱歌和跳舞。记忆中，那应该是我第一次登上讲台，也是第一次被叫"老师"。

离开之前，我给一个班的孩子们讲了最后一节课，题目是

"科幻中的旅行"。先从凡尔纳的小说讲起,讲《海底两万里》《气球上的五星期》和《八十天环游地球》,继而又讲《从地球到月球》。从月球再延伸开去,则有《火星建设者》和《飞向人马座》。最终又回到地球上,讲《时间机器》,讲前往过去和未来的旅行。

感谢队友帮我拍摄了上课时的画面。回北京之后,我将这段珍贵的影像剪辑进了为支教活动所制作的纪录片中。

白竹村是一个地图上真实存在的地方,那里确如我在小说中所描述的那样偏远。村里山清水秀,云雾缭绕,有如世外桃源。村民们安居乐业,虽不富裕但可以自给自足。只是山那边的世界,对他们的孩子来说似乎真的太远了。

自离开白竹村那一天起,我就一直想为那里的孩子写一篇科幻小说。只是未曾想到,一晃就是7年。7年之间,技术的发展和读书的积累带给我很多新的灵感。但我始终困惑于这个问题:我讲给孩子们的那些故事,究竟是否能够进入他们真实的生活轨迹中,在这片辽阔的国土上,科幻与现实之间,是否注定存在断裂与鸿沟?除此之外,还有另一种不安总是在困扰着我:如果现实的引力太沉重,让孩子们飞不起来,那么我所描绘的那些太过遥远的世界,是否反而显得残忍?

这些困惑也总让我想起刘慈欣在《三体》中描绘的一个场景,发生在叶文洁的外祖父身上的,许多年前第一次读此书时,这段话给我留下了深刻的印象:

那是1922年11月13日上午,他陪爱因斯坦到南京路散步,同行的好像还有上海大学校长于右任、《大公报》经理曹谷冰等人,经过一个路基维修点,爱因斯坦在一名砸石子的小工身旁停下，默默看着这个在寒风中衣衫破烂、手脸污黑的男孩子，问你父亲：他一天挣多少钱？问过小工后，你父亲回答：5分。这就是他与改变世界的科学大师唯一的一次交流，没有物理学，没有相对论，只有冰冷的现实。据你父亲说，爱因斯坦听到他的回答后又默默地站在那里好一会儿，看着小工麻木地劳作，手里的烟斗都灭了也没有吸一口。你父亲在回忆这件事后，对我发出这样的感叹：在中国，任何超脱飞扬的思想都会砰然坠地的，现实的引力太沉重了。

真正帮助我找到方向的，是印度教育研究者苏加特·米特拉（Sugata Mitra）在 2013 年 TED 大会上的一次演讲，Build a School in the Cloud。从新德里到世界各地，米特拉进行了一系列教学实验：他将电脑带到那些不懂英文也不知互联网为何物的贫民窟孩子中间，然后离开，几个月后回来时，他发现这些孩子已经通过自主学习而具有了办公室文员的英语与计算机水平。通过这些实验，他提出了一种革命性的教育理念：云端学校。

在演讲结尾处，米特拉讲到他在喜马拉雅山上一座小村庄中与一个小女孩的谈话。他说："你知道吗，我希望给每一个人，每一个孩子一台电脑。但我不知道该怎么做。"

女孩笑着向他伸出手，说："去做呀。"

从那时候起，这个故事就初步具有了现在的模样。在我看来，自晚清至今，教育始终是中国大地上最为科幻的命题，它关乎我们如何想象民族、国家与人类的未来。

我要感谢刘慈欣的《乡村教师》，这篇小说让我看到科幻穿透现实的神奇力量。感谢韩松，他在一篇名为《乡村教师夏茄》

的文章中展现了更加艰涩而纠结的思考，而我亦从中受益良多。感谢刘宇昆，没有他的鼓励和催稿，我不可能在工作最繁忙时逼迫自己用一个周末的时间来完成这篇小说。这是一次疯狂而奇妙的创作经历，7年里凝聚的点点滴滴一夕之间喷薄而出。我很珍惜这样的体验，也看到自己在写作上继续前进的可能性。

　　不久之前见到薛辉，他告诉我，明年会组织一支队伍再去白竹村支教，请我同行。想到故地重游，物是人非，心中很忐忑。我不知道那些孩子究竟能够走多远，只希望他们健康成长，幸福平安。

麦田里的中国王子

长铗

麦田里住着中国王子

麦秸里藏着他的士兵

他不要面包蜂蜜，也不要奶油布丁

他用一把七弦琴训练他的士兵

没有人知道他的来历

没有人带走他的消息

稍息立正，立正稍息

每一棵麦秸藏着一个兵

在英国西南沿海的威尔特郡地区，流传着"中国王子"的传说，对那儿的人们而言，罗利和德雷克已是遥远的记忆，而"中国王子"却是现代活生生的传奇。人们不禁要问：那难道不是与"波斯王子""撒拉丁王子"一样的童话人物吗？威尔特的当地居民却会严肃地告诉慕名而来的外地游客，那是一个真实的故事。

在索利兹伯里平原那绿油油的麦浪尽头，有一座碉堡式的漆黑建筑在闪光的麦叶上若隐若现，那幢据说是由远古沉寂的巨石开凿而成的城堡是这方圆百里的最高据点，"中国王子"便住在那幢叫"渡鸦"的城堡里。

"中国王子"本名约翰·贺维，乃声名煊赫的贺维家族的最后一名继承人，而他生养于斯的世族，早在十二世纪就凭借勇武、忠诚、狂热而扬名地中海了，他们的旗幡上甚至可以找到巴勒斯坦的标志。上个世纪末，贺维家族突遭不测，好几名重要成员身陷囹圄，爵号被褫夺，但仍保留小部分封地，家运从此没落。约翰变卖了几乎所有家产，开始游历世界，有人曾在美洲甚至太平洋上的南马塔尔岛上见过他的踪影，但他更多地活动在亚洲地区。12 年后他游历归来，在封地里最后一处保留地"渡鸦城堡"里隐居下来。他把原来高耸的四座方塔改建成圆锥形尖塔，把三角形的屋顶改成半球形的穹顶，并对内部的装饰进行翻修，加入东方园林式的回廊、假山，以至于变成现在这样一座哥特式风格中融入了亚洲建筑特点甚至还有异教徒色彩的怪物。

约翰隐居下来便以"中国王子"自称，他原来那头漂亮柔顺的金发变成一头乱蓬蓬的粗硬短发，颜色被染成灰色；原来健康红润的皮肤也变成了一种黯淡无光的蜡黄色；为了掩饰自己北海般深蓝的眼珠，他用重重的黑眼影修饰了眼眶，使得眼珠子的颜色看起来像亚洲人一样深邃；细心的观察家还会发现，约翰的右手食指内侧长年印着黑色污垢，据说那是中国学者的特征性标志。约翰年轻时拥有健硕的体魄，而自他从亚洲归来，他的体格变得像门板一样消瘦。他脱掉了笔挺庄重的现代装束，换上了丝质的宽袖大袍，丝袍的做工不可谓不精美华丽，但那柔和光滑的线条怎么瞧也显得女子气，那古典的气质与其说是神秘，不如说是怪异。不用说那些看着约翰长大的本地居民见了他会不舒服，就是那些不谙世事的孩童见到约翰也会吓得哇哇大哭。人们叹息着摇摇头，约翰要么被魔鬼附了体，吸血鬼在噬咬他的灵魂，要么从东方得了传染病，只能裹在大袍子里不敢见人。

在人们的议论声中，"中国王子"变得深居简出，直到永久地消失在那座黑压压的古堡里。人们最后一次看到他是在50年前的一次礼拜上，至今在教堂的登记簿上，还可以看到用大红笔签写的贵族名字，那以后，再没有人在阳光下见过这人。

自从约翰在渡鸦城堡定居之后，小镇便像是中了黑魔法，一桩桩离奇古怪的事层出不穷。城堡的上空经常有成群的渡鸦在低空盘旋，像低垂的墨云一般挥之不去。而那四座尖尖的塔楼，不免让人联想到苏格兰神话中女巫头上那邪恶的尖顶帽。白色似乎是这座城堡的禁忌色，因为人们时常看到，当不幸的鸽子路过城堡的上空，它们会直挺挺地向地面栽去，像一道道照亮天空的白色闪电，半空中甚至传来电火花的爆裂声。距城堡投石之遥的庄稼地寸草不生，稍远一点的麦地则像被羊群啃过一般参差不齐，在某些雷声大作的雨夜，麦地会大片大片地倒伏，像是犯了白化病、虫病，它们的根部却无一丝腐烂、衰败的迹象。

"看，那是中国王子在训练他的士兵。"善良的人们用宽容的玩笑来对待这种奇特的现象，不过，在现实生活中，人们还是尽量对"中国王子"与他的城堡敬而远之。半个世纪以来，只有一个肩扛大口袋的黑色剪影偶尔会被煞白的闪电印在城堡高高的石墙上，那是为贺维家送土豆的莫里斯。不管是冰天雪地的寒冬，还是烈日炎炎的酷暑，莫里斯在自家地里掘完土豆之后，便会扛上一大袋送往渡鸦城堡，当他壮硕的身影消失在厚重的铁门之后，教堂的晚礼钟必然会响起。

如果哪一天，莫里斯那疑似扛尸工的身影从城堡附近消失了，人们不禁会想，"中国王子"是不是出了什么意外？但这样的意外一次也没发生过。莫里斯家族为贺维家扛了50年，不，200年的土豆，他的父亲、祖父、曾祖世世代代都为贺维家族服务，莫里斯是哑巴，他的父亲、祖父、曾祖也是，莫里斯家族世世代代都是忠诚而口风牢靠的仆人。

时下，一辆漂亮的马车奔驰在平坦的乡间小道上。车厢内坐着五个人，最里头正中一位便是此行的发起者：赫尔岑勋爵。三个月前勋爵收到一封没有署名的书信。他送走了房间里的客人，还打发走办公室外的秘书，这才关上窗户，在桌上小心翼翼地拆开这封牛皮纸厚信。

赫尔岑勋爵拥有各种各样的身份，如果不是他刚刚被选上了下议院的议员，人们还真很难从他的一大堆头衔中选中一个恰当的称呼他。他加入过基督戒酒会、海滩祈祷会、金本位制理事会、12只猴子俱乐部等林林总总十来个体面的俱乐部，而这封信显然来路不是那么简单，红色蜡滴上印着一个奇特的徽章。

在伦敦这样一个现代与古老并存的大都市里，普通民众会有这样一种错觉，以为是苏格兰场的那群尸位素餐的大老爷们在维持着伦敦的秩序，事实上还有一大堆鸡毛蒜皮的事务他们管不着，比如眼前这封信的内容。

信中用一种深思熟虑的忧郁笔调写道："过去20年里，有一股暗涌的潮流在悄悄吞没巴黎、维也纳、佛罗伦萨的音乐界，现在这股潮流正在卷向伦敦。这种被评论界称作'随机表征主义'的反传统音乐打乱了神圣的赋格范式，他们迷恋平均律，偏好堆砌大量不同音程的和弦，平等使用12音符的手法似乎与泛神论遥相呼应。有证据表明，德鲁伊德教派在支持这种浪潮，并企图将其引入伦敦上流社会。

"请注意一名叫威尔森·西摩的人，此人20年前在巴黎艺术界横空出世，近十年来，他的作品水平却是一落千丈。此人的身份目前仍是不解之谜……"

信封里还附带了一堆资料，这些资料虽然零乱，却与信中所指一一对应，反映出来信人的专业与严谨。

赫尔岑勋爵郑重地审视了全部资料，做出一个出人意料的决定。他在《每日邮报》的副刊中刊登了这样一则广告：

据悉，近日市政局规划的一条铁路将穿过索利兹伯里平原，威尔特郡地区最后一座哥特式建筑渡鸦城堡不幸落在这条铁路线上，三个月后将被拆毁，为一睹这幢历史悠久的神秘城堡最后的风采，鄙人有意组织一次旅行参观。有意者请致函蓓尔·美尔街443A号。

广告刊登后，共有四人致函响应，分别是伦敦沙龙宴会的名流迪亚娜夫人、威尔特郡拉科克镇的马修神父、拉丁语青年梅尔顿,以及一个赫尔岑勋爵恭候已久的名字:音乐家威尔森·西摩先生。

威尔森·西摩几十年前还是巴黎艺术界令人瞩目的名人,而这会儿,他却坐在马车右侧最靠里的位置,头枕在海绵车厢上假寐着,要不是热情的拉丁语青年的大嗓门不时冒出一两个新鲜词句,使得西摩先生忍不住支起脑袋竖耳细听,别人还真会忽略他的存在。

年轻的梅尔顿是一名热气球爱好者,他有一头漂亮的黑色小卷毛,那清癯的面孔、洁白的牙齿让人情不自禁地推测他的祖上大概在巴西种植园待过。

"那真是一只猴子。"他用手在空中画出一个大圈。

"南美也有猴子?"迪亚娜夫人已经快60岁了,浅绿色的眼珠里仍旧饱含着16岁才有的神色。

"是达尔文带去的也不一定,"梅尔顿挤挤眼,继续说,"那只猴子足有十公顷大,如果把它卷曲的尾巴拉直,够让这辆马车跑上一整天的。"他在回忆自己乘热气球在南美的纳斯卡高原发现巨型猴子图案(纳斯卡巨画,位于秘鲁首都利马东南方约450千米处,可能是很早就为人所知的印加之道,1994年被列为世界文化遗产)的往事。

"谁会需要这样庞大的艺术?"夫人不以为然地说。

"印加人信奉天外来客的宗教,他们的历法、建筑、艺术不像是为地球设计的,一个很古怪的民族。"年轻人解释道。

"小伙子,你能描绘一下那只猴子的形象吗?我注意到你一直在用手画圈。"一直没说话的马修神父插话道。

梅尔顿用手臂重复了他的动作，没错，那是一个不断螺旋的大圈，用来表示卷曲的尾巴。

"如果是这样，那可能与东方的艺术有关。"神父若有所思。

"神父，"梅尔顿露出嘲讽的笑，"您的灵感来自于印加人与东方人面孔的相似性吗？"

"我是一个业余的宗教艺术爱好者，对各民族的艺术略有研究，"神父慢悠悠地说，"比如伊斯兰图案讲究对称、严谨与拼接的可重复性；古希腊按照数学和几何法则来设计他们的图案；犹太的希伯来神秘主义者则在图案中融入神秘的数；而在遥远的东方，流动的非对称图案随处可见，那是一种动态之中的平衡艺术，比如云雷纹。而你描述的猴子尾巴与云雷纹有很大的相似性，在图案的内部无穷卷曲。伊斯兰图案也是内外相似的，可部分与整体之间是割裂的，而螺旋则意味着从整体可以连续不断地延展到部分，直至不可察的无限精微处……"

"部分与整体相似的艺术并非中国人的发明，神父，"梅尔顿不客气地说，"如果您有幸像我一样乘热气球从天空俯瞰大地，您会发现，地球上最宏伟的艺术是埃及人建造的，是埃及人发明了地球上最古老的分数计数法，他们用荷鲁斯之眼（源自古埃及鹰神荷鲁斯的眼睛被赛特神分割成碎片的古老神话，它的图案被当作容积单位的分数来使用）来代表整体 1，而用眼睛的各部分来分别代表 1/2、1/4、1/8……用这样一个无穷等分的数列之和来代替整体，这是多么伟大的发现。"

神父微微一笑，像是在为年轻人的渊博而赞许，但他又说："小伙子，如果你把荷鲁斯之眼的各个部位——眼珠、眼睑、泪痣加在一起，你会发现它们之和并不等于整体1，而是比1略小，可见古埃及人尚不能理解极限的概念。而中国人那种没有封闭的云雷纹则暗示着在精微处的无限细分。"

梅尔顿似乎明白问题的关键了，不由得为刚才的轻狂而面红耳赤起来，幸好此时马车突然停了，外面好像发生了什么事。

一个农妇坐在麦田里号啕大哭，许多人在安慰她，更多的人冲进了麦田，疯狂地搜寻着什么。

"她丢失了她的孩子乔弟，在麦地里。"有人告诉马车里的游客。

三天前，一场丰沛的大雨过后，麦子疯狂地生长。这正是麦穗灌浆的季节，夜晚似乎能听到空瘪的麦穗渴饮时发出的咕咕声，几天过后便形成这样蔚为壮观的麦浪，随之出现的还有那大片大片狼藉的倒伏，形成错综复杂的通道。孩子们若是在麦田里捉迷藏，用不了多久就会被密不透风的麦浪所吞没，四岁大的乔弟就是这样消失在麦田里的。

"这是一片被诅咒的土地，异常的肥沃，麦苗生长得比其他地区更为高大丰茂，但也更容易被风刮倒，也可能是被某种不可知的力所刮倒。"神父向众人解释道。

"为什么这些由倒伏的麦苗形成的通道不可能是人为造成的呢？"梅尔顿抬头望向天空，"我乘热气球去过世界各地，见过各种各样的麦田图案，百分之九十都是年轻人的恶作剧而已。"

赫尔岑勋爵点点头："如果是这样，我们只需找出肇事者，让他们交出设计图，就可以找到乔弟了。"他又想起了什么，转头问神父："这样的事每年都会发生吗？"

"是的，"神父点点头，在胸前画了个十字，"感谢主，几乎所有的孩子最后都回来了。"

几乎所有的孩子最后都回来了？这是什么意思？众人目不转睛地望着他。

"孩子们玩累了都会自己回来，他们并不像大人那样害怕麦田迷宫，当失而复得的孩子被大人追问他们在麦田里干了什么时，他们会说在参加鼠姑娘鼠小伙的婚礼，或是中国王子的士兵们教他们吹哨子，或是与亚瑟王一同在遥远的东方冒险等所有他们能想到的离奇事。不过，有一点是相似的，他们大都宣称自己听到了奇妙的音乐。"

马车上正用帽子扇风的西摩先生停下他的动作，往人群里张望一下，又耷拉下眼皮继续他的午睡。

"有孩子没有回来？"梅尔顿注意到神父奇怪的措辞，问道。

"是的，有个孩子没有回来。但又不确定，因为他是吉卜赛人的孩子，也许他像父辈那样流浪去了。"

"那是什么时候的事？"梅尔顿追问道。

"40 年前。"

"诸位，该出发上路了，太阳都晒脑门了。"西摩用肥厚的手掌拍打着车厢。

众人回到车里，刚才还很热闹的气氛此时却显得很沉闷，大伙都心事重重地沉默着，只有迪亚娜夫人在不时发出叹息。

梅尔顿突然从沉思中抬起头来："神父，若是 40 年前的事，以您的年龄当时也不过是五六岁吧？"

神父一愣，随即又坦然地一笑："是的。"

梅尔顿似笑非笑地说："为何您对那么久远的事情还能记得那么多清晰的细节呢？"

一个高坎把那些假寐的乘客震得睁开眼来，众人火热的目光把神父笼罩了。

"他是我童年最好的伙伴。"神父一字一顿地说，他的表情平静如初，但谁都能看出梅尔顿的刨根问底勾起了他伤心的回忆。

夫人严厉地横了梅尔顿一眼，年轻人脸一红，再不吱声了。

当马车驶进渡鸦城堡，大家觉得自己像从一幅色彩饱满的油画驶进一幅阴沉的炭笔素描。峭然挺立的高堡由规格不一的墨绿色巨石垒就，即使在这艳阳高照的初夏，爬满绿藤、青苔的外墙也像一块生铁那样释放侵人的寒意。四座锥形塔楼就像是远古植物的巨茎一样向天空生长，而古堡的主体却又是棱角分明的哥特式风格，窗户又窄又小。在城堡巨大的阴影里，空气似乎也湿冷了，甚至还可以闻到黏糊糊的鱼腥味。

"这后面有一条湍急的小河。"神父带领大家绕到城堡的侧翼，原本寂静的夏日午后变得喧嚣起来，一座水坝横跨在小河之上，河面并不宽，地势也并不陡峭，但水流异常的湍急，这不禁让人疑心河面下有一个深不可测的漏斗在泵吸着水流。河堤旁一架水车像巨人那样挥舞着手臂，它的轴承是黑色的铸铁锻造的，铰链的末端固定在河岸上一座木屋子里。

"那人是谁？"夫人指向一个在河岸边的菜地里弯着腰的人，在水车庞大的影子映衬下，不由得让人联想起堂吉诃德的仆人桑丘。当众人向他走近时，那人也直起身来，大家这才发现他的身材很高大，扛起一个大口袋丝毫不费力。当夫人路过他时，夫人的脸色都变了。那人就像是巴黎圣母院里的卡西莫多一样丑陋，小说家对他即使不着一墨也能让人过目不忘，更奇怪的是他表情的木讷、冷漠。

"我发誓他看都没看我一眼。"夫人说。

"太奇怪了，我们这群外乡人在他眼里就像是透明的影子。"西摩望着那个莽汉的背影，摇摇头。

"他就是莫里斯，"神父淡淡地解释道，"莫里斯从不与任何人交流，包括表情。要让莫里斯家族开口，比撬开这紧密咬合的巨石还难。"

众人跟随莫里斯的脚步拾级而上，很奇怪的是，当他们穿过城堡的铁门时，并没有任何阻力。城堡里除了前面那个迈着钝重步子的人，空无一人。

"50年过去了，约翰还活着吗？"夫人四下打量这东方园林式庭院，自言自语。她不大的声音在这圆形的庭院里嗡嗡回响，以至于所有人的目光都望向她，好像有一架无形的麦克风伸到了她的嘴边。夫人自己也吃了一惊，她转动身子，并未发现一丝异样。

"这，这怎么回事？"话一出口，她立即明白了，因为在她说话的时候，脚步无意中踏出圆形庭院的中心，说话声随即衰减，恢复成正常的自然音，为了验证这一发现，她往刚才位置一站，轻咳一声，整个院子都在回响这个咳声。

"这肯定是用到了声音的反射共振原理，"梅尔顿转向西摩，"音乐家先生，您能解释一下吗？"

西摩耸耸肩，说："真正的钢琴家是不会亲手调试一架钢琴的。"

"我不赞同您的观点，先生，"夫人严厉地说，"在古希腊时代，每一个智者都是百科全书式的博学家。若是达·芬奇不熟悉人体解剖学，又怎能成为一位艺术大师呢？"

"那么，我们这个时代的达·芬奇在哪儿呢？"西摩冷笑着，言外之意，在这个刚刚诞生了工业革命的时代，社会的分工更加明晰，即使是同一领域的不同分支，也存在天壤之别。

"先生，"夫人说，"如果您有幸生在我的少女时代，回到半个世纪前，像一个无知却又不失好奇心的顽童那样，被哥哥们带着参加各种科学沙龙宴会，看他们喝樱桃白兰地，吃罐装鲑鱼，看威尼斯通俗剧，谈论达尔文，讨论新大陆的实用主义哲学，您就会像我一样崇拜那些举止古怪却又不失风度的科学怪人了。而约翰·贺维，正是那群人中的佼佼者，他无所不知。"

赫尔岑勋爵附和地点点头说："夫人，我了解到在您年幼时，曾与约翰交往甚密，能跟我们谈一谈约翰年轻时的故事吗？"

夫人的眸子像融化的冰一样，突然变得透明生动起来。

"那个时候，我8岁，约翰19岁，他的哥哥威廉24岁。我姐姐那时与威廉正热恋着，因为这层关系，我认识了约翰。谁能想到8岁的小姑娘心中也会燃起爱的火花，甚至还会学着像姐姐一样约会呢？我暗恋着约翰。"夫人脂粉厚重的苍白的脸上浮出羞涩的腮红。

"当有一天我把这层意思传达给了约翰，他笑岔了气，甚至还向他的朋友公布我对他的'爱慕'，好像我写给他的信是刻在泥板上的法老文字似的。那个时候他可真是个风趣活泼的人，是沙龙宴会、公共演说场合中的风云人物。而他的哥哥则显得心事重重、沉默寡言，兄弟俩的性格就像是火山与极地的区别。但兄弟俩骨子里的东西是相通的，那就是谦逊温和的举止下所掩盖的贵族的骄傲之心，以及他们遭人嫉恨的才华与风度。贺维家族在100年前突遭变故，家境已大不如前，故而兄弟俩时常面对纨绔子弟们的恶语挑衅。那个时候，英国人就像喜欢板球一样喜欢决斗，聪明绝顶的威廉就这样以愚蠢的方式被一个混蛋打死了，自那以后……"夫人的声音陷入哽咽，"约翰就像变了个人，变成了那个眉宇间阴霾不散的哥哥，甚至比威廉还威廉，他跟任何人都不再交流来往，后来他搭上了去美洲的轮船，据说去追寻那个杀死哥哥的凶手去了。当他回来，他不再是我爱的那个约翰了。"说到这里，夫人泣不成声，脸埋在手绢里。

梅尔顿搂住夫人颤抖的肩膀，说："也许，约翰还是那个约翰，甚至还有过之而无不及呢！"

夫人止住哭泣，不解地望着孙辈的小伙子。

"大家不觉得这设计奇特的古堡，无处不体现着智慧吗？"显然在大家刚才聆听故事的同时，梅尔顿已经对城堡做了不少细致的观察。

"大家随我来，"梅尔顿俨然一副博物馆解说员的样子，"在这个房间里，我们可以看到钟表零件、轴承、曲杆等机械玩意儿，这可能是一间杂物储藏室，反映出主人有着路易十六一样的锁匠嗜好。如果说这间屋子仅仅展示了他的收藏，那么在左边这间屋子里，约翰的发明天赋一览无遗。"

桌上摆着一个奇特的东西，它由一个布满凹坑的面板和相连的线圈组成，旁边还摆着一盒钢珠。

"弹珠游戏？跳棋？"夫人猜道。

"是乐器。"西摩肯定地说。他把钢珠放进凹坑里，一摇晃，便发出清脆的声音。

夫人半信半疑地接过面板，放在耳边摇晃着。

神父则对这间房子的洛可可风格的装饰产生了兴趣。在壁炉的那面墙上，挂着军刀、火绳枪、羊驼的皮、夸张的鹿角，反映出主人广泛的兴趣与不凡的阅历。浅玫瑰色的墙面上挂着东方织锦，当神父的目光从乱花迷眼的织锦图案上离开，他的眼珠像被一个什么锐利的东西割伤了，一个毫不起眼的图形夹杂在复杂的图案中间：云雷纹。

"铿"的一声，织锦背后的墙在颤抖，一条细缝从墙上裂开，渐渐扩展到一扇门大的面积，门后漆黑的秘密裸露在众人面前。

大家纷纷回头望着迪亚娜夫人，她正摇晃着那个古怪的"乐器"，一脸茫然。

"你做了什么？"勋爵问她。

"我只是在调这个弹珠板的音而已。"

"铛——"一个清脆的金属声把众人的目光吸引到梅尔顿身上，他手里拿着一个小勺子，轻轻敲了一下桌上的一个音叉。他说："显然这不仅仅是乐器，还是一把锁。"

"这个音叉就像一把密码锁，它固定在桌面上，桌面下连通这扇门的开关，只有特定频率的声音才能打开这把'锁'。而那个弹珠板显然就是一把钥匙，只有把钢珠塞进恰当位置的凹坑，才会发出正确频率的声音，从而引起共振，触动桌面下的机关。夫人显然是那种能从一堆钥匙中一眼就能找到正确的那把的人。"梅尔顿调皮地解释道。

这的确是一个令人信服的答案。

墙是夹层，里面黑乎乎的，但依然可以看到复杂的机械结构，齿轮的尖牙上抹着机油，反射着亮光。乍一看，这机械像是死的，仔细一听，却能听到咔咔咔的内部震动。而这墙体的内部机械，通过曲轴、皮带的连接，似乎在通往更高的楼层。

"为什么不到塔楼去看看呢？"梅尔顿自信满满地说，"我相信在那儿，我们能得到一些线索。"

众人接受了这个建议。塔楼的梯子是螺旋形的，扶梯包着黄铜，楼梯间则堆满了鸟粪，足有几英寸厚，一看就知道有好些年头没人打扫了，这肮脏的通道苦了夫人的脚不说，她还在隐约担心着约翰的健康。虽然他活在世上的希望非常渺茫，但她还是像许多年前那样祈祷着。

爬到一半，梅尔顿停下来，仔细观察一堵颜色不一的墙，此处像是开了个豁口，后又被新砖堵上了。

"呃，神父，您说这会是什么？"梅尔顿谦逊地问道。

神父谨慎地观察着，说："应该是飞扶壁，哥特式建筑的常见结构，约翰拆掉了它。"

当众人来到塔楼的顶层，整座城堡尽收眼底：角楼、瞭望塔、礼拜堂。

"看那里，礼拜堂的穹顶被拆掉了。"夫人伸出手臂。

是的。礼拜堂的穹顶被一张大网所遮盖，上面停满了黑乎乎的渡鸦。大网下似乎是一张黑布，上面积满了鸟粪，被压得凹陷了下去。

"罪过。"神父画着十字。

"神父，传说约翰从亚洲回来后，便皈依了异教徒的神，是这样吗？"梅尔顿问道。

"不是的，约翰定期到教堂做礼拜，虔诚的态度与本镇居民并无不同，只是由于他的奇装异服引起了人们的议论，他才变得深居简出。"

"这样啊。"梅尔顿若有所思地点点头，沉思着踱着步子，当他转身来到塔楼的另一面时，情不自禁地叫了起来。

窗外是碧波万顷的索利兹伯里平原，麦叶反射的粼粼波光迎风颤动，就像是女人的手抚过光滑的缎面，这美景直教人屏气凝神，静静地用脸部的茸毛去感受这午后的温柔。这时，午风突然转向，那波光一晃，有什么东西在麦浪中若隐若现，夫人不由得轻呼了声："那是图案！"

那确是图案，以回字形的通道环环相套，笔直的线条穿插其间，这绝非自然力可以随机形成的。不一会儿，风向再次掉转，图案消失了，就像是潮水清洗了沙滩。众人还在啧叹间，麦浪又朝另一个方向滚涌开去，另一幅犬牙交错的图案浮现出来，就像是有人悄悄切换了幻灯片。

"看，中国王子在训练他的士兵。"夫人情不自禁地诵出这句童谣，众人心头一震，就像是迷雾重重的深潭里被扔进了一颗石子，"咕咚"一声，荡出圈圈涟漪来。是啊，多么形象的描述：每一棵麦秸里藏着一个兵。

博学的神父联想起一个从传教士的游记里读到的故事：在遥远的东方，国王用奇怪的方阵操练他的士兵，一旦敌人闯进那个方阵，就会像没头苍蝇一样乱撞，怎么也挣不脱天罗地网。国王只需挥舞信号旗，配以鼓点，士兵们便可变幻出无穷无尽的阵形，让可怜的敌人遁地无门。这样一来，每年有儿童被这麦田迷宫困住就不足为奇了。

神父灰暗的眸子像是被神迹照亮一般，掠过一丝异样的神色，他联想到什么，一朵盘旋在他心头多年的疑云突然间消散。就像汉穆拉比石柱无意间绊住了游人的脚，在游人好奇的拂拭下，褪尽黄沙，洗尽铅华，浮现出金色的楔形文字来。

他正要向众人道出这个发现，梅尔顿用拉丁语喊了出来："我明白了！我明白了！"

小伙子用炽热的目光望向夫人，又望向赫尔岑勋爵，然后又摇动西摩的手臂，好像他只重复那句话别人就能明白他在说什么似的。最后，他伸出一根手指放在唇边，对神父说："让我先说，我想您也一定得到了什么吧。"

"你明白了什么？"音乐家冷冷地问道。

"这是人间最美妙的艺术，我不是指这麦田图案。"

"那是什么？"

"音乐！"

"音乐？"夫人迷惑地左顾右盼，这寂静的午后除了呼呼风声，别无他响。

"就好像在薄的玻璃板上撒下均匀的细沙，然后拉动小提琴，共鸣箱紧靠着玻璃板，在声音的振动下，这些细沙开始跳舞，从一些地方向另一些地方聚集，形成疏密相间、对称的复杂图案。

"我们为什么不能把密密麻麻的麦秸想象成玻璃板上的细沙或铁屑呢？空心麦秸更是优良的谐振腔，在声波的振动下也完全可能倒伏形成复杂图案。"

众人半信半疑间，梅尔顿把目光投向神父："神父，您是一位宗教艺术爱好者，想必您也了解装饰艺术上的克拉尼图形。"

神父点点头，向众人解释道："100多年前，有一位叫克拉尼的物理学家发现，对着铺有松香末的平板持续地演奏同一个音调，松香末会显示出对称的波状花边图形，而特定的声波则会形成特定的图形。

"令人吃惊的是许多宗教装饰图案中也可找到克拉尼图形，比如建于15世纪的罗斯林教堂，拱门上刻着弹奏乐器的天使，天花板上粘有几百个小立方体，每四个立方体排列成十字形，立方体上刻有各种对称的几何图形。按照声音形象学理论，这些几何图形可能是某些中古的宗教音乐演奏所激发的克拉尼图形。"

见众人露出吃惊的表情，梅尔顿眉飞色舞地说："这不算什么，还有更令人吃惊的呢！这么多年来我乘飞艇飘过许多地方，发现过各种各样的麦田图案。起初人们猜测，这些图案不过是无聊人的恶作剧，但是有一个疑问始终萦绕在我脑海，既然这些图案在澳洲、日本及南美一些地方都会发现，那为何它们的形态又如此相似呢？直到有一天我读到声音形象学的著作，我才大开眼界，原来历史上曾发现的波状花边纹的古德伍德麦田怪圈、酷肖古埃及乐谱的棘齿形怪圈、同心圆环圆盘、四面体图形、曼陀罗蜘蛛网图形均可在克拉尼图形中找到。"

"小伙子，你的理论很美妙。可是音乐的发声装置在哪儿？声波呢？听到了吗？那双制造这神奇图案的艺术家的手在哪儿？"音乐家打断激动的梅尔顿的话语。

梅尔顿的眉头跳了一下，就好像有个故意按捺的好消息无意间被听众戳穿，令消息的发布者不禁懊恼起来。不过他的声音仍难以抑制地颤动："这不就是我今天的发现吗？音乐家先生，如果你能抛开一名音乐家的傲慢，怀着一名乐器匠学徒那样的好奇心，没准也能发现这个秘密。"

"来吧，我来告诉你们。中国王子之所以要改造他的城堡，并不是出于什么建筑艺术上的追求，他只是在发明这个世界上最庞大的乐器而已。我接下来要叙述的内容可能有些新奇的东西，但对于夫人这种上流社会的消息灵通人士，想必不会对几年前的一条轰动一时的新闻感到陌生，一个博洛尼亚人用他的电磁波穿越了英吉利海峡，实现了英法两国的通信。见多识广的约翰在科学上的探索自然不遑多让，这锥形塔的螺旋楼梯可不仅仅是楼梯，照我看，它还是个货真价实的巨大线圈。"

梅尔顿重重地敲击那黄铜的扶梯，整座塔都在震荡这个钝重的金属颤鸣。他接着说："中国王子竖起四座硕大无朋的黄铜线圈，在他的城堡底部灌注了成吨的水银，这些毒性强大的重金属污染了城堡附近的土质，使其寸草不生，但这些水银却是电流的理想容器。一座坚固耐用的水力发电机 50 年来源源不断地为这个饥渴的容器注入强劲的电流；他拆除了塔楼与角楼之间的飞扶梯，就像调琴师要抹掉弦槌上每一丝尘埃以保证音质的纯净和美。这半个世纪以来，中国王子用他无与伦比的线圈音乐统治了这片麦田，迷惑的人们无法解释这种奇怪的现象，于是那邪恶的'中国王子'的传说不胫而走。"

梅尔顿激动的语调配合夸张的手势，就好像舞台上一位渐入佳境的指挥家在投入地指挥，那投入的神态对于那些容易被带动情绪的观众来说，无疑是一种活力，但对于那些冷静得近乎挑剔的观众来说，就未免显得滑稽了。

夫人已完全沉浸到梅尔顿所描述的那个世界中去了，她眺望着窗外，河水如蓝丝绒般迤逦开去，水坝上云气迷蒙，善解人意的微风吹拂着她的鬓角，尘封已久的往事在她心底浮浮沉沉。她似乎能感觉到约翰悄悄地来到身后，像是从背后拥抱了自己，又像是没有，他从自己头上远眺开去，像是在分享她目光所及的美景。

神父沉思着：梅尔顿的解释确实很打动人心，但也有许多臆测的成分。比如水银电池，比如电磁波，要知道电磁波是近几年的科学发现，约翰能否在半个世纪前率先发现这一现象呢？当然，这也不是不可能的。约翰的头发变了颜色，连皮肤的颜色也变了，这是不是一种水银中毒的现象呢？曾有人把罗斯林教堂的图案与克拉尼图形进行比照，翻译成一首中世纪的圣歌，从这麦田图案能否翻译出约翰的电磁波音乐（准确地说，这是一种根据电磁感应原理制造的超声波。由于在那个时代，人们对超声波缺乏认识，神父故而误解为电磁波音乐）呢？

梅尔顿似乎读出了神父的心理，说："我的演说完了，轮到您了，神父。"

神父的表情很凝重，他微微颔首，讲了起来：

我并没有发现什么新东西，这几十年来一直困扰我的问题反而更扑朔迷离了。我20岁时在本镇教堂担任见习牧师时，与约翰有过数面之缘。那时他大概50岁，头发已经全白了，但他英俊的面容却像是被封存在松脂里，凝固在年轻时的模样。他的皮肤蜡黄得可怕，但绝非人们传言的那样得了什么可怕的传染病。他的确与一般的基督徒不一样，我不是指他对待宗教的态度，而是指他奇怪的方式。有一天，礼拜做完了，约翰一个人坐在教堂里，两眼直直地望着天花板。人们早已习惯他奇特的行为，所以我没有去打搅他。当我合上《圣经》准备离开时，他叫住了我。

"你看到那儿了吗？"他指着穹顶。

"您是指圣母马利亚？"我问道。

"不是的，那旁边的装饰图案。"他指着圣母像旁边用金箔与蓝色马赛克镶嵌的几何图案。

我奇怪了。几百年来一直是这样的图案，即使中间曾历经翻修，那些中古的图案也一直得以保留。不得不承认这些图案与其他地方的教堂图案有些不一样，但我仍旧不解他何以对此这样感兴趣，有时候甚至在教堂里坐上一整天。

"你不觉得那不对劲吗？"

我摇摇头。

"首先，那不对称。"他自言自语。

"很多图案都不对称。"我说。

"没错，可是，另外它在不对称之中却又呈现出一种韵律之美。你能理解这种美吗，小伙子？"

我沉默着，我想他只是需要一个听众而已，任何试图去理清他思路的头脑都显得多余。

"你能的，"他说，"就像一个不识字者也能欣赏花体书法的韵律。"

我点点头说："婴儿也能随音乐手舞足蹈呢。"

他眼里的光陡然亮了许多，就像是灯芯草被拨得更长了些。

"真不错，小伙子。这就是音乐。只是，它还有缺陷。所以它在尾声位置就显得杂沓。"他指向穹顶的边缘部位。

起初听到他的"音乐说"我挺吃惊的，但他说到图形的变化，这的确又是显而易见的。在那儿，图案的结构与排布的确与穹顶的中央有所不同，视觉上有些零乱。我说不出零乱的原因，那纯粹是一种直观上的感觉。

见我若有所悟，他霜冻了似的脸稍稍舒展："为什么会这样呢？"

像是知道我答不上来，他接着说："因为那是古凯尔特人的音乐。它采用的是一种粗陋的五声音阶。用这种音律来演奏，在乐曲的开头，还是和谐的，但那仅是一种近似的和谐。随着演奏的进行，误差将会积累得更多，到了后面，它将导致杂音纷呈，甚至混沌……"

"等等，先生，您是说这是古凯尔特人的乐谱？说这是一种奇怪的记谱符号，我尚能理解，可是演奏的误差怎么能积累呢？就像一个吉他手弹错了一个音，这个音符并不会在琴弦上停留，第二个音符不会叠加在第一个音符之上。"

他说："这不是简单的乐谱，而是一种用平面几何形式表达的音乐。"他没有再说下去，或许是觉得再解释也是对牛弹琴，只是兀自点点头说："也许，我该用东方的音律来对宗教音乐进行改革了。"说完他把手压在我的手臂上，吃力地直起腰，离开了教堂，留给我一个盘桓心头20年的谜团。

直到今天，我才恍然明白，他说的平面几何形式的音乐是指什么。如果古凯尔特人的确是用声音形态学的方法创造了那些图案甚至巨石阵，那么频率的微小差别的确会导致混乱，因为误差是累积在随声波振动的沙粒之中的。但是他说的东方的音律又是指什么呢？

这城堡之中，东方的元素随处可见，园林、回廊、云雷纹，可以看出约翰深受东方文化的影响。过去20年来我阅读了大量东方的典籍，企图从中找到一丝线索，却没有什么发现。倒是有一个叫邵雍的中国人写的书里，语焉不详地提到一个与古埃及荷鲁斯图案相似的倍分叉演化过程，他认为一分为二、二分为四的树状演化是先天的，是宇宙的本质。

这种思想带给我的启发是，复杂的图形"比如麦田图案"可能是由简单的规则生成的。而那整体中透出的韵律不正是一种周期律的体现吗？上帝赐予人类的音符是如此之少，但从屈指可数的几个音符中所产生的乐曲却又是千变万化，尽善尽美。

我不是约翰那样的博学家，在科学上我完全是外行，我无法理解约翰那种对东方文化的痴迷狂热，想到此点，我不免有一种无能的沮丧，正如一个闻音乐而手舞足蹈的婴儿，虽然能体会到音乐的魔力，却无法洞知韵律背后的内涵。

当神父说完这些，四野阴暗下来，不知不觉黄昏已然降临。

事实上，这不是他一人心中的困惑，这整座城堡就像一台庞大的机器，它的运转精密得像是齿轮的咬合，有条不紊。可是就连机械手表也得有人上发条，而这座城堡却是空无一人。是什么在驱动着它运转呢？

是水车吗？水车是这座城堡中唯一裸露的机械，可它只是在提供电能而已。

是莫里斯吗？一个黑影在对面的角楼窗口一闪而过，那庞大的体形一目了然，他就是莫里斯。行尸似的莫里斯根本就是这台机械的一个零件，可靠却又死板，他绝无演奏出这奇妙音乐的可能性。

"啊，那儿！"夫人尖叫了起来。

顺着她手指的方向望去，对面一个窄小的窗户里露出一个剪影，房间的灯是亮着的。

夫人跌跌撞撞地冲下楼去，要不是梅尔顿搀扶着她，她这把老骨头不知摔多少跤了。

约翰坐在那儿，烛光晃动着，他的影子也一飘一飘的，带给人一丝不真实感。夫人的手指刚搭上他的肩膀，他便身子一斜，瘫软在地。约翰身上的丝绸大袍碎成一缕一缕的，原本鲜艳的颜色早已被岁月浸泡成珍珠灰色，就像是蛛丝。

他已死去多年，但骨骼的姿势依旧保持着生前的样子，让人眼前不禁浮现他俯瞰自己领地的情景，他是那么孤独，自始至终留给人们的只是背影。

神父为死者做了祷告，梅尔顿安慰着地上的夫人。而赫尔岑勋爵与西摩先生则深深地躬下身去，不知情的人定会揣测，他们与约翰是不是故交来着？音乐家与勋爵大人同时发现了这个问题，于是他们都意味深长地打量着对方。

赫尔岑勋爵微笑着说："音乐家先生，说说您与约翰的故事吧。"

西摩一愣，说："我只是站在艺术的角度向这位先驱、同行致以崇敬的悼念罢了。"

勋爵皱了下眉头，一字一顿地说："您难道不是约翰的学生吗？尊敬的安德鲁·卡巴勒罗先生。"

就像一只流浪在外多年的野狗突然被人叫出了名字而定在那儿一样，西摩微张着嘴，说不出话来。众人的目光投向他们，夫人也止住了抽泣。

勋爵把墙上的灯盏拨亮了些，示意大家坐下来。

"这是一个很长的故事，牵扯的时代久远，涉及的人物也很复杂。"勋爵拧着眉头，"如果安德鲁·卡巴勒罗先生不愿意自述这段往事，那么我只好代劳了。"

音乐家肥胖的身子陷在椅子里，浓须下喘息渐沉，搭在膝上的手不住地颤抖。

"神父先生，能将您的假发摘下来吗？"

黑暗中的神父不由得一震，满脸愠色。众人不解地望着勋爵，他为什么要提出这样一个无礼的要求呢？

"神父，您的后脑勺是不是有一个伤疤？"

"是的。"神父答道。

勋爵望向大家："神父在为我们介绍麦田怪圈的历史时隐瞒了一个事实，不，他实际上已经泄露了那个秘密，他说曾有孩子没有回来——实际上有两个孩子，他用的是复数。事实上那两个孩子今天都已经回来了，其中一位是吉卜赛人的孩子，今天我们把目光投向富态的卡巴勒罗先生，养尊处优的他已白胖了不少，但从他肥厚的嘴唇、宽阔的额头，以及那染过却无法改变其鬈曲形态的头发，依旧可以看出他的东方特征。而另一位，大家已经猜到了……神父，您还恨您面前那个人吗？"

"愿主宽恕他。"神父闭上了眼睛，痛苦的记忆像潮水一样包裹了他。而此时应该称作卡巴勒罗的音乐家则耷拉着脑袋，下巴的赘肉层层挤压着，这使得他的呼吸更沉重了。

神父继续讲下去。

神父与卡巴勒罗先生童年时是好朋友，他们像乔弟一样，被麦田的图案和中国王子的故事所吸引。麦田本身并不会伤害任何人，就像中国王子根本与传染病、吸血鬼无关一样。善良的人们无法解释那种神秘的现象，只好将一切归为邪恶的异教徒、黑魔法……孩子们并不会管这些，他们喜欢在麦田里捉迷藏、玩耍，更为有趣的是，他们还可以听到神秘的音乐，那音乐只属于他们。

有一天，那个大一点的孩子突然产生了一个想法，从他贫穷的出身、渴望出人头地的本能以及热爱音乐的民族传统来看，他做出那样一个决定毫不意外。他想，我为什么不把这种只有我们小孩才能听到大人听不到、只有本地才有其他地方没有的奇妙音乐带到上流社会呢？这是一个天才的想法，因为在当时，就算把巴黎、维也纳、佛罗伦萨的所有音乐家的才华放在天平的一头，也会被另一头的中国王子的才华翘得高高的。

但是，他的小伙伴无情地嘲笑了他："小偷，你是小偷，抄袭中国王子的曲子。"吉卜赛孩子迅速明白了问题的关键，阻碍他步入上流社会的因素只有一个，就是身边这个白种小老爷们。如大家所能想象的，他用石块砸晕了小伙伴，把他埋在麦地里。

所幸，掩埋的浮土不够深，可怜的小马修后来被寻来的大人救了回去。而那个吉卜赛孩子果然也实现了他雄心勃勃的愿望。他来到巴黎，伪造了一个东欧国家的国籍，他当过学徒，卖过报纸，销售过有刺激气味的兽皮，但从未放弃过他音乐家的梦想。吉卜赛人血液里流淌的音乐天赋，让他对童年里听过的音乐过"耳"不忘。终于，他赢得了一个机会，一个当红钢琴家看中了他的乐谱。一个传奇诞生了，一个精心打造的贵族韵味的名字轰动了巴黎。在短短的一年内，他连续创作了10首作品，每一首都足以名垂青史。

"他的才华就像是从拧开的水龙头自然流出一样，不，就像圣米歇尔喷泉那样直冲云霄。"艺术评论界这样评价。

让我们来欣赏一下这名横空出世的音乐家的过人才华：在他的代表作《猩猩的和弦》里，他颠覆了统治欧洲音乐几百年的调性音乐，十二个半音对于他就像是十二进制数字，平等地分布在一个随机序列里，艺术界揣测这可能是与他的泛神论思想有关；在他的另一首作品《尤利西斯的黄昏》里，神圣的赋格曲被他打乱，显得支离破碎，从中听不出任何旋律主线，里面充塞着诡奇的颤音、魅惑的钢琴装饰音，甚至还有那些空气中根本听不到其振动的高频和弦。他让各种不同音程的和弦像叠瀑般层层堆砌，即使是为所罗门设计服饰的宫廷裁缝也不敢如此繁文缛节；在宗教音乐《天鹅圣叹调》中，为了演奏出他所谓"宇宙中最纯粹的音乐"，他甚至把庞大的管弦乐团请出了圣诗演奏团，只留下了键盘乐器。他似乎对自然泛音充满了偏见，拒绝在乐曲中融入任何整数。

不可否认，卡巴勒罗先生在艺术创新上取得了巨大的成功，因为这根本不是人间的音乐。就像人类的耳朵根本无法区分那种精确到小数点后十几位的频率一样，也没有任何歌唱家能演唱他的歌。

艺术界嫉妒这位天才音乐家的才华，纷纷在私下议论他的灵感来源。他对和弦的使用有点类似德彪西，却又脱离了后者的全音体系；他对十二个半音的理解接近于勋伯格，却又不似后者的僵硬教条；他与巴赫一样痴迷于十二平均律，却又颠覆了后者教堂般庄严的赋格范式。

更为奇怪的是，当评论家还在谨慎地预测这位旷世奇才最终所能达到的巅峰时，卡巴勒罗先生却以流星的姿态急剧陨落了，在两三年之后，他再也没有创作出一首像样的作品。也不是说他疏于创作，相反，他很勤奋，只是在接下来的10年里，他所做的就是对原作的不断修改。若是他的作品锤炼得越发光芒四射也就罢了，怪就怪在他将原来伟大的作品越改越差，差到人们不敢相信是出自同一人之手。

　　勋爵大人脸上浮出一丝冷笑，目视着正前方，看也不看故事的主角一眼。他正要说下去，梅尔顿打断了他："先生，让我来揭开卡巴勒罗音乐的秘密吧，我已猜出了大概。"

　　勋爵点点头。

　　"从卡巴勒罗先生对中国王子的音乐的拙劣模仿来看，他与马修神父小时候听到的神秘音乐正是那种高频和弦，至于为什么卡巴勒罗先生的才华突然消失了，有两种可能性。要么是他成年后丧失了对高频和弦的听力，也就无法继续抄袭中国王子的创作了；要么中国王子的音乐机器出了问题，毕竟他已死去多年，机器固然仍在运转，但再精确的钢琴长时间不调音也会走音的。卡巴勒罗先生，您说呢？"

　　音乐家此时已是汗如雨下，不停地用手帕去揩拭饱满的额头。

　　勋爵微微颔首，似在赞许，可他一发言，却又是质疑的语气："年轻人，你是从哪儿得知机器可能出了问题呢？要知道这麦田图案仍在平原上不断出现。"

　　"是神父的故事带给我的灵感，"梅尔顿的口吻里颇有几分自得，"神父曾提到教堂的图案从中心到边缘韵律似乎在发生变化，图形变得零乱，这不禁让我心中一动。因为前几年我收集的这一带的麦田怪圈，若将它们一字排开，也会发现同样的韵律变化现象。如果把这些图案视作古老而玄奥的乐谱，这与音乐家先生自甘堕落的作品不是有异曲同工之妙吗？中国王子的伟大作品是一种平面几何的音乐，这说明前后音符存在着非线性相关，前面的不和谐或者说失准的音符会叠加到后面的音乐之上，就像一处的沙粒从某个方向向另一处聚拢，受第二个音符振动所影响的沙粒是在原来的图案中堆积，这与传统的线性音乐是两回事。"

夫人怔怔地望着梅尔顿，自婆娑泪眼望去，他的身上披上了一层淡黄的光晕，好像这个小伙子不是别人，正是半个世纪前的约翰在讲述自己的作品。

"呃，"她开口了，"小伙子的分析很有道理。只是，大家可能忽略了一点……"她露出犹疑的神色，像是在做一个艰难的决定。"约翰虽然爱好广泛，但据我了解，他从未表现出任何音乐天赋。"她说道。

她的声音不大，可这一惊人的论断像一阵风刮灭了屋子里唯一的烛光，众人心头顿时一片漆黑。

可那阵风之于卡巴勒罗却是一剂清醒剂，他迅速坐正了身子，肥厚的手掌拍打着扶手："德彪西、巴赫、勋伯格、中国王子，这就是你们这群碌碌之辈从我伟大的作品中所读出的吗？"他的嗓音突然拔高，以至于频率超出了声带的正常振动，飘到神奇的"高频和弦"去了。

"没有人能抹杀我的艺术成就！不是说中国王子的音乐创造了麦田图案吗？音乐在哪儿？是电磁波音乐吗？谁听见了？那架水力推动的巨大钢琴在哪儿？又是谁指挥了这场盛大的音乐会，是这具骷髅吗？"

激动中，他的咆哮戛然而止："谁？"

门外钝重的脚步声由远及近，当他出现在门口，那浓重的体味简直要把房间里的人熏晕了。是莫里斯，他旁若无人地来到那堆白骨前，躬下身去，嘴里的声音含糊莫辨，咕噜咕噜的像是腹语。然后他转向卡巴勒罗这个方位。

"你要干什么？"卡巴勒罗眼里泛出苍白的颜色。

没有人回答他。莫里斯迈着一成不变的步子径直走向他，高大的影子把他覆盖了。

"啊！"从音乐家那富有穿透力的声音来看，他不演唱自己的曲子真是可惜了。

莫里斯将他连人带椅子高高举起，所幸那只是虚惊一场，莫里斯不过是把挡在他脚下的障碍物搬开而已，可是正因为他只是在处理障碍物，当他放下椅子时，那一下可不轻。椅子腿断了，音乐家"哎哟"一声坐在地上，哼哼着半天没起来。

原来在卡巴勒罗的椅子背后，藏着一扇门，莫里斯移开书架，一个漆黑的甬道露了出来。

众人尾随着莫里斯的脚步，摸索着向前。

"这会是通往哪儿呢？"夫人问道。

"应该是礼拜堂。"神父说，他是宗教建筑方面的专家，在塔楼上他曾注意到角楼与礼拜堂之间有衬墙连接着。

"大家听到什么声音了吗？"夫人停住了脚步。

"好像是机器的震动。"梅尔顿也听到了。

随着巷道的深入，那个声音越来越大，就像是水壶里的开水，从咝咝地冒气渐渐聒噪到令人难以忍受的程度。

终于，黑暗的前方出现了一点光亮，巷道到了尽头，前面出现一个锅炉似的庞然大物。走出巷道一看，原来这就是礼拜堂被拆毁的穹顶。莫里斯在"大锅炉"前停了下来，掀开一个铁掩板，把口袋里的东西全部倒了进去，而那"大锅炉"吞进食物之后，金属外壳震动得更欢了，铁掩板噗噗直响，像是有一头饥饿的野兽困在里面。莫里斯完成了他的工作，便一言不发地离开了。而他所喂养的那头"野兽"仍在不停地冲击着那块铁掩板，若不是铁掩板上插着铁栓，真让人担心什么东西会冲出来。即使是胆大的梅尔顿伸手去揭那块铁掩板，手指也是不住地颤抖。夫人甚至闭上了眼睛。

可是掀开之后，却是风平浪静，只有几只虫子飞了出来。梅尔顿往窟窿里刚一探身，便捂鼻后退不迭。铁掩板又被重重地扣上了。

"怎么回事？"众人围住他。

"里面全是虫子，恶臭无比！"

"是果蝇。"神父的手指上停着一只肥胖的昆虫，它的翅膀上闪动着星光。

勋爵走近"大锅炉"，手按住粗糙的金属外壳，把耳朵贴了上去。然后他后退几步，拾起地上一个瓷片，朝半球形"锅炉"顶扔去。无数个影子被惊起，渡鸦们扑棱着翅膀嘎嘎长鸣，空中飘满了羽毛、鸟粪、灰尘。勋爵仰望着宝石蓝的天空，眉毛上沾上了鸟粪也浑然不觉。

"原来如此。"勋爵点点头。他兀自蹀到锅炉背后，冲大家挥挥手，示意大家过去。

锅炉的背后连接着成捆的胶皮线，当勋爵把胶皮剥开，里面露出细如发丝的铜线。

"正是这些铜线把振动传给了线圈，如果我没猜错的话，在背后这堵墙内，藏着一种把物理振动转化为电流振动的装置，就好比约翰用音叉的振动触发密码锁一样，这对于他来说不过是小把戏。"

"您是指这个大锅炉制造了原始的振动？"梅尔顿反应很快。

"你尽可以把它视作一个共鸣箱，这黑家伙外面蒙着一层薄铁，里面却是空的，不正是一个优质的发音器吗？"

梅尔顿点点头："共鸣箱的振动来自吉他手的弹奏，那么这铁家伙呢？"

勋爵微微一笑，对神父说："能让我借用一下这个可爱的小精灵吗？"

那肥胖的果蝇一动不动，它太懒了，连挥动几下翅膀也显得有气无力。它很乖巧地被勋爵捉了过去。

"这可能是地球上演奏家最多的音乐会了。"勋爵意味深长地说。

梅尔顿的下巴拉长了："您是指麦田怪圈是这果蝇的作品？不，不，这绝不可能。"他下意识地摇着头。

"当然，这是一种无意的创作。"勋爵带领大家来到一个空着的房间里，关上门后，那嗡嗡的噪音消停了不少，而众人乱哄哄的大脑也似乎随之清净了。

"如果我们把这小小的果蝇视作水分子又会怎样？就像茶壶的水沸腾后，无数小水分子撞击着壶盖，噗噗噗地冒着白气。"

"如果那也叫音乐，火车烟囱也可自称音乐家了。"梅尔顿反唇相讥。

"这个怀疑，很好，"勋爵说，"可是果蝇的群体是处在一个动态的变化之中，而水分子却是单调减少的，水汽跑出去后，壶里的分子总数就减少了。果蝇却不会，它会繁殖，莫里斯年复一年地往锅炉里扔土豆、苹果，这为果蝇群体提供了限量却可靠的食物。以一个物理学家的眼光来看，约翰是在为系统输入固定的参数。但这与一个动态平衡的系统还有差距，还需要考虑环境的因素，这正是约翰没有给这锅炉加盖子的原因，他只是用一张大铁网隔离了渡鸦，这让渡鸦能够掠得一些果蝇，但也不至于让果蝇群体灭绝。这真是一个完美的设计。若不是我的秘书曾给我整理过托马斯·摩尔根的著作，恐怕约翰超越时代的作品只能像可怜的果蝇一样禁锢在黑暗之中，永不为人所知了。从这层意义上说，把约翰的发现转化为现代音乐作品的卡巴勒罗先生也算是做了一件好事。"

卡巴勒罗的表情有些复杂，尤其是当他了解到自己的老师是一群果蝇时。

勋爵接着说："好吧，让我们来看看约翰是怎样创作他的音乐的。如夫人所言，他并无音乐才华。但从神父的回忆及这城堡的装饰来看，他在图形艺术上颇有心得。这两者是相通的，如埃及谚语所言，几何是冻结的音乐。生物学家托马斯·摩尔根曾经研究过果蝇数量变化，他在大玻璃罐里用牛奶喂养了大约10万只果蝇，他发现，果蝇的数量存在着一种周期性涨落。每个周期内可能出现两个峰值，而到了一定的时间，比如一年后的果蝇数量的变化将变得极不规则。（用现代物理学语言说，在这个实验中，果蝇数量的变化包括了周期性、拟周期性和混沌。)"

勋爵接着说："因而我们可以把果蝇群落视作一个动力系统。一方面，果蝇数量的增长与前一年的果蝇数目成正比；另一方面，果蝇的增长又受到空间、食物、流行病、渡鸦的捕食等许多因素的限制，不可能无限增长。一开始群体较小，果蝇数量稳定增长，这好比一首交响乐的序章，主部、副部与引子的音符不断地交织，渐渐汇聚成巨大的音流；当群体适中时增殖量近于零，这时群体与环境达成了稳定的平衡，正如交响乐黄金分割点之前一长段舒缓又平静的慢板回旋曲；当群体暴涨时果蝇数量又急剧下降，这不禁让人联想起科萨科夫的《天方夜谭》第四乐章，在震耳欲聋的音浪中，乐队敲出一记强有力的锣声，随着它的音响逐渐消失，整个乐队力度迅速下降。果蝇数量的变化与音乐的跌宕起伏何其相似！"

神父吃惊地看着勋爵，但勋爵只是微微停顿了一下，继续滔滔不绝地说着："果蝇繁殖力惊人，1天时间卵即可孵化为蛆，2—3天变成蛹，再过5天羽化为成虫，一年可以繁殖30代。这样，约翰可以让他的音乐有足够大的变化幅度，同样也有足够快的速度把握他的音乐的节奏。事实上不是所有的果蝇群体都可以长期维持的，比如，稍大的果蝇数量可能导致环境超载，流行病滋生，从而灭绝；过小的果蝇数量又不足以应付变化莫测的环境。因而约翰定是试验了无数次，才精确地限定了他的控制参数（可以用简单的差分方程描写生物群体，这是一种迭代模型，即逐年逐年地反复用同一个函数进行数值运算，它可以反映由一个状态到另一个状态的跳跃变化），比如投掷食物的量与频率，铁丝网的孔隙大小，锅炉的体积大小，才使得他的音乐绵绵不绝，奏鸣至今……"

神父与梅尔顿同时张了张嘴，但梅尔顿还是抢先说了："那为何卡巴勒罗的音乐在后期变得一团糟呢？"

"就好像一棵景观树，不管当初它修整得如何完美，如果长时间不再关注它，它的树冠也会变得参差不齐，同样，约翰的控制参数再怎么精确，经过若干代的正反馈叠加，也必然会导致不规则的振荡甚至崩溃。"

"果蝇实验是一个非线性系统，初始条件的极小偏差，将会引起结果的极大差异。卡巴勒罗先生想必对此深有体会。"赫尔岑勋爵的目光耐人寻味地落在音乐家发亮的额头上。

卡巴勒罗尴尬地说："是这样的，过去几十年中我也曾不断地回来，咳，采风，想从约翰的麦田音乐中找到新的灵感，但无论我使用何种调式，要想从头至尾精确地模仿它的旋律及和声却是不可能的。就好像一台刚刚调试好的钢琴，才弹完一个序幕，后面便出现了飘音、杂音、串音。"

神父点点头："教堂的图案大概也是这样导致混乱的。"当他说完，却发现勋爵望着自己微微摇头。

赫尔岑说："那又是另外一回事了。古凯尔特人的音乐之所以会出现混乱，是因为他们采用的是五音纯律，对于人类的耳朵来说，那种满足弦长整数比关系的频率才是和谐的。而约翰信奉的却是十二平均律，对他来说那种非自然的用纯机械开方才能得到的频率关系才是优美的。好比无理数是数学界的大怪物，十二平均律也是音乐界的一头怪兽，任何相邻两音频率之比都是严格相等的，在数学上的严谨保证了它能够更准确地满足迭代方程，而不像纯律那样存在自然半音和变化半音之分，两者的频率比分别是 256:243 与 2187:2048，这只是一种近似的相等，因而对于约翰那种平面几何叠加态的音乐来说，用不了多久就会导致混乱。"

屋子里鸦雀无声，众人目不转睛地望着勋爵，心中不免会嘀咕，是什么原因让勋爵大人对约翰有如此深的了解呢？勋爵年事已高，他的思路却像一个年轻人一样清晰。

面对质疑的目光，勋爵的脸阴沉了下去，他擦亮一根长火柴，颤抖着点燃一支雪茄，缓缓踱到一堵墙边，对着墙上的一幅肖像出神。画上的人留着浓密的连鬓胡子，梳成维多利亚时代的古典样式，他的衣领，是上世纪军队中流行的拿破仑立领。画上的人可能曾在军队服役过。

大家都奇怪地望着勋爵，各怀心事地沉默着。

"看来，勋爵大人的故事不比我的少啊。"卡巴勒罗阴阳怪气地说。

勋爵像是没有听到卡巴勒罗的声音，而是转问夫人："夫人，你认识画上这个人吗？"

夫人眯起了眼睛，摇摇头说："不认识，但从他脸部的轮廓看，应该是约翰与威廉的父亲，或者爷爷。"

勋爵踱向另一面墙，问道："那么这一幅呢？"

墙上也挂着一幅肖像，是一张年轻人的面孔，下巴刮得光光的，锐利的眼睛看起来就像是海员，双排扣的制服同样暗示着他的军人身份。夫人还没有走近就涌出了泪水："他是威廉。"

勋爵点点头，向夫人问道，又像是自言自语："想象一下，约翰独自坐在这个房间，终日望着父辈与兄弟的肖像，他在想着什么？"

"复仇，雪耻。"温柔的夫人在说出这两个词时也不由得咬牙切齿。

昏暗中雪茄的红光陡然变大了不少，勋爵被呛住了，大口大口地咳嗽着，喉咙里发出咝咝的声音，脖子的褶皱在血液的冲击下像公鸡的肉垂一样通红。

"勋爵大人，德高望重的您又为何向约翰行鞠躬大礼呢？"卡巴勒罗不依不饶地追问道。

"我有愧于贺维家族，"赫尔岑艰难地吐出这几个字，"事实上，我今天来，便已做了决定，要将历史还原，将真相大白于天下。我垂垂老矣，尊严、荣誉都不过是过眼云烟，尤其是当我了解到约翰令人唏嘘的故事之后，忏悔、自责无时无刻不在噬咬我的灵魂。"

这一番貌似肺腑之言的怪论却让众人更加迷惑了。

"我就是乔治·韦尔斯利。"

然而，没有人听过这个名字。直到夫人的思绪从50年前转了一圈后，她才指着勋爵尖叫了起来："是你这个浑蛋，是你杀了威廉！是你！"

"那只是决斗，夫人。"梅尔顿挡在她面前，宽慰她说。

"不，那不是一场普通的决斗，那的确是蓄意已久的谋杀。"勋爵把雪茄掐灭在手心里，房间里传来烧焦的味道。

"好吧，从100多年前的那场伟大的战争说起吧。"他说，"众所周知，在与法国皇帝进行的那场决战中，威灵顿将军一度绝望。坚守到下午3点时，英军已是山穷水尽，将军甚至已做好了全军牺牲的战斗动员。就在这时，奇迹发生了，普鲁士的援军突然杀到，战局瞬间逆转，历史记住了将军在危急存亡的时刻说的话：'所有人都牺牲在自己的岗位吧，我们已经没有援军了。'后来发生的便是大家从史籍中可以读到的：将军以常人难以想象的意志与勇气拯救了欧洲。然而，很少有人知道，在那场战争最艰难的时刻，曾经发生过一个意外，历史也很难评价，在那个时刻的选择是对是错。"

勋爵的话成功地吊起了众人的胃口，四周安静了下来。他继续说道："威灵顿将军并不是一个视士兵生命如草芥的人，相反，人们一度评价他懦弱。今天，我要告诉大家一个被史书所隐瞒的事实：将军曾经在穷途末路的关头向法国皇帝派出一名联络官。谁也不知道联络官曾经带给拿破仑一封什么样的信，除了贺维家族。因为那名联络官正是约翰的祖父理查·贺维，他是威灵顿将军从小一起长大的挚友，他们曾在印度、德国汉诺威并肩作战，将军把这封信交给他，正是出于对他的信任。然而当战局戏剧性地扭转之后，对那名联络官的行为性质的判定就显得尴尬了。人民需要英雄，英国需要威灵顿公爵，欧洲甚至有6个国家授予他元帅军衔。历史是无情的，它需要做一个评判，尤其在这一历史细节被一家报纸所揭露之后，威灵顿公爵乃至整个大不列颠的荣誉都在受到威胁。历史同样也是简单的，它只需给联络官下一个投敌叛国的定义就行了。可是，联络官又有什么错？他与那些坚守岗位的士兵又有何不同？他同样只是在履行他的职责而已。这就是贺维家族在 100 年前所遭受的命运。理查·贺维被军事法庭处以死刑，贺维家族被剥夺了爵位。对于一个视荣誉为生命的骑士家族来说，那种耻辱怎能承受？"

屋子里鸦雀无声，勋爵继续说道："今天，我们仍可从这座城堡的内部装饰中看到这个家族敬重骑士的传统，军刀仍摆在最显眼的位置，岁月的尘埃亦不能蒙蔽它锃亮的寒光；每一名成员都风度翩翩，怀古的装束似在缅怀维多利亚时代的荣光与骄傲；爵位虽已被剥夺，但墙上那可以追溯到战争时代的家族徽章依旧让人怀念那金戈铁马的久远年代。约翰和他的哥哥从未放弃过向女王、议会、法庭申诉祖上的冤屈，而他们雄辩且富有煽动力的口才不免在公众间赢得了广泛同情。这正是我要对威廉下手的原因。"

"你是威灵顿公爵的什么人？"夫人严厉地问道。

勋爵没有回答，他直起身来，虽然他年迈体衰，可腰杆依旧笔挺端正。他来到约翰的面前，他的手探进大衣里摸索良久，掏出一块金色勋章来，恭敬地放置在骷髅的面前。

"这是维多利亚十字勋章，我，威灵顿公爵的侄孙乔治·韦尔斯利，向蒙冤逝去的理查·贺维，向我的兄弟、被我杀害的威廉·贺维，向传奇的约翰·贺维先生致以深深的忏悔。"说完这些，他已是老泪纵横。

"这就够了吗？约翰难道不是一个懦夫吗？他隐居在此，置洗脱几代家族耻辱的责任于不顾，难道说他已对现实绝望，选择向历史屈服吗？"富有正义感的梅尔顿不服气地说，整座城堡都回响着这个声音。

"不，"勋爵抬起头来，嘴唇微微颤抖，"约翰从未放弃过对历史的抗议，只不过他家族的冤屈是如此之大，非得用这天地间最深奥的音乐、最恢宏的图案来表达才行。他自称'中国王子'的意义正在于此吧。"

中国王子？所有的人都不由自主地坐正了身子，因为大家知道，约翰即便是拥有过人天赋，也不可能凭空生出他的才华。而他的所有离经叛道式的行为，都可以归结到他中魔般的"东方情结"之上。

勋爵突然换了一种深沉的语调："中国王子并不是什么缥缈的神话，他是一个真实的人物。在300多年前，我们欧洲还未发现十二平均律的时代，中国有一位叫堉的王子（指明代的科学家朱载堉，明太祖朱元璋九世孙。他证明了匀律音阶的音程可以取为 2 的 12 次方根，代表着中国两千年来声学实验与研究的最高成就），他拥有过人才华却流落民间，人们称他为布衣王子。为了解决音乐演奏中的旋宫转调难题，他用珠子穿起来的简陋计算工具，将半音的频率用开方的方法计算到小数点后 24 位。"

勋爵继续说道："大凡那种天才人物，大概只有在极度困厄的境地下，才会绽放出夺目的光芒吧。王子堉有着与约翰一样的悲凉身世，他的父亲本是一名藩王——郑王。郑王因直谏皇帝不要迷信神鬼、大兴土木，被皇帝削去了藩职，并被发配到远离京城的地方软禁。15 岁的堉为抗议父亲的遭遇，弃紫诰金章、高车驷马如敝屣，他在父王的王宫前筑起一间土屋，把自己关了进去，发誓父王沉冤不雪就不出来。他在那土屋里研修乐律，推演历算，这一住便是 19 年。可以想象当痴迷东方文化的约翰读到这个故事时将有怎样的触动。他们的遭遇是如此相似：皇室嫡系，却席蒿独处，贵为皇族，却离群索居；他们的血液里流淌着相同的骄傲，头脑里装着无比的才华；他们对科学的领悟同样超越了时代：堉在旧派音乐家的反对声中，独创把八度分成十二个半音以及变调的方法，这是前无古人的创举，他的律学著作却被皇帝束之高阁。约翰天才地发明用麦田图案来表达他的音乐，他的电磁波音乐却被人们解读为一种邪恶的巫术……唯一不同的是，中国王子的冤屈终于在新皇帝即位后得以平反，而贺维家族的耻辱至今仍不得雪，就像是风中无声哀诉的音乐，奏响在人类的听力范围之外……"

房间里静悄悄的，可以听到女人的低声啜泣。窗外突然雷声大作，镶有银白色百合花的蓝色玻璃窗呼呼作响。传说在电闪雷鸣的深夜，中国王子将会检阅他的 100 万士兵。看那成群的士兵一排排倒下，就像面对着来复枪方阵的密集齐射，他们倒下的尸体就像训练时一样整齐，他们履行死亡的承诺就像报告一样斩钉截铁。中国王子望着他忠诚的士兵，脸上却浮出莫名的哀戚与悲凉……

本报讯，近日，两名研究音乐与数学之间关系的科学家在《科学》杂志上撰文宣称，一首 20 世纪初的变奏曲可能是依照著名的费根鲍姆常数设计的。

研究音乐和数学的关系这一问题源远流长，早在两千多年前毕达哥拉斯就发现令人愉悦的音乐可以用简单的数学比率来表示。自古希腊毕达哥拉斯学派到现代的宇宙学家和计算机科学家，都或多或少受到"整个宇宙即是和声和数"的思想的影响，开普勒、伽利略、欧拉、傅立叶、哈代等人都潜心研究过音乐与数学的关系。

近日，威斯康星大学麦迪逊分校的布鲁斯教授和普林斯顿大学的柯亨教授，以"声音形象学"为基础，利用高深的数学模型，把音乐的谐波转化成对应的物理量，然后代入迭代方程，用分形学来对音乐进行结构分析。

他们惊奇地发现，在20世纪一个叫卡巴勒罗的音乐家所创作的变奏曲里，存在着"周期倍化分叉"现象，随着演奏的进行，平面上的几何图形就会出现倍分叉的分形结构，相邻两个分支间的宽度按一定比率缩小，缩小的比例因子存在一个极限值，这个极限值居然对应着非线性物理学上著名的费根鲍姆常数。

但如果在乐队中加入小号等按键吹奏乐器，平面上的几何图案则会出现混乱。布鲁斯教授解释说，这可能是由不同频率的振动的积累和叠加，相互交错干扰，产生复杂的湍流而引起的。因为吹奏乐器是靠自然泛音级来形成音阶，各半音之间并不是严格均匀的，这些极小的扰动在若干个音符的叠加后就会导致混沌。

有趣的是，卡巴勒罗音乐所形成的平面几何图形与中国古代邵雍学派所推崇的云雷纹有异曲同工之妙。该学派认为，任何事物，大到宇宙、小至朝菌蟪蛄都是以"一分为二、二分为四……"模式呈树状演化的，从任意一个起点开始的演化树都有相同结构，而且该理论是"先天的"，这似乎在呼应着费根鲍姆常数的"普适性"。

当记者问到那个叫卡巴勒罗的音乐家是有意识地创作这一乐曲还是出于无心时，两位科学家的意见产生了分歧。柯亨教授认为这可能是无意识的创作造成的巧合，因为音乐与数学都是直觉的，就像历史上许多大音乐家娴熟地应用黄金分割率一样。而布鲁斯教授倾向于认为这是一个有意识的创作，因为就算音乐家天才地应用差分方程来创作他的乐曲，要想准确地设置参数，使迭代方程不走向混沌，他必须进行无数次的实验。通过随机的设定而实现音符的平稳流动简直不可能。但他同样认为在两百年前就发现费根鲍姆常数是不可思议的。

为何几个世纪前的古典音乐乃至上千年前的东方哲学中会蕴含现代才发现的科学规律？或许莱布尼茨的名言能给我们以启示："音乐是数学在灵魂中无意识的运算。"

——摘自《基督教科学箴言报》，2116 年 11 月 12 日

母　亲

王晋康

第一章

14797，14798，14799……

白文姬在黑暗中默默地数着，攀着安全梯，一级一级向上爬。中微子观察站距地面 9700 米，安全梯的梯级间隔为 0.4 米，大致算来，她要攀登 23250 级才能到达地面。所以，她强迫自己牢牢记住每次的计数，用来估计自己距地面还有多远。在一次又一次令人厌烦的重复中，尤其是在极度疲劳中，保证计数不出差错，并不是一件容易的事。

14800，14801……

安全梯很简陋，是一根根 U 型钢筋直接插入岩层。也许某一级插接不牢的梯级会使她从几千米的高处坠落，结束这场艰难的搏斗。不过，直到目前她所攀过的梯级都十分坚固。记得雷教授说建造地下中微子观察站时，曾为设不设安全梯争论过，因为有人认为"从9700米的地下通过安全梯逃生"的几率小而又小。不过最后安全梯还是保留下来了，今天它成了白文姬的逃生之路。

14802，14803……

眼前的黑暗是彻底的，绝对的，看不见任何东西，即使拿手指在眼前晃动，也看不到一点黑影。她在黑暗中已待了很长时间，大概有三天了，极端的黑暗使她产生了顽固的错觉，似乎她的身体和四肢已经消失，只余下头颅在向上飘浮。

她常常停止攀登，用手摸一摸胳臂、小腿和脚趾，以便驱走心理幻觉。

14804，14805……

她已经不停息地攀登了多少时间？据她估计已超过了24小时，浑身的肌肉都已经僵硬，各个关节酸痛不堪。尽管步履艰难，她还能一级一级向上攀登，她想这要归功于她一直坚持健美锻炼，即使生下呱呱后，她也及时恢复锻炼，迅速恢复了体形。

想到呱呱，这个大嗓门的女孩，她心中不由一颤。等她爬够23250级梯级，回到地面后，会看到什么样的情景？她赶紧驱走这些想法，驱走心中的阴郁和不祥。人总得为自己留一点希望，如果……她也许会失去攀登的勇气，也许她会干脆跳入9700米的黑暗。

刚才数到哪儿了？14806，14807……

实在太乏了，她把左臂插在钢筋中牢牢固定住身子，右手向背囊摸出牛肉干，吃了两片，又摸出矿泉水喝了几口，珍惜地装回背囊。从地下站开始攀登时，她没敢多带食物，因为在

1万米的攀登中，每一克多余的重量都将成为重负。她只带了两天的食物，如果两天后不能到达地面呢？

太疲乏了，特别是太困，已经两天两夜没合眼了。她决定稍稍睡一会儿，便从背囊里摸出早已备好的绳子，把自己捆在铁梯上，又把左臂穿过梯级与右臂抱紧，脑袋歪在臂环上。她先在心里默诵着刚才数过的级数：14807、14807、14807……等她确认这个数字在睡醒后不至于忘记，便很快进入梦乡。

不过，她的睡觉姿势太别扭了，累得她噩梦连连。几天来的往事一直在她脑中翻腾，没有片刻停息。

11天前她和杜宾斯基到中微子观察站值班，这是她生下呱呱后的第一次值班。

她是信奉自然哺乳的，所以有一年时间不得不留在地面。她觉得，每天为呱呱哺乳实在是一种享受，呱呱用力吮吸着，吸得她的几根血管发困、发胀，有一种麻酥酥的快感。呱呱总是一边吮吸，一边用小手摸着乳房，仰着头，静静地看着妈妈，时时绽出一波微笑。呱呱真是个可爱的孩子，在让呱呱断奶时，她没有大哭大闹，不过她可怜兮兮的低声哭泣也让她心中发疼。她和呱呱总算闯过了断奶关。

杜宾斯基一看见她就睁大眼睛："我的天！"他夸张地喊着，"你还是那样漂亮！魔鬼的身材！"白文姬自豪地笑了。生下孩子后她立即恢复体形锻炼，她曾是全国健美大赛的季军，怎么能容许自己以臃肿的体形出门？她很快恢复了往日的体形，只是胸脯更丰满一些。杜宾斯基以口无遮拦著称，曾色眯眯地说，和白文姬在9700米的地下值班是最痛苦的经历，因为"眼瞅着如此美色而不能抱入怀中，对一个男人来说实在是最大的折磨"！他半真半假地说，白文姬知道对付他的办法："谢谢你的夸奖。不过我知道我是很安全的，不用在脸上涂上墨汁或诸如此类的掩护。"

"为什么？"

"因为，"白文姬微笑着说，"即使在9700米的地下，你也是受道德约束的一个男人，而不是处于发情期的雄性动物。"

杜宾斯基解嘲地说："谢谢你对我的崇高评价。"两人在地下长期相处时（每次值班为期一月），这个好色的俄国佬的确没有任何侵犯性的动作。不过闲暇时他会毫无顾忌地盯着她，用目光一遍一遍刷过她的身体。"你不能禁止我欣赏你，这是我作为一个绅士、一个男人的最后底线。"他宣称。

白文姬嫣然一笑，默认了他这点侵犯，仅仅是目光的侵犯。总的来说，两人的合作倒是蛮愉快的。

位于9700米矿井深处的中微子观测站是用来观察太阳中微子的。中微子是太阳核炉中氢氦转变时产生的，它呈电中性，几乎没有质量，可以轻而易举地穿越星球，因此对它的观察十分困难。不过，因为种种原因，科学家需要仔细观察它，比如说，观察它是否有微小的质量。如果有，宇宙暗物质的总量就要大大增加；而暗物质的多少又可以决定宇宙将一直膨胀还是最终转变为收缩。

这个中微子观察站是先进的镓观察站（镓同位素在吸收一个中微子后转变为锗，并能够被检测出来。镓观察法可以计数低能量中微子），而不是早先的四氯化烯观察站（氯同位素吸收一个中微子后转变为一个氩原子，并放出一个电子，从而可以被检测出来，但氩观察法只能计数高能量中微子）。至于把观察站设在 9700 米深的地下，则是为了彻底屏蔽掉宇宙射线的影响，防止实验出现误差。

37 吨价格昂贵的镓静静地待在地层深处，迎接那些穿越地层而来的太阳中微子。观察过程需要足够的耐心，因为多达 37 吨的镓每天最多只能捕获一个中微子，相比之下，足球比赛的进球是多么容易的事儿。所以，每当记录仪难得地出现一个脉冲，白文姬和杜宾斯基都会欢呼起来。

她和杜宾斯基是轮流值班，轮到她休息时，她总要给父母打几个电话（呱呱留在父母那儿），在电话中听一听小女儿口齿不清的呢喃。有时她也会给丈夫夏天风打电话，嘘寒问暖。她怕干扰工作，严禁丈夫往这儿打电话。

这几天是一个观察低潮，整整两天，仪表上没有任何显示。那天晚上是杜宾斯基值班，但白文姬没有睡意，沐浴过后换了一件睡袍，独自到起居室看书。夜里 10 点，电话铃响了，她拿起听筒，按下屏幕开关，屏幕上显示的是兴奋欲狂的丈夫。她的第一个念头是，丈夫违反了不准向这儿打电话的禁令，看来一定是出了什么大事。丈夫劈头就喊道："文姬，发现了外星飞船！"

白文姬笑了，斜过目光瞥了瞥自己手中的小说，那是阿西莫夫的科幻长篇《基地》。她问："什么名字？"

丈夫愣了："什么什么名字？"

"我问你说的是哪一部科幻影片的内容。"

"不，不是科幻影片，也不是科幻小说，这是真的。发——现——了——外——星——飞——船！"丈夫一字一顿地念道，"两个小时前刚发现，是用光学望远镜直接观察到的，它离地球仅仅有一个月的路程。当然，这都是粗略的估算。科学家和政府首脑全都乱作一团了！"

"有多少只飞船？"

"一只。"

"现在在哪儿？"

"在麦哲伦星云方向，具体距离有待测算，可以肯定已进入了太阳系。"

"尝试联系了吗？"

"还没有。要知道，没有任何国家的政府准备有应急方案！他们全都乱了方寸！"

挂上电话，电话铃又急促地响了，这回是地面站打来的，同样的内容。放下电话，她冲进值班室，亢奋地喊："杜宾斯基，发现了外星飞船！有三家天文台同时发现了外星飞船！"

杜宾斯基起身，惊愕地张大嘴巴，这个蠢乎乎的表情足足定格了几十秒钟。

他从文姬的表情中看出不是玩笑，便忘形地喊叫着，紧紧搂住文姬在屋里转圈。

那时他们都没想到，这一天会成为地球的黑色纪念日，历史将在这儿凝固。

第二天早上，他们得到的消息是：飞船离地球不是一个月的距离，而是三天的距离！

原来的估算错了。这艘飞船是以半光速飞行，现在它已显著地减速，地球天文台之所以能观察到它，就是因为减速时反喷的能量束。而且，这艘飞船十分庞大，足足相当于 100 艘航空母舰。

最重要的一点是：地球和飞船没能建立起联系，地球匆忙发出的大量问询没有任何回音。地球人没法弄清，这艘飞船是否是一只"死飞船"，飞船内是否有活的乘员。

丈夫在转述这些消息时，眉尖微有忧色。其实，白文姬的直觉也一直在向她报警。无论如何，这艘外星飞船的造访太过突兀，太不正常。不妨换一个角度思考：假如是地球人发现了外星文明，那么，在驾驶飞船造访之前，地球人一定会早早地发出联系的信息：我是你的朋友，是一个友好的种族，我们打算来拜访你们。这样的提前问候是人之常情。为什么外星飞船会顽固地保持缄默？

不过，也许外星人根本没有发明无线电通讯？也许外星人认为不告而来是最高的礼敬？不要忘了，他们是外星人——"人"这个字眼在这儿只是借用，谁知道他们是什么样的身体结构？什么样的脾气秉性？他们靠什么能量生存？

这些都是未知之谜，所以，尽管心中隐隐不安，白文姬仍急切地盼着谜底早日揭开。

两个小时后，丈夫打电话告诉她，外星飞船的形状已经观察到了，是蜂巢型结构，很可能那是几百只独立的飞船，在升入太空后拼合在一起。所以，这不是一艘飞船，而是一只舰队。

丈夫声音低沉地通知她：这是他最后一次来电，因为他们马上要忙开了。白文姬心中不由一沉，她当然知道丈夫的话意，因为，丈夫是在武器研究所工作。

20 年前，也就是 2324 年，小文姬已经记事了，她忘不了全人类欢庆的一件大事：人类经过公决，以绝对多数票通过一条法令：立即销毁各国现存的所有重武器，当然首先是核武器、生化武器及其运载工具。这是划时代的一天，它标志着人类终于告别野蛮，步入了理性时代。武器，这个人类互相残杀的怪物，这个人人憎恶却又摆脱不掉的怪物，终于寿终正寝了。

当然也有反对意见，很微弱的反对意见，说人类应保留太空武器，如星际导弹、太空激光炮等，以应付可能的外星侵略。但这些反对意见被另一种简单明快的推论驳倒了："如果某种外星文明能到达地球，那它必然超越野蛮阶段而步入高度文明，因为，高度发展的科学与野蛮是水火不容的。那么，这些外星文明就不会残忍嗜杀，不会具有侵略性，地球文明的发展不就是明证吗？"

这真是一个极具说服力的理由，关于它的正确性，几天之后的事实就给出了最明确的验证——可惜是否定的证明。

不过，人类公决时也考虑了反对意见，决定在全世界保留五个武器研究所，它们的责任是保存所有有关武器（尤其是太空武器）的知识，一旦需要，可在短时间内恢复生产。丈夫夏天风是位于中国的第四武器研究所的高级工程师，白文姬常取笑他选择了一个古董职业，就像是中国古代传说中所说的"屠龙之技"，永远没有使用的机会。因此，"你只管在那儿做一个南郭先生，不会有人揭穿你的"。

她没有想到，丈夫的屠龙之技会很快派上用场。不过，她知道这个决定时已为时过晚，太空激光炮、星际飞弹都是些极度复杂的玩意儿，即使以最快的速度恢复生产，也只能在数月之后交付使用，而现在，那艘不明来意的飞船离地球只有三天的距离了。

9700 米的地下是没有日升日落的，他们只能凭借钟表来掌握时间。2344 年 5 月 26 日晚上 8 点——历史的时钟将在这儿停摆——白文姬值完白班，来换班的杜宾斯基满脸疲色，他一直没有休息，守着电话一个劲儿地向外询问。他告诉白文姬，这几个小时没有任何进展，"暴风前的平静。"他补充道。

他的预言很快被证实。白文姬草草吃了晚饭，也迫不及待地向各处打电话。

地面站的小刘告诉她一个惊人的消息：美国肯尼迪发射中心正在发射升空的代迭罗斯号飞船发生爆炸，8 名机组人员全部遇难！代迭罗斯号是各国政府一致决定发射的，是人类与外星飞船联络的信使。它的爆炸也是可以理解的：准备太仓促。

小刘还说，据小道消息，代迭罗斯号飞船不光是信使，它还携带有核弹以相机行事。飞船的爆炸未能引爆核弹是不幸中之万幸。

惊人的消息接踵而来，外星飞船忽然吐出数百只飞船，像蝗虫一样向地球扑来。至此，外星飞船的狞恶嘴脸已暴露无遗了，但地球上却是出奇地平静，各国政要不再向民众发表谈话，人们都麻木地等着蝗虫飞船逼近。地球已变成一个完全不设防的村庄，只能坐以待毙了。

爸妈打来电话，从表面上看，他们的表情仍然很平静："文姬，呱呱会叫妈妈了。呱呱，叫妈妈！"呱呱咯咯笑着，弹动着小嘴唇发出"妈妈妈妈"的声音。

妈妈说："乖乖，亲亲妈妈，亲亲妈妈！"呱呱把嘴巴贴在可视电话屏幕上，着实地亲了几下。白文姬也透过电话亲了亲孩子，默默地，一往情深地亲吻。

她和女儿、父母道了再见，挂上电话，眼泪止不住流下来。她当然懂得爸妈的用意，一旦有了什么意外，这就是亲人之间的诀别了。

白文姬牢牢地守着专线电话，真恨地下观测站的建造者们为什么不把电视信号接下来，这样她就能及时了解事态的变化了。而现在，她只能凭一台时断时续的电话，从简短的回话和有限的视野中揣测地面上发生的事情。

丈夫那儿音信全无，他们在干什么？他们已经组装出合适的武器了吧？两小时后，地面站小刘说，敌方（他们已不假思索地使用这个名字）的子飞船已进入大气层。他们是从各个位置进入大气层的，平均分布在各大洲的上空。现在都停留在距地面3万米的高度。在这个高度，人类基本上是无能为力的，除非用航天飞机把它们撞毁，但为数寥寥的航天飞机对付不了蝗虫般的敌方飞船。

所以，只有坐观其变，让恐惧和悔恨咬啮着心房。现在，恐怕所有人都在后悔20年前的决定，后悔不该彻底销毁地球的武器！

凌晨四点，离接班还有一个小时，文姬决定少睡一会儿，虽然地球吉凶未卜，但她仍要在自己的岗位上尽责。她没有脱衣服，倒在床上立即入睡。她梦见千千万万只蝗虫在高空振翅，用复眼死死地盯着自己。在睡梦中，白文姬忽然觉得极端难受，就像有人伸手探进她的颅腔拼命搅动，搅得天旋地转。"哇"的一声，胃中的食物喷射出来。在这一瞬间，她才真正领会什么叫痛苦，似乎每一个脑细胞都在受挤压，每一个细胞都在遭受针扎，与这种痛苦相比，死亡真是太轻松了。

她没有死。

她慢慢睁开眼睛，被刚才的打击所驱散的脑细胞又慢慢归位，拼出一个模糊的神志。她仍然非常难受，头部是炸裂的疼痛，耳朵、眼珠和每个关节也都在阵阵发疼，稍一动弹便觉天旋地转，胸中恶心欲吐。

但不管怎样，她的神志总算又慢慢恢复了。面前黑漆漆的，没有丝毫的光亮。

她曾以为自己是瞎了，只是后来发现某些荧光仪表还有微弱的绿光，她才敢确信不是自己眼盲，而是停电。地下室内也没有一丝声音，没有交流电的嗡嗡声，通风管道的嘶嘶声，以及所有平常不为人察觉的无名声响。这种过度的寂静仿佛形成一个压力场，用力挤压着她的神经。

她想到杜宾斯基，那个开朗的、多少带点色相的男人呢？她轻声喊：杜宾斯基？杜宾斯基？喊声逐渐加大，但没有人回应。白文姬慢慢爬起来，努力克服着严重的眩晕。她摸到一堆黏糊糊的东西，那一定是刚才的呕吐物，她用被单随便擦擦，在黑暗中向前摸去。

好在她对地下室的结构十分熟悉，她慢慢摸到值班室，摸到值班椅，没有杜宾斯基。她继续顺着墙摸，在地板上摸。忽然她摸到一个身体，一个僵硬冰冷的身体，还有黏稠的液体，那一定是快要凝固的鲜血，杜宾斯基已经死了！她的眼泪刷刷地淌下来，他是怎么死的？死了多长时间？这一段空缺的细节永远不可能补上了。

白文姬坐在地上，强迫自己思考着，在头脑眩晕的许可范畴内思考着。毫无疑问，地球上遭到全球范围内的致命袭击。中微子地下观测站共有三条备用线路，一旦某条线路有故障，另一条会自动启用，正因为如此，地下室没有任何备用照明。现在三条线路同时断电，证明地面上的破坏是毁灭性的。

她想到电话，便挣扎着摸索过去，不出所料，电话也断了，话筒中没有一点儿声息。

绝对的黑暗、死寂、孤单和恐惧摧垮了她的思想，她疲惫地靠墙坐下，一直坐了很长时间。然后，她从假死状态中醒过来。不能在这里等死！停电必然中断通风，地下室的氧气终归要用完的，大概两三天之内吧，留在这儿只有死路一条。

她要回到地面，看看自己的父母、丈夫和女儿，即使他们已遭不幸，她也要亲眼证实它。

怎么办？只有爬上去，顺着安全扶梯爬上去。不能指望地面站的救援了，那儿很可能已经被毁灭。但是，9700 米的高度！比珠穆朗玛峰还要高 1000 米！她能不能爬到顶？会不会在半途中因力气用尽而摔下来？

不过，没有什么可犹豫的，因为这是唯一的生路。至于自己的体力能否坚持到底——她必须坚持到底，就这么简单。白文姬摸到厨房，在冰箱里找到一些熟食，两瓶矿泉水，找到一个背囊装起来。她坐在地上休息片刻，打开升降机房间的侧门进入升降井。这里的地形她很不熟悉，她在墙壁上慢慢摸索着，跌跌撞撞，几次差点儿摔倒。但她终于摸到嵌在岩壁上的 U 型铁条。心中突然涌出一股暖流——这细细的铁条就是她活命的唯一希望了。

她开始义无反顾地攀登。

白文姬从梦中醒来，一个数字首先跳入意识：14807。这是她睡觉前攀登的铁梯级数。她吁一口气，继续向上爬。

14808，14809……

那些该死的外星飞船，那些该千刀万剐的外星杂种。这是一次计划周密的突然袭击，它们使用了什么武器？从自己的感受来推测，很可能是次声波，是一次强度极高的、遍及全球的次声波攻击。即使在 9700 米的地下，她仍能感受到这场攻击的威力。杜宾斯基受到的伤害更重，他很可能是因次声波造成七窍流血而死的。

地面上的人呢？呱呱、丈夫和父母呢？她的头脑一阵晕眩，忙用手紧紧握住铁梯。歇息间隙，她强迫自己忘掉这些想法。到地面上再说吧，到那时再去面对事实真相吧。

17323，17324……

她的精力快耗尽了，刚才那一觉所恢复的精力，转眼之间就用完了。每向上挪动一步都十分艰难，56 公斤的体重似乎变成一吨重。她真担心自己爬不完最后这段路。

18621，18622……

手已经磨破了，虽然感觉不到疼痛，但从手心发黏的感觉来看，肯定是满手鲜血。每向上挪动一厘米，都会让她气端吁吁，她的胳膊和腿再也不能把身体向上举了。不过她仍咬紧牙坚持着，用意志力代替肌肉的力量去爬。

18710，18711……

熬过最艰难的几十级，她忽然觉得力量又回到身上。她恍然悟到刚才是运动的极点，她总算熬过了极点。此后，她的攀登就轻松多了。

当数过21000后，她不再数数，因为她发觉，一缕微弱的若有若无的光线已经在头顶出现。她紧紧盯着亮光所在的地方，抓紧向上攀登。没错，是光线。

光线越来越亮，慢慢地，可以看清升降井的大致轮廓。胜利在望，她忘记了疲劳，加速攀登。

现在她能看清头顶是一个四方形光圈，中间部分则黑黝黝的。是停在顶部的升降机挡住了光线，否则她早就应该看到出口了。借着从升降机四周泻下的光线足以看清起升井，看清起升钢索、铁梯和起升机的自动刹车结构。向下则是四方形的深井，深不见底。

在攀上升降机之前，白文姬休息了一会儿，一方面让眼睛适应光亮，一方面做一点思想准备。尽管心中不祥的预感越来越浓，她仍盼望着这是一场虚惊，也许停电只是一场机械事故，地面站的雷站长和小刘会飞跑着迎接她，说我们急死啦急死啦！停电后我们正想办法救你们，没想到你敢从9700米的地下爬上来！随后的电话中也能听到爸妈爽朗的笑声和呱呱口齿不清的"妈妈"……人总倾向于欺骗自己，直到蒙眼布彻底打开。

会是什么样的真相在等着她？

尽管早已有心理准备，眼前的一切仍然触目惊心。地面站的人全死光了，横七竖八倒了一地，从倒地的方位看，他们在灾祸降临的瞬间都是在向外跑，但没有跑几步便力竭倒地。其中坚持最久的是地面站雷站长，他倒在玻璃转门之间，身后拖着一长串血迹。所有尸首都扭曲着，表情狰狞，七窍流血，将那一瞬间的极度痛苦真切地、永远地记录下来。

白文姬想呕吐，她强忍着，在尸首之间辨认。这是小刘，这是地面站最漂亮的姑娘小奚，这是幽默开朗的"大叔"老葛……他们的眼睛大都睁着，死不瞑目啊。在院里她还发现一只死猫、一只死耗子，这点特别使她震惊，因为据说耗子是哺乳动物中生命力最顽强的种群。只有苍蝇未受次声波的摧残，它们在尸体上亢奋地嗡嗡叫着，飞上飞下，为这个死人场增添一丝活气。

地面站仍然停电，电话也不通。白文姬无法知道父母、女儿和丈夫的情况，但想来他们也是同样的命运。她没有眼泪，泪水已被仇恨烧干了。也许，她现在是地球人类唯一的幸存者？果真如此，则她只剩下一件事要干：尽可能多杀死几个外星杂种。

为了女儿，为了丈夫，为了所有的亲人，为了人类。

夕阳快下山了，西天布满绚丽的火烧云。金红色的彩云流淌着，迅速变幻着形状。天道无情，它不知道地球的生灵已经全变成了冤魂，仍旧日落日升，云飞云停。

白文姬强迫自己忘掉这一切，尽快进入新的角色——一个冷血杀手,她要向外星杂种复仇。但这些魔鬼究竟是什么样子?它们是气态人还是能量人?什么武器能杀死它们?白文姬还没有一点眉目。

她在冰箱里找到几瓶罐头食品,停电3天,冰箱里已经有异味,但罐装食品还是完好的。暮色已经降临,白文姬机械地咀嚼着罐装牛肉,筹谋着明天的行动。

门外忽然传来汽车行驶声,白文姬的神经猛然被扎醒——还有活人!她曾以为这个世界已没有活人了,但有人开汽车!

她立即起身,向门外跑去,但在最后关头,警觉像呼吸一样起作用了。是谁在开汽车?虽然她不大相信会是外星人开地球人的汽车,但她还是要观察一下。

她走到窗前,从窗帘侧向外窥视。

一辆大福特径直开进院内,停下车,车门打开,一只脚踏到地面上——白文姬心脏猛然抽紧:那只脚,或那只脚上穿的鞋子是金属制的,看起来十分笨重,发着黑色的金属光泽。接着,一个机器人走出车门,外形颇似人类,但全身都是金属的,头上无发,脸部由几十块钢铁组元组成,钢铁眼窝深陷着,一双没有理性的眼睛冷漠地扫视着四周。

外星人没有在院中停留,快步向主楼走来。它身高两米,脚步声十分沉重。

它是否发现了自己?白文姬迅速退到厨房,拎起一把锋利的厨刀,这把刀不会对机器人造成威胁,但至少可以用来自杀!然后她迅速藏身到一个橱柜中,透过百叶窗向外观察。

伴着铿然的脚步声,机器人走进来了,用冷漠的眼睛扫视一周后，弯腰抓起两具尸体，转身向外走去。它抓起尸体毫不费力，强劲的手指轻易戳进尸体内。

它出去了，走出白文姬的视线。听见两声闷响，可能它把尸体扔到地上了。然后脚步声由远及近。

原来它是在做尸体清理工作，很快，屋内的七八具尸体都被扔到院子里。其后五六分钟没有响声，白文姬溜到窗户前向外偷看，见几具尸体在院子中央堆成一堆，上面撒着白色粉末。那个机器人正从汽车里拎出一支沉重的枪，它单手执枪，对着尸体扣动扳机，一道耀眼的红色撕破暮色，尸体堆爆出明亮的火光，熊熊燃烧起来。

不知道它在尸体上撒的是什么燃烧剂，燃烧十分猛烈，白色的光芒照亮方圆百米。机器人没有多停留，返回车内，汽车迅速驶离火堆，开出院门。白文姬来到院里时，尸首已经燃尽，仅在地上留下一团很小的白色灰烬。那辆汽车已经不见了，远处的夜空被照亮，几十团白亮的火焰此起彼伏。看来今天机器人在对这一带进行大清理。

白文姬立在那堆尸灰前默哀。尸首被火化了，她的同事们总算有了归宿。然后，一个疑问浮出水面。刚才那个外星人来去匆匆，她没看清楚，但有一点是毫无疑问的，那就是它太"像"人。它有四肢、躯干、头颅，是否有五官不太清楚，但至少有一双眼睛和一张嘴巴。而且，从头颅、躯干和四肢的比例来看，也与人类酷似。白文姬知道一条规律：人类总是按照自己的模样去创造神灵、魔鬼和机器人。刚才她看到的无疑是外星人所造的机器人，那么，它们的主人，那些外星杂种，竟然与人类相像？

这是不大可能的，在两个相距遥远的星球上，沿着独立进化之路，竟然进化出面貌形态相当接近的两种"人类"，这种可能性几乎不存在。

那么——所谓的外星侵略是地球上某个国家或某个狂人玩的把戏？白文姬觉得浑身发冷，如果是这样，那可是一桩惊天大阴谋！不过她不相信这一点，因为，在自由、祥和、透明化的23世纪，根本没有这类狂人赖以存活的土壤。

她的心情十分阴郁。这是个谜，是个难解的谜，不知道在她有生之年这个谜团能否解开。

灯忽然亮了，屋内亮如白昼，远处的建筑物也亮起一扇扇窗户。一阵欣喜袭来——但白文姬随即悟出真相。不，不是"人类"恢复了电力供应，而是外星人。

它们已着手建立正常的社会秩序了。它们用次声波杀死所有地球人，接管了完好无损的人类物质基础。它们的如意算盘打得真精啊。

电扇在转，空调在响，电脑和电视屏幕也亮了。那场灾难造成时间上的一个中断，现在又接续上了。白文姬拿起电话，电话指示灯开始闪亮，耳机里有了熟悉的嗡嗡声，电话网也恢复正常了。白文姬很想向父母、丈夫那儿打一个电话，但她最终克制住了自己。如果外星人掌握了电话网，它们会很容易查出这个电话的来源，也许两分钟后外星人的军队就会把这儿包围。不能莽撞，她要好好保存自己的生命，要拿它多换几个外星魔鬼的性命。

她想上网络上查一查这两天的事情，也因为同样的原因而作罢。忽然她想到电视，电视里都存有两天的节目，可以调出来观看而不被外星人察觉。于是她调出两天的录像，认真地看下去。

她填补了两天的空白。

她看到那艘无比巨大的外星飞船，确实像一个大蜂巢。仔细看看，这个蜂巢是组合式的，每个组元就是一艘飞船，其模样和地球人的飞船差不多。估计是各个飞船独立起飞，到了无重力区域再组装起来，否则，它的庞大结构绝对承受不了自身的重力。

她看到那艘母船突然放出几百艘袖珍飞船，像一群野蜂般扑来，从各个方向进入地球，悬挂在外空轨道上。

她看到肯尼迪航天中心的大爆炸，那艘匆忙起飞的飞船曾是地球人最后的反抗武器。它不幸爆炸后，公众都陷于深深的绝望，因为，地球人已经没有任何太空武器来对付那艘蜂巢式母船和那群毒蜂。随后，联合国秘书长罗根思先生做了一次电视讲话，呼吁民众镇定，保持人类的尊严，万能的主将庇护我们。这个白发苍苍的老人实际上已向人类致了悼词。

然后，摄像镜头下的人群突然一齐扭曲身体，踉跄着，七窍流血地倒在地上。

摄像镜头被摔在地上，从地面的视角继续拍摄着，这个视角使画面更为恐怖。白文姬想起自己濒死的那一刻，想起身体僵硬的杜宾斯基，她觉得那种痛楚又向她袭来，连呼吸也变得困难。

她手指颤抖着更换频道。所有频道在此刻都录下了相同的场面，日本、美国、俄罗斯、智利、冰岛……死亡肯定是全球性的。60亿人，在一瞬间同时死亡。

她叹息着，关了电视。

不要再回顾过去了。过去的已经过去，不可能再挽回。过去那个白文姬也已经死了。现在活着的是一个复仇女神，她的胸膛里只剩下一种感情——仇恨。

她开始为今后的战斗做准备。首先当然是武器。到哪儿去找？外星杂种的汽车上倒有，但去盗窃危险性太大。她的生命至少要换几百个外星人，应该格外珍惜。武器研究所！她忽然想起丈夫的武器研究所。那里虽没有重武器（只保留着重武器的图纸），但所有轻武器都保留着样品。白文姬相信，在那儿一定能找到足以杀死外星机器人的激光枪、粒子枪或射线枪。对，她明天就去那儿，顺便寻找丈夫的下落。

她在屋里搜索着，充实着作战背囊。食物和饮用水她没有多带，因为估计这两种东西至少短时间内不会缺乏。她把厨刀也装进背囊，还有一捆尼龙绳，一把剪刀，一个日记本（她要把最后的日子记下来，然后……留给谁呢）。

想起在地下所遭遇的黑暗，她又带上一个手电筒，两只打火机。

然后她来到女员工休息室，放一池热水，痛痛快快地洗了一个热水澡。复仇开始后，这些正常的人类生活只怕是不能享受到了。女员工休息室是为值夜班的女员工准备的，但实际上在地下站值夜班的女性仅她一人，所以这套房子差不多成了她的领地。她是十分珍惜个人空间的女性，这套房子布置得十分精致，化妆间里，摆着唇膏、指甲油、眉笔、睫毛夹、发钳，衣橱里有漂亮的文胸、内裤、丝袜和大开领的丝质睡衣。她穿上浴衣来到镜前，擦去镜面上的水汽，端详着自己，心中一阵酸楚。从本质上说，女性化妆是为他人的，是为了留住丈夫，为了吸引别人的目光。但从今往后她为谁化妆？为谁美丽？

不过她仍然像往常一样化了淡妆，而且，在满当当的作战背囊里，她还是塞了两件文胸、内裤、一件睡衣。

白文姬早上4点起床，留恋地看看自己的小巢，同它做了诀别，然后到停车场找到自己的汽车。这个出发时间是计算好的，可以借助月光开车，免得被外星人发现。她没有开车灯，小心地上了路。

到处是一片死寂，楼房都有灯光，但没有一丝声响，没有一个活物。她沿着公路飞快地开着车，警觉地注视着公路尽头。好在路上没有外星人的警戒，一个小时后她安全抵达市内，来到父母的住宅前。

在住宅前的空坪上，她发现了熟悉的东西：一堆白色的灰烬。她心中一沉，看来外星人已来这里清理过了。屋内果然空无一人，墙上的照片含笑看着她，百叶窗在微风中轻轻摆动，荧光灯吐出柔和的光芒。看着这一切，很难想象这儿曾有过一番浩劫。只有地上随便扔着的长毛熊和小碗勺，多少透露出一点灾难的痕迹。

她取下镜框，爸妈仍笑得那么慈祥，满周岁的女儿瞪着圆溜溜的眼睛，好奇地看着外部世界。她的胳膊又白又嫩，胖得像藕节，一根手指含在小嘴里。文姬定定地看着，泪水模糊了视线，眼前幻化出另一种景象：父母和女儿在濒死的痛苦中挣扎；面目扭曲的尸体；一个冷血的焚尸者；一团白得耀眼的火光……

她擦擦眼泪，珍重地取下几张照片，用硬纸包好，小心地塞到背囊里。

不能多停留，要赶在天亮前到达丈夫的研究所。她在那堆灰烬前默哀片刻，驾车离开了。月亮已经落下去了，晨色苍茫，刚好能辨认出道路。她飞快地开着，拐过一个街角，忽然发现远处有汽车灯光！她急忙刹住车，停靠在路边，把车内的仪表灯也熄灭。刚刚做完这些动作，那辆车飞快地掠过这儿，车内灯光明亮，机器人的金属躯体闪闪发光。白文姬庆幸自己没有被发现，此后她开得更小心了。

武器研究所的情景和地面站一样，外星人还没来清理过，十几具尸首横七竖八摆了一地。每个人都握着一件武器，死前的痛苦都没能让他们松手。靠墙的武器架上摆放着一排轻武器，都擦拭得明光锃亮，弹药盘或能量盒也都已就位。

看来，研究所的人们已做好了战斗准备。

她找到丈夫，同样扭曲的面孔，同样凝着血迹的五官，双眼圆睁着，弯腰曲背，似乎仍蓄势待发。文姬把丈夫揽入怀里，为他合上双眼，又撕下衣角耐心地为他揩去血迹。血早已凝结了，擦起来十分困难，她小心地擦着。

再不会有人轻吻她的额头，把她揽入宽阔的怀抱中了。再不会有人在耳边轻轻地说"我爱你"，在睡梦中轻轻地揉搓她的乳房。她想起自己和丈夫面对面坐在床上，脚掌对着脚掌，光屁股的小女儿一边在四条腿中转着圈爬，一边咯咯地笑。这些情景像利刃一样搅着她的心。

　　阳光已从窗户里投进来。她放下丈夫的尸体，小心掰开他的右手，拎起那支枪。虽说女人生来不爱舞刀弄枪，但被丈夫耳濡目染，她也知道不少枪械的知识。

　　她知道这种枪是激光枪马丁2号，利用高能物质氮5（即5个氮原子所组成的氮的异构体）做能源，每个弹药盒可以击发10次，射程2000米，在500米内能射穿100毫米厚的钢板。估计这支枪的威力足以对付外星机器人了，除非它们是不死之身。

　　枪上已装好弹药盒，另外10个弹药盒装在丈夫身后的子弹带中。白文姬取下子弹带，围在自己腰间，拎着枪直起身来。丈夫和他同事的遗体该如何处理？她想了想，决定留给外星人的焚尸队。她想，丈夫不会怪罪自己的。

　　忽然院外传来汽车声！白文姬拎着枪，迅速闪到厨房，仍旧钻到橱柜内。同样沉重的脚步声，同样的机器人躯体，同样的刻板动作。屋内的尸体都被拖出去了，外星机器人还到各个房间检查一番。白文姬把枪口慢慢顺正，轻轻地扳开保险。

　　她看见了一双闪着金属光泽的脚，不过机器人没有打开橱柜，脚步声渐渐远去。

　　白文姬闪到窗前，外星人正在向尸体上撒白色粉末。然后返回车内，拎出激光枪，点燃焚尸的大火。机器人对着这堆大火又看了两分钟，钢铁组元组成的面孔十分冷漠，没有一丝表情。外星人准备离去了，这当口白文姬已悄悄瞄准了机器人的胸膛，一个光点在它左胸上晃动。文姬犹豫着，不知道这儿是不是机器人的致命处，但她凭直觉做出决断：既然机器人与人类这么酷似，没理由认为这儿不是心脏。她咬着牙扳动扳机，一道耀眼的光束破空而去，訇然一声，在机器人胸前炸开一个碗口大的洞。机器人吼叫一声，枪身在空中画一个弧形，瞄准文姬所在的地方。机器人开火了，但此时他的身体已慢慢向后仰倒，那束光也随着在空中画着弧形，所到之处，墙壁、树干和尸体都被炸裂。机器人沉重地跌在地上，那支枪射完了能量，仍直挺挺地朝向天空。

文姬扣着扳机，小心地走近机器人。机器人已经死了，钢铁眼窝里的眼睛还睁着，无神地望着天空，钢铁组元的面孔是惊愕的表情。胸口有一个大洞，露出一些粉红色的类似肌肉的东西。白文姬冷笑着想，这些残忍暴虐、杀人如麻的家伙，原来也并不是不死之身啊。她很想把外星人的尸首藏起来，以免打草惊蛇，但她拖着机器人的脚掌试了试，根本不行，这具钢铁身体重如千斤。她只好把它留在空地上。

她向丈夫的骨灰告别，匆匆离开那儿。没有开车，白天开车太危险了。她顺着住宅区内的小路，借着树林的掩护，迅速溜到了另一幢大楼，开始寻找她的下一个猎物。

白文姬就这样开始她的复仇生涯。到处是人去"室"空的楼房，食物和弹药很充足，她身上的能量盒够她杀死100个敌人，用完之后还可以到丈夫的研究所去取。

还有一点对她很有利：她知道到哪儿去设伏。只要发现哪儿的尸体未清理，她就可以埋伏下来，守株待兔。

　　天气渐渐热了，未清理的尸体已经腐烂，城市里到处弥漫着令人作呕的异味，外星人加快了它们的清理工作，到处是焚烧死尸的大火。在火堆旁边，白文姬共杀死了8个机器人。她的行动越来越熟练和自信。她过去所受的健美训练对她帮助很大，使她行动起来敏捷轻盈，有充沛的精力。

　　已经死了8个机器人，按说该引起占领者的警觉了，但好像外星人很迟钝，它们照旧忙碌着，在各地清理尸体，并没有采取什么搜捕行动。这使白文姬暗自庆幸。

　　白文姬已经不满足于这种复仇了，她要找到敌方的首脑所在，给它们来一个中心开花。她在一所住宅里找到了一只高倍望远镜，便带上它，潜入78层的工商银行大楼，从顶楼向市内瞭望。市内街道上汽车寥寥，看来外星人在这个城市的人数很有限。慢慢地，她发现，这些汽车的行迹构成一个蛛网，而蛛网的中心是市中心医院，那里肯定是外星人的巢穴。

　　她开始一栋楼房一栋楼房地向市中心医院靠近，在这个过程中又杀死两个外星人。到了中心医院，她发现这儿正矗立起一座A字形的铁塔，已经建起近百米，20多个机器人在塔上忙碌，到处是电焊的弧光。巨大的塔式起重机缓缓地转动着铁臂，把建筑材料送上去。已经建成的塔身方方正正，毫无美感，甚至可以说十分丑陋。这座塔是干什么用的？很久之后白文姬才知道，这是外星人的纪念碑和凯旋门，它们以此来庆祝对地球的占领，同时向上帝（当然是外星人的上帝）谢恩。这种形状丑陋的纪念物大概是这个野蛮种族唯一的审美情趣了。

　　几天来的成功袭击使白文姬的胆子越来越大，虽然是白天，她还是借着建筑物的掩护向铁塔逼近。她潜入与铁塔紧邻的一家工厂，悄悄攀上工厂中央的大水塔，架好枪支。那群钢铁蚂蚁还在忙忙碌碌，干得十分敬业，十分投入，配合协调，就像一台精巧的机器。白文姬仔细寻找着猎物，发现一个外星人离同伴较远，便把枪口瞄准它，扣下扳机。一道强光一闪即逝，那个外星人双手一扬，从塔上摔下去，隐隐能听到凄厉的叫声。

十分奇怪，这个机器人的跌落没引起任何反应，没人去注意和救护伤员，塔上的工作节奏丝毫未减慢。白文姬十分纳闷，她想，在阳光下，敌人未发觉激光枪的光束倒是可能的，但同伴失足跌下，至少也得去救护啊！她这会儿没心思去揣摩这个谜团，瞄准另一个又开了第二枪。又是一声惨叫，那人从塔上跌下，重重地摔在地上。塔上的工作似乎迟滞了半秒，但随即又恢复了正常。

白文姬愤怒地想，这真是一个残忍的种族，它们不但对地球人残忍冷酷，对同伴的性命也视如草芥。她这次瞄准塔式起重机的操作者，带着快意扣下扳机。

操作者身子一仰，靠在驾驶室的墙壁上，慢慢倾倒。起重铁臂继续转动，吊着的重物碰弯了铁塔的构件，把另一个机器人撞得飞了起来，摔死在地面上。

这时，铁塔上其余的机器人似乎得到了什么号令，同时向水塔这边转过身，望远镜中能看到它们冷酷的目光。然后，它们同时从铁塔上往下爬，动作十分敏捷。

白文姬知道情况不妙，疾速爬下水塔，闪身到一个车间。这时天上已响起轰鸣声，几十架飞机（地球人的飞机）包抄过来，行列中有一架形状特异的外星飞行器。

在这外星飞行器的指挥下，飞机轮流向水塔开火，塔身很快进飞，蓄水从半空中倾泻下来。

手持激光枪的外星人也已赶来，不过它们并没有进入工厂，都在铁篱外虎视眈眈地守候。水塔轰然倒塌，飞机开始以饱和火力分区域轰炸工厂，看来它们不准备让一个活物留下。眼看着爆炸点向这边逼近，白文姬急中生智，逃出车间，找到一个下水道的铁盖，用力掀开铁盖钻进去。

身后是轰隆隆的巨响，红光从下水道口射进来，灼热的气浪追赶着她。白文姬快速地、磕磕绊绊地向前爬。下水道很宽敞，弥漫着工业废水的刺鼻气味。身后的红光远去了，她进入黑暗之中，不过这儿的黑暗不像在 9700 米的地下，偶尔从窨井盖处透下几丝光亮，使她勉强能够看清前面的道路。

后边轰然一声，下水道倒塌了，堵死了。现在已后退无路，白文姬便一门心思向前摸索。下水道的微光越来越弱，已经难以辨清方向。向哪儿走？也许她会困死在迷宫一样的管道内。忽然她的脚面感到水的流动，感到了水的流向。她想，只要顺着水流走，总归能走到河边呀。于是，她干脆脱了鞋子，时刻用脚掌试着水的流向。管道内污水不多，可能是城市已经停止活动，没有什么生活污水，所以下水道内一直保持着足够的空气，使她不至于窒息。

她在管道里走啊走啊，不知走了多长时间。她已经精疲力竭了，手中的枪支重如千斤，但她始终紧紧握住它。她又饿又渴，背囊还在，但背囊中的食物和饮用水不知什么时候掉落了。

脚下就有水，可惜不能喝。水流的声音百般诱惑着她，她几次想趴下去喝两口，但最终还是克制住了自己。

走啊，走啊，她的双腿已经麻木，似乎比从9700米的地下爬上来时更累，但强烈的求生欲望仍支撑着她。方向显然没错，因为管道变粗了，脚下的水越来越深，水面浸到腰部，浸到胸部，现在她已不是爬行，而是游行了。

水声越来越响，水流越来越急，她在拐角处稳住身子，探头向前查看。前面，污水已经充塞管道，没有可呼吸的空间了。但前面隐隐传来亮光，传来水流的跌落声。反正已后退无路了，白文姬把枪支和背囊理好，深吸一口气，向水中潜去。

水流推着她向前游，20秒，40秒，她的呼吸已经十分困难，一朵黑云慢慢向她的意识罩过来，就在她快要绝望的时候，眼前忽然一亮，她随即跌落下去。

她急忙浮出水面，这儿不是河流，而是一个巨大的池子，四周池壁高高耸立，圈出四方形的蓝天。一道铁扶梯从水下一直延伸到壁顶。她猛烈地喘息着，手足并用爬上扶梯，等她接触到坚实的地面，心神一松，便晕厥过去。

繁星在天上闪烁，流云在弦月旁流淌，夜空高旷，晚风在私语。白文姬艰难地睁开眼睛，拼拢自己的意识。她是在哪儿？她睡在一座高高的墙壁上，不远处就是墙壁的边缘，夜里如果她翻个身，此刻已变成冤魂了。她心中一颤，腿脚发软，忙抓住身旁的铁栏。

枪支在腋下，硌得那儿生疼，她艰难地挪动着麻木的身体，把枪支顺到前边。

浑身都疼，骨头像碎成千百块。周围是黑黝黝的建筑物，只有几扇窗户倾泻出雪亮的灯光。

没有人声，没有人的活动。

她已经猜出这是哪儿了：城市西部紧挨河流的污水处理厂，面前是污水沉淀池。

污水先在这里沉淀，随后通过生物净化和机械净化，排到河里去。这儿的工作是全自动的，所以虽然工作人员已经死光，工作程序仍旧进行着。

她走过天桥，经过密如蛛网的管道，来到污水处理厂的指挥室。宽敞的指挥室内，各种仪表灯仍在闪亮。没有人，也没有尸体，这里肯定已被外星人清理过了。她走进员工休息室，在卫生间的大镜子中看到自己：浑身脏污，头发乱成一团，衣服破烂不堪，两眼充满红丝，面容疲惫麻木。她苦笑了一下，尽管已饥肠辘辘，但她仍先打开淋浴器冲洗一番。身上的衣服已不能再穿，背囊里的备用衣服也皱成一团，她在屋子里找到了几件男人的衣服穿上，尽管衣服很不合体，但站在镜前再度观察自己时，她又恢复了自信。

在厨房里找到罐头食物和饮料，狼吞虎咽地吃饱后在值班床上沉沉睡去。这一觉她睡得很沉，醒来时已是朝霞满天。这儿是郊外，十几只水鸟在高高的树梢上鸣啭着，飞上飞下。这种不知名的水鸟，羽毛是翠绿色的，头顶有一片丹红，美得像一只精灵，久未见到生灵的白文姬贪婪地看着，感动得热泪盈眶。

又一次死里逃生的经历，再加上这些生机勃勃的小鸟，忽然唤起她强烈的求生欲望。不，她的当务之急不是报仇，不是与敌人同归于尽，而是活下去，尽力活下去，想办法延续人类种族——她苦笑着摇摇头，如何延续人类种族？很可能这世界上已没有一个男人，而她又不会孤雌生殖，除非丈夫在她腹中留下了一颗种子。不过这一点不大可能，女儿还小，夫妻生活中，他们一直小心地采取着避孕措施。现在她强烈地感到后悔，她真不该避孕，真该留下一颗种子。

但是要活下去！命运既然能留下她，谁敢说没有别的幸存者？她要走遍全世界去寻找同类。即使人类只留下她一人，她仍要活下去，努力学习克隆技术，学习这种神秘得近乎巫术的技术，把人类延续下去。她要躲到荒凉的山区、沙漠或极地，外星人的数量不多，不可能控制整个地球，总会留下足以让她（他们）生存的空间。她要学会像原始人那样生活，茹毛饮血，保留着文明的火种。

决心已定，她感到心境复归平静，同时也难以消除渗入骨髓的孤凄和悲凉。

她开始在污水厂各个房间里搜集生活必需品。先在门外找到一辆越野性能较好的"城市猎人"牌吉普，砸碎车玻璃，意外地发现点火钥匙在那儿，这使她省去不少工夫。她把搜集到的罐头、饮料、衣物、工具一趟一趟地往车上搬，还找来几只塑料桶，把其他汽车的汽油都抽出来，放到自己车上备用。

她发现一间女性的居室，可能也是女员工休息室？主人一定是一位漂亮风流的女子，因为屋内到处是昂贵的法国香水，唇膏，薄如蝉翼的名牌文胸和内裤（只在紧要处绣着蝴蝶，略能遮羞）连裤丝袜和半透明的睡衣。那个女人的半身玉照在梳妆台上，眉眼中有无限风情。白文姬在镜中看着身上不合体的男人衣服，犹豫着，最终把它们脱下，换上了这位不知名女子的漂亮裙装。

以后不会有人来欣赏她的美貌，但一个女人的爱美之心是十分强烈的。

她把汽车开出污水厂的大门，停下来向人类世界告别。她只有一个信念，要活！活下去，再寻找希望！吉普一路向西北开去，那儿是深山区。

她担心在无遮无掩的公路上开车，会被外星人发现，开了半天见没有什么动静，多少放心了，也许，外星人还未能掌握地球人类的所有信息系统，比如天上的探测卫星。

她开了整整一天，没有看过地图，只管往最荒僻的地方开。先是高速公路，再是一般干道、县级公路。汽油表指到了0，她停下来，下车加了油，吃了一点食物，又继续前行。她进入山区，在坎坷不平的山道上颠簸。夜色沉下来，她不愿开大灯，便借着朦胧的月光向前摸索。深夜，前边的路断了，视野里尽是黑黢黢的山峰和阴森森的树木。她停下车，在后座上很快入睡了。

她做了一些杂乱的梦，梦见到处去找自己的丈夫，终于找到了，一夜缠绵，丈夫给她留下了一颗生命的种子。梦境变换，她躺在产床上，撕心裂肺的痛苦，然后是舒适的慵懒，一个可爱的婴儿躺在她身边。一岁的女儿来了，口齿不清地唤着弟弟，她想，如果世界上只剩下这姐弟二人，也许他们不得不做夫妻？

这个选择太艰难了，她想从梦境中逃脱……

她醒了，晨光熹微，面前是陡峭的山崖、茂密的树林。汽车停在一条布满鹅卵石的干涸河道上，侧后方是一个水潭，水潭不大，却极深，清冽的潭水汇出重重的绿色，十几条小鱼在潭水中游玩，倏然不见。

眼前的美景驱散梦中的沉重，她取出食物，坐在鹅卵石河道上吃了早餐。

清冽的河水在引诱着她。一天的奔波使她风尘仆仆，胸前、腋下都是腻腻的，于是，她取出盥洗用具，随身带上激光枪，来到潭边，脱了衣服，在清冽的潭水中洗去灰尘。藏到石下的小鱼又悄悄返回，一只螃蟹也从石下爬出来，不慌不忙地在石面上横行。文姬用脚趾悄悄摁下去，摁住了蟹背，螃蟹惊慌失措地举起两只大钳。她松开脚趾，螃蟹飞快地逃掉了，在水中留下一串水泡。白文姬不由得绽出一丝笑意，这是灾难来临后她的第一次微笑。

潭水太凉了，白文姬走到浅处，赤身立在山风中，就像一位风姿绰约的仙子。

晨风吹干身体，她上了岸，穿上文胸、内裤——忽然她有一种悚然的感觉，她的直觉在警告，好像有人在盯着她的后背，冰凉的目光所到之处，她的皮肤微微战栗。她镇定着自己，用眼角的余光向身后看。果然有两个外星杂种！身躯比她见过的略矮一些，一男一女（女的铁壳胸部有两个凸起，使她一眼就辨出机器人的性别），它们身后的林中空地上，停着一架外形奇特的飞行器。

外星机器人没有行动，冷酷地默默注视着。白文姬心中凄然，知道死神已经来了。她不慌不忙地穿好衣服，整理下头发，忽然一个箭步向激光枪扑去，把枪支拎起来。但男外星人以不可思议的敏捷一步跨过十几米，劈手夺过激光枪，向着远处射光了能量，耀眼的红光烧灼着空气，光束所到之处，大树拦腰折断，轰隆隆地倒下来。外星机器人狞笑着（脸上的钢铁组元拼出这个狞笑），把枪支慢慢地拧成一个麻花，摔在她的面前。白文姬从背囊中摸出那把尖刀，明知这件武器对机器人是无效的，但她仍拼死向机器人眼睛扎去。机器人用胳臂轻轻一拦，刀刃在金属躯体上砍出一溜火花。她苦笑着停止搏斗，忽然反手一刀，向脖子上抹去。

但她未能如愿，男机器人敏捷地托住她的刀锋，夺过来，远远地扔到潭水里，溅出一片水花，然后又冷漠地注视着她。白文姬觉得自己成了猫爪下的幼鼠，没有一点反抗的余地。她叹口气，转过身，纵身向潭中跃去。

这回是女机器人拦住她，女机器人伸出右手，慢慢扼住白文姬的脖子。白文姬觉得黑云渐渐漫过意识，在濒死的痛苦中，她反而有一种解脱的感觉。

她失去了知觉，但并没有死去。男机器人及时制止住女伴，简短地命令："把她带走。"它便夹起白文姬绵软的身体走向飞行器。白文姬没有听到它说的话，否则她一定会惊慌失措。它虽然怪腔怪调，但若仔细辨认，还是能够听懂的。

外星机器人说的是地球的语言，是英语。它说的是："Go with her（跟着她）."

第二章

被地球人称作中国郑州的大都市现在是 X 星球人的临时首都，72 层的银河大厦是占领军的总部，奇奇诺瓦五世就住在顶层。透过宽敞明亮的落地长窗，他每天看着 A 字形塔逐日拔高，最终将要超过银河大厦。这是 X 星人的习俗，或者称作他们的宗教。每占领一个地方，都要修建一座纪念塔。塔的形状则依部族而不同，比如 A 字形塔是奇奇部族的标志。100 年前在 X 星上的部族战争中，各种纪念塔频繁地毁了又建，建了又毁，直到 A 字形塔最终布满 X 星时，奇奇诺瓦一世的部族胜利了，兼并了其他部族，组成了奉奇奇诺瓦一世为帝皇的部落联盟。

奇奇诺瓦五世来到地球已经 10 天了，他乘着皇家飞行器看完了地球的建筑，它们都是美轮美奂的杰作，精致、典雅、动感，即使是外行也能感受到它们的精妙。

而眼前这座 A 字形塔却十分粗糙和丑陋，乌黑的钢铁桁架，蠢笨的造型，简直令他反胃。地球上凡驻有 X 星人的都市都在兴建 A 字形塔，临时首都这座 A 字形塔是最高的。奇奇诺瓦厌恶这种做法，但他没有阻止。即使贵为帝皇，他仍不得不顺应习俗。

这次 X 星人占领地球十分顺利。母飞船停留在月球轨道时，地球人没有反击；当密密麻麻的无人飞船分布在地球的同步轨道时，地球人仍没有反击。在那个瞬间，奇奇诺瓦五世曾猜想，地球人是不是在布置险恶的陷阱。不过，在次声波袭击后，地球人在一瞬间痛苦地死去，他才知道地球人根本无力反击。

X 星球的档案库中只记载地球人 300 年前的历史，那时，数万件核武器及太空武器耀武扬威地布满地球。他绝没想到，地球人的爱好在 300 年内发生了如此巨大的变化：所有的武器都销毁了，地球成了完全不设防的星球。他十分鄙夷这个变化，这些养尊处优的地球人已失去年轻民族的强悍和血性，不堪一击，他们活该有这个下场。

从军事角度看，这次奔袭取得了彻底的胜利。当 5000 件次声波发生器同时启动时，地球上连一个哺乳动物也没能幸免，活下来的只是一些低等动物，如爬行动物、鸟类、昆虫等。后来，当各种迹象表明还有一个地球人活着并在频频复仇时，他感到十分惊异。

御前会议的成员不多，帝皇奇奇诺瓦，帝后果果利加，掌玺令齐齐格吉，中书令葛葛玉成，侍卫长刚刚里斯。其中，帝后和侍卫长常常不发表意见，所以实际参加者只有 3 人。

掌玺令报告了近日的进展。他说，已经清理出 50 座地球城市，包括郑州、纽约、莫斯科、东京、新德里……其他城市和乡村由于人手不够，只好任那儿的尸体腐烂分解。不过由于占领军战士都注射了预防针，至今无一人生病。

占领军共 8 万人，只有 10 人死于地球佬的袭击，现有 79990 人。

奇奇诺瓦说："把 8 万人平均分到 50 座城市，迅速繁殖工蜂族，5 年之内要繁殖到 800 万人。有生育权的女贵族也要大力生育，每年必须生育一个。"

"遵旨。"

他看看帝后，帝后果果利加说："对，我也要生育。"

帝皇告诉中书令："你要尽快熟悉地球人的一切，我们过去的资料有很多缺项，比如电视中那些人在干什么？为什么懦弱腐化的地球人那时那么狂热？"

侍卫们打开电视，调出一个画面。一群人在疯狂地用脚争一个球，满场观众狂热地欢呼。中书令说："这叫足球比赛，是一种地球人所谓的'体育运动'。"

"什么叫体育？为什么我们过去的资料从未显示？总之，"他再次命令，"你要尽快熟悉地球上的一切。"

"遵旨。"

御前会议结束时，中书令恭敬地对帝后说："帝后，是你儿子抓到了唯一的女地球人，他为帝皇立下了赫赫功劳。"

帝后的钢铁面孔上堆出微笑："那天波波尼亚非要乘我的飞行器出去玩耍，还有他的女友吉吉杜芝。他们两人天天吵闹，又难以分离，我想清净，就让他们去了。没料到在一座山潭边正好抓住了一个女地球人。"

奇奇诺瓦问侍卫长："女地球人押来了吗？你领我去看看。"

"押来了，就关在 68 层。"

牢房门前站着双岗。守卫打开门，宽敞的屋内只有正中央放着一张床。犯人睡在床上，昏迷不醒。她穿着地球人常穿的裙子，露出白皙光滑、筋腱分明的小腿和润泽的背部，胸部非常丰满，黑发较乱，但仍显得黑亮柔软。赤着双脚，脚掌呈粉红色，双手戴着一副锃亮的手铐。

奇奇诺瓦目不转睛地盯着她。与资料中 300 年前地球人的服饰相比，这个女人的服饰没有太大变化。在尚武刚勇的 X 星人中，这种过于性感的服饰是受唾弃的。X 星人的美在于强悍、勇武，钢铁的光泽与力量。不过，当他真正目睹一个地球女人的身体时，还是产生了一种非常复杂的感情。

侍卫长说："就是她，杀死了 10 个 X 星士兵。我们已检查过卫星照片资料，从第一次袭击，一直到最后一次，都是她一人干的。我们曾对她藏身的工厂进行饱和轰炸，工厂已彻底夷为平地，不知道她怎么逃了出来。"

侍卫长的声音没有一点感情，不过奇奇诺瓦能听出他对这个女人的钦敬。X 星人是尊敬强者的。侍卫长说："王子是在她洗澡时把她擒住的。"

奇奇诺瓦严厉地说："是突然袭击？"

"不，王子等她穿上衣服才向她出手，"他说，"她非常柔弱，不堪一击。"

奇奇诺瓦向前走了一步，俯下身去，用钢铁手指摸摸她的手臂。皮肤十分光滑，肌肉富有弹性，手指修长，皮肤上有柔细的毛，这是个十分精致的女人。

地球女人的眼睛紧闭着，很长的睫毛盖着眼睑，眉峰微蹙，锁着深深的痛苦。

奇奇诺瓦又摸摸她的脸部和鼻子，回头简短地命令："让她活下去！"

"是，陛下。"

他带着侍卫长离开牢房。

白文姬早就清醒了，但她一直假装昏迷，不吃不喝，想以此探查一些外星魔鬼的内情。屋里没人时她微微睁眼观察。她显然被带到外星人的老巢了，这是一个很常见的办公环境，似乎楼层很高，窗外的蓝天白云显得很低，右边窗户可看到一个丑陋的 A 字形铁塔，与她最后一次袭击时见到的铁塔外形类似，但尺码上肯定大了好几倍。

不少人到牢房参观她，逮捕她的两个外星人也来过两次，他们很好辨认，尤其是那个男外星人，他的钢铁身体显然与一般外星人不同，做工更为精致。其他外星人都是黑色的，而他的身体却呈典雅高贵的银白色。

最后来的显然是最高首领，这可以从守卫的恭敬态度上判断。他们观看了很长时间，用奇怪的语言叽里咕噜说着什么。那个最高首领还伸手摸了她的手臂和面部。那时，白文姬用最大的毅力控制住生理的厌恶感，没有跳起来躲避。

听这些人说话时，她常常有一个奇怪的感觉。这是种陌生的语言，声调古里古怪，但她常常有种似曾相识的感觉。是发音？音调？节奏？她不知道，她努力辨认和揣摩，没有结果。

但不管怎样，这种奇特的熟悉感越来越浓。直到那位最高首领说话后，这个谜团才解开。最高首领说话较慢，很威严，发音较为典雅。他临走下了一道命令，白文姬忽然从中辨认出两个英语单词。

Let，her。他说的是英语！他们说的是英语！尽管他们的发音十分古怪。

一旦这层窗户纸捅破，她的听力就大大提高。她听到了随从的回话，"是，陛下。"

白文姬感到极度震惊，这些外星机器人怎么可能说英语？曾有过的猜疑再次浮上心头，也许本来就不是外星人，而是某个说英语的民族筹划了这个惊天大阴谋？这并非不可能，想想这些白人的祖辈吧，他们像屠杀牲口一样屠杀非洲人、印第安人、澳洲土人、印度人和中国人。当然那都是过去的事了，西方社会早已背叛了当时的罪恶，建立了民主普爱的社会。但也许有一撮人重拾祖先的衣钵呢。

高强度的思考使她脑袋发木，她慢慢睁开眼睛。有人在说："她醒了。"她一眼认出这是俘虏她的那个男机器人，他一身银亮的盔甲显得与众不同。白文姬是第一次在这么近的距离内观察一个外星机器杂种。他的脑袋是光的，脸部由几十块钢铁组元组成，但也有眼耳鼻口，深陷的眼窝里是和人类相近的眼白和瞳仁。他说话时，口部的钢铁组元有规律地动作着。他的身体很强悍，身高约两米，四肢十分强壮——在搏斗中白文姬对此已深有体会了。钢铁四肢的行动不算笨拙，但多少带着机器般的僵硬死板，缺少人类的优雅。这是一个罪该万死的凶手，不管他是什么来路，是来自于外星，还是一个狂人国家，白文姬的仇恨都不会减弱。

她目中喷着怒火，但机器人没有昨天的敌意，显得比较平静。他招招手，守卫拎来一大筐地球食品，大多是各种罐头、方便面、饼干等。他指指食品，非常缓慢地说："食——品——你——吃。"

毫无疑问，他说的确实是英语，只是声调相当古怪，像是在念经。

白文姬已两天两夜没进食没喝水了，但她不准备吃这种嗟

121

来之食。她目光冰冷地盯着对方，不说话，也不动弹。机器人再次重复道："你——吃。"他看懂她的蔑视，怒气像自来水一样说来就来："快吃！不吃——杀死！"

钢铁面孔堆出怒气冲冲的表情。白文姬鄙夷地想，对于两天来以绝食求死的人，杀死是一个威胁吗？想来这个蠢脑瓜理解不了这一点。其实，死亡恐怕是自己最好的归宿，那就让他来杀死自己吧。她伸手取过一瓶可乐，拉开铝环。机器人的怒容马上消失了，甚至露出胜利的笑容。这时，白文姬把可乐猛地泼到他的眼睛上。

机器人被激怒了，他呀呀地怪叫着，伸出一只手卡住白文姬的脖子，轻而易举地把她举起来。文姬呼吸困难，眼前发黑，意识迅速模糊起来……但她没有死。那个机器人把她扔到地上，他的怒气无处发泄，呀呀地怪叫着，周围所有的物品都成了他的出气筒。床被劈烂，墙壁也被他杵出一个大洞。他一路咆哮着离开牢房。

白文姬坐在地上，用手抚着脖子，艰难地喘息着。她知道这些机器人都是残忍暴虐的魔鬼，原想在激怒他后，他会立即下杀手的，但他为什么中途改变主意了？

牢房门又开了，一个女机器人走进来。白文姬认出她是刚才那名机器人的同伴，那天在湖边俘虏自己时她也在场。女机器人冷漠地注视着她，目光一遍又一遍地刮过她的全身。白文姬被看烦了，她抓起一个可乐瓶砸到女机器人脸上，铮的一声，碰出金属声响。但女机器人没一点反应，仍然冷漠地注视着。

很久之后，她才悄然离去。

食品扔得满地都是。饥饿在文姬胃里强烈地燃烧，但她已决定绝食求死，去追随自己的亲人。她闭上眼睛，不再看这些摆在眼前的诱惑。这些天的遭遇使她的身心极度疲惫，尽管饥饿感很强烈，她仍靠在墙上沉沉睡去。60 亿人的冤魂在她梦中奔走呼号，搅得她睡不安稳。

在 72 层楼顶，奇奇诺瓦正和他的家人吃饭，其实，吃饭只不过是一个古老的仪式，是一种宗教式的行为。因为，早在 100 年前 X 星人已摒弃自然食物而改用能量合剂。一小瓶能量合剂可以应付一天的能量需求，而喝一瓶合剂只用 5 秒钟的时间。

奇奇诺瓦和帝后果果利加已经喝完了，但王子波波尼亚却迟迟不喝。奇奇诺瓦不解地看着儿子：今天是怎么啦？往日他十分厌倦这种吃饭仪式，常常把能量合剂往嘴里一倒便离开饭桌。波波尼亚面对父王的问询，以桀骜不驯的目光与父王对视。奇奇诺瓦平静地说："你有话就说吧。"

"父王，是我捕获了那个地球人，唯一的一个俘虏。"

奇奇诺瓦微微一笑："那不是因为你的能干，纯粹是侥幸。不过，那的确是事实。"

"我要求奖励。"

"好的，你要什么奖励？"

"我要这个地球人，把她交给我。"

奇奇诺瓦略微犹豫后答应了："可以，但不能杀死她。既然上帝给我们留下一个俘虏，就让她活下去。"

"放心，我不会杀她，我对她很感兴趣。我还有第二个要求。"

帝皇皱皱眉头，帝后看看丈夫，柔声说："你说吧。"

"为了不让她饿死，我找了不少地球的食物。我想知道地球人到底吃的什么东西，所以我想尝一尝。"

奇奇诺瓦紧皱眉头。到地球前，基于中书令葛葛玉成的建议，他颁布了一条法令，严禁 X 星人沿用地球人的生活方式。中书令说，地球佬的生活方式是腐败，是堕落，是醉生梦死的。如果不加制止，它会把 X 星人很快腐蚀掉。不妨看一看地球的历史吧，比如——中国人，他们的生活方式（文化）曾腐蚀了羌人、匈奴人、鲜卑人、女真人、蒙古人和满族人，让一个个骁勇善战的强悍民族变成了只会吟诗作赋的纨绔子弟。所以要严禁！

奇奇诺瓦不太了解地球的历史，他只会打仗和杀人。但他相信中书令，那个固执的老东西，所以他痛痛快快地批准了中书令拟就的法令。可现在呢？虽然他对儿子不苟言笑，其实心里还是很溺爱的。他不好直接同意，便看看帝后，帝后立即说："仅此一次！"

波波尼亚立即从身后拎过来一只小袋，里面装有品种繁多的罐头，罐头上全是四四方方的中国字，什么"五香驴肉""红烧鱼块""松子银鱼"之类，波波尼亚狡猾地说："我已经吃过了，吉吉杜芝也尝过了，我今天拿来请父王和母后尝一尝。"

奇奇诺瓦不想让儿子难堪，便夹了一块五香驴肉在口中咀嚼，帝后也挑了两样尝尝。他们没尝出什么味道，便摇摇头，表示要结束这顿饭。波波尼亚把剩下的食品大口吃完。"非常美味！"他大声说，"你们再尝一次就能体会到了！"

波波尼亚和吉吉杜芝在游玩途中遇到一场暴雨，暴雨实在太大了，没办法观察道路，他们只好暂停飞行。

两人蜷在飞行器内，粗大的雨柱敲击着透明罩盖，在周围地面上打出一片水花，雷声隆隆，紫色的闪电从黑云中直劈地下。他们好奇地看着这场暴雨。X星上从没有这样的暴雨，那儿的天空总是布满浓云，雨总是濛濛的，太阳只是浓云后边一团发亮的、边缘不清的东西；没有星星月亮，没有蓝天和彩云。因而，他们对于太空的想象从来都是阴郁的，色彩暗淡的。

暴雨结束得非常迅猛。转瞬之间，黑云飞走了，天空又恢复了澄碧的蓝色，几朵白云追随着撤退的黑云悠悠飘来，太阳又以火辣辣的热度照射着大地。波波尼亚重新启动飞行器，在低空沿着地形曲线灵活地上下翻飞。

波波尼亚自从来到地球后，一直驾着飞行器四处游玩。有时他不带吉吉杜芝，但大多数时间是两人一道。他对地球上的奇特风景很感兴趣，这里有蓝天，有看得清清楚楚的太阳，有各种树木，还有飞鸟和昆虫、鱼类。这些在X星上都没有，那儿只有微生物和数目稀少的几十种植物。

吉吉杜芝忽然惊奇地问："那是什么？"他扭头向后看，看到天上扯起一个半圆，赤橙黄绿青蓝紫依次排列。半圆很大，显得既大气又奇妙。波波尼亚不知道这是什么玩意儿，看来它是一种自然现象。他努力搜索关于地球的知识，但是找不到关于它的资料。这个玩意儿确实很漂亮，两人目不转睛地盯着。

波波尼亚忽然说："那个地球人应该知道的，回去问她！"

吉吉杜芝说："不，我们要朝它飞过去，我要抓住它。"她指着那个半圆说。

波波尼亚已经掉转机头踏上归程："不,我要回去。地球人三天没吃东西了,我不让她死。"

吉吉杜芝很气恼,她早就看出波波尼亚对女俘虏房有非同寻常的兴趣,但她没有反对,顺从地跟他回家了。

整整一天时间没人来这间牢房,守卫守在门口,从不向内张望。白文姬绝食四天三夜了,已经十分虚弱。男机器人带来的食物、饮料被她抛撒了一地,白文姬闭眼不看,顽强地抵制着他们的诱惑。她盼着死神快来带走她的生命,不愿意在外星魔鬼的囚禁中苟延残喘。

那个男机器人又来了,守卫跟在他后边,带来更多的食物。有熏鱼罐头、袋装烧鸡、八宝粥、梨、西瓜,还有一些不能食用(或不能生食的)药材、茄子、土豆等,看来外星机器人没有这方面的鉴别能力。守卫把食物堆在她身边,悄悄退出去。白文姬冷漠地转过脸,知道男机器人又要劝她吃饭。但这次男机器人先把白文姬扯到窗边(他的神力根本无法抵挡),指着窗外急切地问:"那是什么?"

他指的是东边天空上的一弯彩虹。衬着湛蓝的天空,这具阿波罗神弓显得奇妙非凡。白文姬不由扭头看看男机器人,他的钢铁面孔还是那样令人憎恶,但钢铁眼窝里的眸子中,分明是孩子般的好奇。白文姬不想理睬他,但不知为什么她还是回答了,"这是虹,是水珠折射阳光形成的自然现象。"她用英语说道,"你们也能欣赏它的美丽?你们这群杂种!"

男机器人忙不迭地点头(他可能没听懂最后一句诅咒),又把白文姬扯回床边,指着那堆食物说:"饭——你——吃,快吃。"

他眼巴巴地望着她，目光像家犬一样愚鲁和急切，钢铁组元甚至拼凑出一丝笑容——如果这能称作笑容的话。看见白文姬没有动作，他急切地重复着："吃——四天——没吃饭。"

白文姬忽然受到触动。在此之前她一直认为，这个机器人让她吃饭，只是为了留一个活的战利品，留一个研究的对象，看来事实并非如此。也许他是对一个孤苦伶仃的地球女俘虏生出怜悯之情。一道亮光划过空白的脑海，她当然不会利用他的怜悯来苟活，但这里似乎有某种值得思索的东西。她忽然改变了主意，不想即刻就死，死是最容易做的事，而她应该活下去，至少要弄清这些外星人的来历，弄清地球人还有没有幸存者。她取过一瓶牛肉罐头，拉开封盖，大口大口地吃起来。男机器人显然没料到她会轻易改变主意，立即变得兴高采烈，围着她转来转去，盯着她的嘴巴傻笑，只差没有摇尾巴了。

白文姬冷眼看着他那鄙俗的动作，觉得十分悲哀。看吧，就是这些粗鲁鄙俗的外星杂种灭亡了高雅睿智的地球人，成了胜利者。历史太不公平了！——不过，既然说到历史，她倒想起历史上有很多类似的事例，像喜克索人灭了古埃及，多利安灭了希腊，蒙古灭了南宋。历史在很多时候就是为野蛮人书写的呀。

她吃完了，静等着下一步，而那个可恶的机器人确实没让她久等。他几乎是急不可待地打开了文姬的手铐，说："脱——快脱——我看。"

血液一下子冲上文姬的头顶。她从被捕后就做了最坏的打算，就是没想到在机器人中也有色狼！莫非他们也安装有性程序？这当然是可能的，否则他们不会在机器人中分出男女的差别。波波尼亚看出她的反抗，立即显出怒容，伸手来扯白文姬的衣服，不耐烦地说："脱——脱！"

白文姬闪开了，不愿他的脏爪子碰到自己，但她知道反抗是无用的。这些机器人的神力她已领教过了，他们可以轻易地制服一头大象。在这时，文姬甚至愤恨地想：好吧，让你们这群丑东西看看地球女人的胴体，让你们看吧！

她脱下裙装，脱下半透明的文胸，脱下精致的内裤。现在她昂首立在中午的阳光下，乳胸挺立，柔发蓬松，腰部和臀部构成美妙的曲线，光滑细腻的皮肤闪闪发光，脖颈细长，小腹平坦，腿部肌肉坚实，筋腱分明。波波尼亚贪婪地盯着她的胸部，盯着半圆的乳房和挺立的乳头，看得如痴如醉。自从在湖边见到这个地球女人的裸体，他就念念不忘。这是从基因深处泛出的本能，是自然界最强大的力量。他慢慢向白文姬靠近，脏爪子慢慢伸向那对乳房……就在文姬反抗之前，一道黑影从牢房外闪进来。黑影的动作太快，白文姬只听见她的怒吼，辨出她是常和波波尼亚在一块儿的女机器人，随后一只强劲的铁手扼住她的颈部，她很快陷入了昏迷。脖子上的压力猛然一松，她艰难地呛咳着，从昏迷中苏醒。醒来后她看见男女机器人像恶狼一样怒目相向，刚才肯定是波波尼亚把她从女机器人的手里救出来，在两人的争斗中，女机器人肯定吃了亏。两个机器人僵持一会儿，在喉咙深处咆哮着，然后，女机器人狂怒地跑了，周围的物品都成了她的出气筒。

是波波尼亚救了她，但这丝毫不能减弱她对波波尼亚的仇恨，她冷冷地盯着他，看他还会做出什么丑恶的举动。但波波尼亚并没有什么举动，他只是专注地盯着她的乳胸，目不转睛地盯着。他的手又想凑过来抚摸，但中途停止了，然后……

此后的事态发展超过文姬的心理承受能力。波波尼亚的两只手交叉着伸到肋下，在左右腋下同时按了一下，他的身躯，不，是他的外壳慢慢裂开，先是头部裂开，露出另一副面孔，然后整个身躯裂开，另一个小身体从外壳中滑出来。

那是一个十五六岁的男孩，身高只有一米六，与粗壮强悍的机器身体形成鲜明的反差。男孩瘦弱纤细，头颅硕大，额头很高，两只眼睛特别大。这个身体丑陋肮脏，但分明是人形，不，分明是一个人！男孩看看文姬，再比比自己，再看看，再比比，他的表情变得很困惑，甚至有一点羞愧，他不再是狰狞强悍的外星魔鬼了，而是一个浑身脏污、柔弱自卑的人类孤儿。

从机器外壳裂开的刹那，白文姬的心脏突然停跳，开始嘎嘎吱吱地碎裂。多日的困惑解开了：为什么这些机器杂种颇似人形，为什么他们的钢铁怪脸能做出人的表情。为什么他们的枪支甚至手铐都是地球上曾经有过的样式，为什么他们能说英语——而白文姬还曾怀疑这场灾难是某个白人国家一手策划的呢，她为自己的多疑偏执感到羞愧……原来，这些外星人确实是从外星来的，但他们却是人类的后代！

他们对外展现的钢铁躯体，实际上只是一种体力增强器，是一种伺服机械。

机器外壳中有强大的能源，它能把穿戴者的动作成正比地强化。这不是什么新鲜玩意儿，在地球上，20世纪早期就发明了。只不过这项发明在地球科技史上只是一朵转瞬即逝的小浪花，始终没能形成大气候。倒是与体力增强器相仿的远距离操纵机械手得到了长足发展，但机器外壳——谁愿意每天穿戴一副丑陋僵硬、令人难受的外壳呢？

X 星人是一个无根的种族，是一个没有历史和起源的种族。

X 星是一个富饶的星球，这里有着和地球类似的大气层、温度和土壤，这儿已进化出了微生物和绿色植物。但没有高等动物，更没有人，是一个尚在沉睡中的星球。

X 星人的历史是从 300 年前一艘宇宙飞船突然降临 X 星开始的。X 星人是从光盘上学到了这段历史，认识 X 星人的上帝。上帝曾悄悄造访太阳系的地球行星，悄悄采集足够的人体细胞，通过这艘飞船带到 X 星上大量克隆。上帝为这十万个同时降生的生命准备了相当于地球 20 世纪 90 年代的知识和生活条件，然后上帝就走了，一去不返。

上帝为什么这样做？是偶发童心？是想做一个社会进化对比试验？还是一个深藏祸心的大阴谋？还有……上帝究竟是谁？他住在哪里？X 星上从没人认真追究过这个问题。

上帝走了，十万个克隆胎儿从机器子宫里诞生。上帝给他们留下能干的电脑奶妈和机器人保姆，奶妈和保姆尽职尽责，向他们传授了相当于地球 20 世纪 90 年代的知识：历史、物理、化学、生物、医学、军事……电脑奶妈的硬盘储量几乎是无限的，地球上的知识应有尽有。可惜，由于某个扇区的偶然损坏，这些知识中缺少宗教、文学、音乐、体育等方面的知识。这一点对 X 星人社会心理的形成产生了致命的影响。

　　在富饶的 X 星上，在电脑奶妈和机器人女保姆的看护下，这个无根种族爆炸式地增殖，一代一代繁衍。当第一批男女克隆人成年后，也出现了男女结合的有性生殖，这些人大都成了贵族；但更多的仍是无性生殖，由无性生殖繁衍出来的群体，被称为"工蜂族"。这是一群毫不怜惜生命的杀人蜂，既不怜惜自己的生命，也不怜惜别人的生命，因为，作为成批克隆的"工件"，他们的生命来得太容易了。

　　这个种族很快达到极盛，他们成长得太快了，太顺利了，没有经历过地球人类的盛衰沧桑，艰难困苦，因而膨胀了他们的狂妄和浮躁。他们就像是疏于管教的富家子弟，把那些需要耐性才能理解的高雅文化逐渐忘却，却畸形地发展了武器科技。他们的半光速飞船，超大型次声波发声器及激光枪，都超过了地球人的水平。

　　而在其他方面，他们却在退化。X 星人分成几十个好战的部族，经过 70 年血腥的战争，统一在奇奇诺瓦一世的麾下。他们抛弃了地球 20 世纪 90 年代的政治体制，选择了最适合他们的制度——君主制。

　　这个好战的部族统一了 X 星,接下来他们该去找谁战斗呢？电脑奶妈曾说过，太阳系中有一颗蓝色的行星是他们的故乡，那儿有蓝天白云，绿树红花，叮咚山泉……也许是基因的作用，冥冥中有种强大的力量吸引着他们，他们渴望回到梦中家乡，寻找上帝赐给他们的肥美之地。只是他们从未想过与地球人和平共处。他们认为地球人必须要被全部消灭，为新主人让出生存空间。

经过一代人的准备，30 年前，一支武力强大的铁骑在奇奇诺瓦五世的带领下离开 X 星，乘半光速飞船杀向太阳系。

这一切内情，白文姬是很久以后才知道的，她一点一滴地探问、收集、拼拢事件的全貌。不过，在那个人的躯体从机器外壳内滑出的一瞬间，白文姬很快明确两点：第一，这些机器人肯定来自于外星球，这是毋庸置疑的，他们身上带有太多的"异味"；第二，这些面貌体形与地球人酷似的外星人肯定与地球人有渊源，他们肯定是地球人的后裔。

她的怒火在刹那间被仇恨燃烧了。从前她当然仇恨他们，但那是人类对兽类的仇恨，现在她得知，是人类失散多年的儿女忽然回来杀死家人！60 亿死不瞑目的冤魂啊。狂怒中她猛扑过去，扼住了波波尼亚的喉咙，虽然她明知自己根本不是他的对手……

但她想错了，失去外壳的波波尼亚十分虚弱，根本没有还手之力。他在白文姬的手中挣扎着，很快两眼翻白，身体软绵绵地垂下来。牢门开了，一道黑影扑过来，是女机器人吉吉杜芝，文姬被揪起来，扔到墙角，脑袋撞在水泥墙上，失去了知觉。

等她醒来时，波波尼亚已经不见了，连同他的外壳。不过文姬很清楚他没有死，因为，就在自己被揪住之前，一种奇怪的感情忽然涌来，使她停止了用力。在她的手指之间，那个赢弱的身体太像一个人类的男孩，一个失去母亲照料的瘦小的孤儿，她无法下手杀死一个孩子。虽然明知道自己的想法是农夫的仁慈，但她就是下不了手。波波尼亚这会儿走了，守卫也退回去了，吉吉杜芝虎视眈眈地盯着她。白文姬已经筋疲力尽，已经倦于仇恨，她挣扎着起来，理理头发，声音嘶哑地说："快把我杀死吧，你这条母狼，为什么不动手？快来呀！"

吉吉杜芝没有动手，围着文姬转一圈，又转一圈，专注地盯着她。即使是赤身裸体，即使是衰弱无助，这个地球女人仍保持着一种尊严，令她不得不生敬畏。她浑圆的乳房饱满坚挺，白嫩的皮肤下是淡蓝色的血管，乳头呈暗红色，骄傲地挺立着。看着这一切，吉吉杜芝心中一个遥远的前生之梦忽然苏醒，每个婴儿呱呱坠地混沌未开时，都具备寻找乳头和吮吸的本能，这种本能不用通过父母传授，是基因密码通过种种机制转化而来，所以它是人类最牢固的潜记忆。X星人已经抛弃了自然哺乳，X星女人的乳房在机器外壳的禁锢下已经趋于退化。但基因的力量是最强大的，白文姬的裸体立即唤醒吉吉杜芝早已湮灭的潜记忆：妈妈的温暖，睡前的咿唔，富有弹性的乳房，甘甜的乳汁……

吉吉杜芝呆立着，不知道该怎么办。她以X星人的野性狂热地爱着波波尼亚王子，当然不允许别人抢走他。而这段时间她早已觉察到，波波尼亚对这位地球女俘虏有一种奇特的关切。她怀着强烈的嫉妒，时刻盯着她。不过这时嫉妒心却退潮了，代之以对那具美的躯体的崇拜。

吉吉杜芝犹豫地抬起双手，在自己左右肋按了一下，她的外壳也裂开了，露出一个发育不良的身体，苍白羸弱，十分污秽。耳廓和鼻梁在外壳的长期压迫下显得平板，头发纠结成饼状。她的身体还没发育成熟，还显不出女性的丰腰肥臀，但胸前已有两团小小的凸起。这是一个十二三岁的女孩。

那具高达两米的钢铁外壳分成两半扑倒在地上，吉吉杜芝很不习惯裸体站立，怕冷似的缩着肩膀，来回跺着脚。文姬发现女机器人的目光中不再有兽性，不再有残忍，而是艳羡，是敬畏，是迷茫，是惭愧。她的小脏手胆怯地伸过来，慢慢地触到文姬丰满的乳房，文姬不禁哆嗦一下，一道电波顺着乳头神经射过来，在黑暗中划出一道闪光。无疑，这些半机器的 X 星杂种已经兽性化了，但至少他们还知道地球女人的胴体是美的，女人的乳房——更确切地说，是母亲的乳房，对他们还具有冥冥的感召力。他们也知道为自己在机器外壳中禁锢的肮脏身体而羞愧。

吉吉杜芝的雌性嫉妒心十分强烈，十分兽性，但至少她还是以男女之爱为基础的。

这么说，他们身上还有未泯灭的人性。

文姬犹疑着，不知道自己该怎么办。X 星杂种是人类不共戴天的仇人，他们该千刀万剐。文姬想起地面站和武器研究所那些扭曲的尸体，想起女儿，仇恨立即把她的血液烧沸，眼前阵阵发黑……她强迫自己冷静下来。她想，这些 X 星人是人类的直系血亲，是留存人类文明的最后希望啊。她当然恨他们的残忍暴虐，但是……想想人类历史吧，想想蒙古铁骑对南人的屠杀，清军对汉族人的"扬州十日""嘉定三屠"；想想白人对黑人、印第安人和澳洲土著的屠杀；想想那些足够屠杀全人类几次的核武器——那时人类算是进入文明社会了吧，可文明的政治家们为这些杀人武器编造了多少雄辩的谎言！

人类还是幸运的，在艰难的发展中终于获得自我约束的力

量。核武器被销毁了，所有武器被彻底销毁了。人类终于克服
兽性，获得理智。不过这也是百年前才达到的。这些残暴的 X
星人……不就相当于几百年前的人类吗？

想到这些，文姬的仇恨没有那么强烈了。她想，这些人性
尚未泯灭的 X 星人，总有一天也会告别兽性的。

吉吉杜芝不习惯于没有外壳，瘦弱的裸体在秋风中瑟瑟发
抖。但她忍耐着，眼巴巴地看着文姬。她期望着什么？恐怕她
自己也不甚清楚，不过，显然是想和文姬建立起另一层次的交流。
文姬沉默很久很久，终于慢慢伸过手，去抚摸吉吉杜芝的头发。
在她缓缓伸手时，吉吉杜芝一直像头狼崽子那样紧张地竖着颈
毛，等到文姬把手按上去，她浑身一激灵，似乎立即要蹿起来，
但她强制自己，慢慢平静下来。文姬轻轻抚摸着她的脏发，问：
"你——叫什么名字？"

"吉吉，吉吉杜芝。"

"那个男孩呢？"

"波波尼亚。"

白文姬缓缓地说："吉吉，我知道你喜欢波波，知道你想变
得和我一样漂亮，让波波永远喜欢你，对吗？"

吉吉狂喜地点头。

"也许，你还想做母亲，让一个胖乎乎的孩子噙着你的乳头
入睡？那好，我可以教你。现在你去洗澡，明白吗？洗澡，沐浴，
清洗掉身上的污秽，让你的头发变得光亮柔软。我会教你穿人
类的衣服，穿女人的时装。时装，懂吗？就是最新样式的女人
的衣服，女人的衣服绝不会一成不变。还要教你使用香水和

唇膏，教你保养皮肤，保养乳房。你很快就会变漂亮的。但你首先要下决心，永远抛弃这具钢铁外壳。"

吉吉听懂了她的话，至少听懂了大意。她扭头看看地上的钢铁外壳，显然，她不愿意抛弃它，因为它已成了自己身体的一部分。文姬知道她的心理，仍坚决地说："去吧，和波波商量一下。我还会教你们地球人的礼仪，地球人的风度，但你们不能穿着机器外壳去学这些，机器外壳与这些东西是水火不相容的。究竟怎么办——你和波波决定吧。"

吉吉走了，很长时间没有返回。大约一个小时后，牢门忽然打开了，守卫探进头，语调生硬地说："你——可以——出来。"

她走出牢房时，守卫已经撤走了，屋内空荡荡的。这间住宅的原主人显然是一位书画家，屋内布置得古色古香，很有情趣。正厅中挂着花鸟鱼虫四扇屏，博古架上摆放着很多古玩，屏风旁放着将近一人高的祭红花瓶。在卧室的合照上，祖孙三代人其乐融融地笑着。书画间里有许多已完成的书画，书案上用白铜镇纸压着一张宣纸，纸上只写了两个大字：空明。墙上挂着七八种中国乐器，有横笛、琵琶、二胡、古筝……白文姬仿佛看到相片上那位白须飘飘的老人在挥毫作画，他的脸上浮现着恬然的、与世无争的笑容。

可惜，这种文人雅趣永远成为历史了。她怅然取下一把二胡，调弦试音。二胡很不错，音质清亮优美，她坐下来，顺手拉出一串乐音，这是《光明行》的旋律，于是她静下心来，演奏二胡名家刘天华的这首曲子。

她听见钢铁的脚步声，眼角余光看到波波和吉吉进来，他们立在她的身后入迷地听着。白文姬拉得很投入，一直把曲子拉完。转回头，看见两人非常惊奇地盯着她手中的二胡。波波问："这是——什么？"

"二胡，一种中国乐器。"

"什么是乐器？"

"乐器就是……用吹、拉、弹、拨等方式能发出乐音的东西。在 X 星上是不是没有乐器？"

"没有。"

"没有音乐？你们会不会唱歌？"

从两人迷茫的表情看，他们对这些基本的概念没有起码的了解。

"那么体育呢？打篮球，踢足球，跳高，赛跑，划船……"

两人摇着头。白文姬怜悯地看着他们，轻声叹息道："我可以慢慢教你们的，很快你们就会知道，世界上有许多事情比杀人远为高尚和愉快。不过你们首先要脱下这具铁壳，你们做出决定了吗？"

波波和吉吉肯定已商量过了，他们没有犹豫，同时伸手在肋下按了一下，机器外壳分成两半，带着沉重的声响倒在地上。现在她面前是两个裸体的少男少女，瘦弱污秽。他们似乎没有羞怯的概念，眼巴巴地望着文姬，等候她的吩咐。

白文姬领他们来到卫生间，这套住宅是双卫生间，每人一个。她在浴池里放了热水，又把香皂、洗发液、沐浴液、洗澡巾找出来，耐心地告诉他们使用的方法。做这一切时，她心中觉得发酸，觉得难过，因为这令她回忆起为呱呱洗澡的场景。

两人照她的吩咐，胆怯地跨进浴池，淹没在氤氲的水汽中。白文姬在两个浴池之间来回走动，教他们如何洗浴。波波这会儿舒服地仰卧在水中，只露出脑袋。

文姬在门外看着，心中突然起了冲动，她想冲进去按着波波的脑袋把他淹在水中，那样可以轻而易举地结束这两个人的性命。然后她将继续自己的复仇事业。她已了解外星人的真相，知道他们在机器外壳里是相当羸弱的肉体，她会找机会消灭他们的……

白文姬犹豫着，最后叹口气，放弃了自己的复仇计划。毕竟，这两个兽性十足的年轻 X 星人已显露向善之心、爱美之心，自己要做的不是杀死他们，而是教化——尽管她知道这种教化比杀人更为困难。

她到衣柜里为他们找到尺码合适的衣服，给吉吉准备的是一件露背连衣裙，一双鞋带很细的中跟皮凉鞋，内裤和文胸；为波波准备的是一双网球鞋，白色运动裤，T恤衫。两个人都洗完了，连身子也不知道擦，湿淋淋地来到客厅，等文姬的安排。文姬让他们回到各自的卫生间，她去帮他们穿戴齐整。

她的主意是对的，当波波和吉吉看到焕然一新的对方时，眼中都露出惊喜的表情。他们穿着衣服还很不习惯，动作显得僵硬，但无论如何，这和洗浴前那两个肮脏的身体不可同日而语。现在，少男少女的性器官都被掩盖住了，但这种掩盖反倒更能引起神秘的想象。白文姬拍拍手，把他们的注意力唤回："好，我不想耽误时间，马上就开始我们的教程。第一课是教你们走路——像地球男人、女人那样优雅地走路；随后教你们健美操，

使你们的身体变得强健而优美。我还会教你们乐器，教你们各
种知识……现在我们开始吧。"

第三章

　　转眼半年过去了，皑皑白雪代替了夏天的林木葱茏。Ｘ星
人在地球牢牢地扎下了根，他们接管和控制了原来的电力系统、
交通系统、邮电系统，当然也包括最重要的食物生产系统。不
过他们对食物生产系统做了改造，那些现代化的食品加工厂不
再生产火腿、牛肉罐头、三明治、苏打饼干、可口可乐等，而
是纯一色地生产能量合剂。地球太富饶了，生产的能量合剂足
够300亿Ｘ星人食用，所以自从在地球安家之后，工蜂族便以
几何级数爆炸式增殖。

　　不过，一种颓废、无所事事的风气迅速蔓延开来。在奔袭
地球之前，Ｘ星人曾做了最坏的打算（想想光盘上所显示的地
球上的发射井、太空激光武器、电磁炮和杀手卫星吧），他们曾
打算把战争进行10年，打算牺牲九成的战士。

　　但他们没想到地球人会如此不堪一击。现在——他们干什
么呢？敌人已全部消失了，自动化生产线源源不断地送出能量
合剂，而他们一天只能喝一瓶，如此而已。他们还能干什么？
那具强健的机器外壳还有什么用？

　　不过，Ｘ星人很快找到了寄托——酒。原来世界上还有这
么美妙的东西，可以让人忘掉一切烦恼，沉浸在虚幻神奇的境
界中。酗酒之风在Ｘ星人中迅速传开，茅台、五粮液、二锅头、

法国威士忌、雪莉酒、青岛啤酒……街上到处是步履不稳的行人，地上横着拎着酒瓶的醉汉。

还有些 X 星人则是寻找另一种寄托。他们大多是贵族子弟，是波波尼亚的朋友和伙伴。他们看到波波形体上的变化，更看到吉吉和白文姬的魅力——天哪，原来女人还能有如此的魅力呀。于是他们也逐渐加入白文姬的学生队伍中。他们大都舍不得完全丢弃钢铁外壳，不过他们很识趣地把外壳留在白文姬的门外，穿着地球人的服装走进教室。白文姬对此佯装不知。

紧张的教学对白文姬也是一种麻醉，可以让她少想失去的亲人。有时她会陷入深深的怀疑和自责，不知道自己的所作所为是不是对地球人的背叛。她所尽力教化的是些什么人？个个是双手沾满地球人鲜血的刽子手啊，不过她总是能克服这种怀疑和自责，她相信自己干的是一件正确的事，她要使这些杀人狂脱胎换骨，延续地球文明。

但她无法消除心中的孤寂。她常常想起一位与自己同名不同姓的古人——蔡文姬，她在战乱中身陷匈奴人中，有家难回，被毡衣褐，食膻啖腥。蔡文姬是著名文学家蔡邕的女儿，她也具有极高的文学修养，这和匈奴社会的野蛮形成了强烈的反差。

在痛苦中麻木不算痛苦，在痛苦中能自省才算是真正的痛苦啊。蔡文姬把有家难回的悲愤凝于她的《胡笳十八拍》中，以昭示后人。

白文姬想，比起蔡文姬来，她更为不幸。蔡文姬身边还是人类，而她周围的 X 星人很难称作同类。在给他们授课时，她总是不能消除心中的仇恨，有时，她会把一片杀气带到乐曲中。

她在这种极度矛盾的心境中煎熬着。

春天来了。这天白文姬停止了授课，让学生们离开，她带着波波和吉吉去春游。田野里生机盎然，杨柳枝头是新生的嫩叶，桃花夭夭，梨花赛雪，无人耕种的田野里仍然铺着绿色的麦苗，麦苗是去年散落在地的麦粒长出来的，显得杂乱无章。燕子也已归来，在没有主人的空宅里衔泥做窝。路过一片松林时，白文姬忽然急喊刹车，她跳下去在松枝间搜索着，很久才怅然回到车上。刚才她似乎看见一只松鼠在树间探头，但下车后没找到，也许它是被行人惊跑了。如果她没看错，它就是次声波袭击后唯一存活的哺乳动物。

看来，大自然在这次浩劫后开始恢复元气了。

山路上车不多，偶然见一辆车停在路边，一个醉醺醺的机器外壳人卧在汽车旁。她还见过一辆汽车中有一对不穿外壳的男女，他们是白文姬的学生，也是来春游的——现在白文姬的一举一动都是他们模仿的对象。不过他们没来打扰老师，而是远远地开到另一条岔路上。

后来他们发现，一辆汽车始终跟在后边，波波放慢速度，等那辆车追上来。

驾车人是中书令葛葛玉成，他穿着机器外壳，目光冰冷地盯着这边。这时中书令也放慢车速，与他们保持着一定距离，不过他似乎并不在意波波发现了他的跟踪。

白文姬疑惑地看看波波，波波不在乎地说："是葛葛玉成，他一直反对我和吉吉跟你学习。"

"他今天来干什么？"

"不管他，他是一个工蜂族，敢找麻烦我就……"

他想起白文姬不喜欢听粗野的话，便把后三个字咽到肚里。

他们来到山中一块平地，绿草如茵，撒满不知名的小黄花和小紫花，蝴蝶和野蜂在花丛间穿行。波波和吉吉把车上的食物、桌布搬了下来。看着他们的背影，白文姬不禁感叹道，少年人是幸福的，他们有不受陈规束缚的自由之身。仅仅不到一年的时间，波波和吉吉从形体上已完全摆脱机器人的僵硬，他们衣着光鲜，动作潇洒轻盈。尤其是吉吉，长发柔滑光亮，胸脯也变得丰满，很难把她同一年前那个野性十足的女机器人联想在一起。

中书令葛葛玉成也把汽车停在旁边，下了车，叉开双腿坐在草地上，虎视眈眈地盯着这边。波波和吉吉没有理睬他，又从车上搬下来简易炊具。虽然今天是野餐，但白文姬准备得十分丰盛，各种佐料、配菜满满地摆了一地。她对波波和吉吉说："你们去玩吧，我来准备午饭。"

两个孩子跑开了，白文姬点燃炉灶，开始炒菜。她做得十分专心，一点也没注意几米之外那个叉着双腿的家伙。她在绿茵上铺好桌布，把一盘一盘炒好的菜摆放上去，菜香向四周弥漫。然后她喊孩子们回来吃饭。

波波和吉吉迫不及待地伸手去抓菜："真香！"白文姬制止住他们，让吉吉去请中书令入席。吉吉去了，但葛葛玉成冷漠地摇摇头，从怀中取出一瓶能量合剂一饮而尽，然后仍目光冰冷地盯着这边。吉吉走过来，恼怒地说："不要理他，那是个老顽固，决不会改变食谱的。"

文姬递过去刀叉，自己则使用筷子。两个孩子大嚼起来，说："真香！这些菜都叫什么名字？"文姬介绍说："这一盘是糖醋鲤鱼，这一盘是手抓羊肉——可惜用的羊肉是罐头肉，如果用鲜肉那才好吃呢，只是地球上的羊都在那次袭击中丧生了。这一盘是金钱发菜，这一碗是龙井竹荪汤，都是山珍野味。这些菜肴与你们的能量合剂相比怎么样？你们还会喝能量合剂吗？"

波波和吉吉笑着摇头——这是真正的笑容，不是钢铁组元拼成的怪笑——说他们永远不会再喝那令人作呕的能量合剂了。"那么，机器外壳呢，你们还会再穿吗？"

两人心虚地互相看看，没有回答。白文姬一月前曾发现两人偷偷穿上机器外壳，当强大的力量又回到身上时，两人都狂喜地叫喊着，用力踢墙壁，折断铁椅，发泄着力的快感。白文姬没有制止他们，叹息一声离开了。她相信两人一定听到了她的叹息。半个钟头后，脱了外壳的波波和吉吉又回到教室，绝口不提刚才的事，白文姬也假装不知。

在那之后，波波和吉吉没有再穿过机器外壳，他们毕竟年轻，很快就抛弃了 X 星人的野蛮和残忍。文姬在开始教化他们时，只是一种无奈的选择，也带着"从内部瓦解敌人"的阴谋，但现在她已开始真正喜欢这两个孩子了。

野宴十分丰盛，尽管两人尽情大嚼，临时餐桌上还是剩下不少。波波忽然端起一盘牛排向葛葛玉成走去，他软磨硬泡，非要葛葛玉成尝一口，但中书令态度威严地一再拒绝。最后，波波无奈地回来，低声骂道："如果我穿有机器外壳，非把这块牛排捅到他喉咙里，这个老东西！"吉吉怕白文姬生气，她知道白文姬讨厌提机器外壳这几个字，他担心地看看白文姬。白文姬没有生气，扭头看看阴郁恼怒的中书令，笑了起来。波波和吉吉也开心地笑了。

葛葛玉成知道笑声是冲着自己来的，愠怒异常。X 星人，尤其是奇奇部落的战士是不允许这样放肆的，他们只能规行矩步，目不斜视。他们应该喝先人制造出的能量合剂，而不应该吃这些乱七八糟的东西。葛葛玉成是工蜂族，按说是没有可能位居高官的，但帝皇奇奇诺瓦赏识他的才干，把他从卑微的工蜂族中破格提拔，他才有了今天。所以他对奇奇帝皇感恩戴德，忠贞不贰。

他比任何人都更敏锐地看到白文姬的危险。不错，她只是小王子的一个女奴，是地球唯一的幸存者,她即使有再大的力量，有再深的心机，也无法让地球人和地球社会死而复生！帝皇奇奇诺瓦就是这样看的，当葛葛玉成向他进言，要约束波波和吉吉的行为时，帝皇付之一笑，把那看成是小孩子的胡闹。

不，不能再让这个"巫婆"留在波波和吉吉身边了，她已经悄悄改变了 X 星年轻人（首先是贵族青年）的时尚，也许某一天，她会把所有 X 星战士都变成只会穿衣打扮、吃喝玩耍的废物。

葛葛玉成站起来，怒视着那个美貌的地球女人，上车走了。

第二天，白文姬正在健身房里领孩子们训练，侍卫长刚刚里斯忽然来了。他站在大厅入口处，一言不发，盯着这群赤身裸体的青年。慢慢地，青年们发现了他，也看到了他的怒容，便一个个悄悄溜走。只有波波和吉吉留下来，他们跟着白文姬把这节课上完。

三个人用毛巾擦拭着汗水，向刚刚里斯走去。刚刚里斯恼怒地转过脸，不愿意看他们半裸的身体，他们（波波和吉吉）竟然不穿外壳，穿着这么短的衣服，裸露出肌肉丰满的四肢，女人露出丰满的半个胸部，在他们身上还能看到 X 星人的样子吗？难怪葛葛玉成那个老东西要向帝皇进谗言。刚刚里斯是帝皇的家臣，波波和吉吉是在他眼皮底下长大的，他不忍心这两个人被盛怒的帝皇处罚，于是偷偷跑来送信。

但是很奇怪，尽管他认为白文姬的穿戴打扮是邪恶的，仍忍不住想看。她的身躯凹凸有致，她的动作潇洒、轻盈、妩媚，她的一举一动、一颦一笑都让男人动心，而且这种动心不光是肉欲方面的，它含有更深层次的内容。刚刚里斯是个纯粹的武夫，没有什么深刻的见地，他对白文姬有种莫名的敬畏，虽然心中有怒气，但礼节上仍不敢怠慢。

波波说："刚刚里斯，你来干什么，也想参加我们的训练吗？"

刚刚里斯瞪他一眼，愠怒地说："葛葛玉成已经把你们的行为告诉了帝皇，帝皇勃然大怒，估计很快就会召见你们。你们知道帝皇的脾气，怒气上来时他是不会念及父子情分的，你们要赶紧想办法。"

波波眼中顿时闪出杀气："这只老工蜂！我现在就去穿上外壳，赶去宰了他。"

白文姬生气地喊："波波！"

"没关系的，他是工蜂族，王子杀死工蜂族是不会受处罚的。"

文姬痛心地说："你忘了我的话？你还想穿上外壳？在我心

中没有什么工蜂，杀人都是罪恶！"

波波怒气未消，但顺从地停住了。刚刚里斯再次交代："快想办法！"他不能在这儿多停留，匆匆离去，吉吉走近白文姬，低声说："让我们穿上外壳，万一……我们能保护你。"

波波说："对，穿上外壳，我和吉吉保护你！"

四只眼睛望着白文姬，等她的吩咐，白文姬沉思片刻，嘴角绽出微笑："不，不必，不要穿外壳，相反，要穿上最漂亮的衣服，打扮好，用最好的风度去见你们的帝皇！"

波波和吉吉很担心，他们知道帝皇奇奇诺瓦暴戾的性格，也许这次的公开顶撞会让三个人送命。但既然白文姬已经决定了，他们自然要听从，X星人是从不珍惜生命的。

他们梳洗打扮，换好衣服，帝皇派来的侍卫也到了。侍卫宣读了诏令，又悄悄对波波说："帝后转告你们，这次见帝皇一定要穿上外壳。"波波威严地说："知道了，你先回去复命，我们马上就到。"

侍卫走后，白文姬请波波稍等一会儿，她走进自己的卧室，在一张全家合影前点上一束藏香。青烟袅袅上升，屋内弥漫着浓烈的异香。波波和吉吉跟进来，不解地盯着那束香，白文姬低声解释："这是地球人悼念死者的礼节。我的家人去世快一周年了，我不知道周年来临时我还能否回来，所以提前纪念下。"

她说得很平静，她的悲伤已经磨钝，没有尖锐的刺痛。波波和吉吉互相看看，惭愧地垂下目光。一年前，X星人的突袭得手后，他们像所有X星人一样兴高采烈，那时他们从没想到，60亿地球人的死亡是很痛苦的事。现在他们感到内疚，但两人拙于世故，不知道该如何安慰白文姬，只能尴尬地沉默着。

白文姬看到他们的表情，心中涌起一股暖流。看来她的决定没有错，至少在波波和吉吉身上，已显示出人性复苏的迹象。她不再悲伤，对两个孩子说："走吧。"

帝皇奇奇诺瓦跟前仍是御前会议的老班子。帝后担心地看着盛怒的丈夫，不知道那只老工蜂进了什么谗言，但显然丈夫十分生气。说实在话，她对波波和吉吉也很不满，来到地球近一年了，他们完全被那个地球女人迷住了。他们公然脱掉外壳，穿着地球人奇形怪状的衣服；他们不再服用能量合剂，而是吃那些名堂繁多的地球人的饭菜。他们甚至不常回到母亲身边，却一天天泡在地球女人那里。

但尽管不满，波波毕竟是她的儿子，刚才她暗地让侍卫传了话，现在她担心地等待着。

波波和吉吉来了，帝后果果利加惊慌地发现，他们不仅没穿外壳，反倒穿着更为光鲜的地球人的衣服。波波穿着浅色长裤、紧袖绣花衬衣，吉吉穿着背带式短裙、皮凉鞋，两人手拉手含笑走进来。果果利加无法形容他们的步态，但她不得不承认，这种步态很轻巧，很有弹性，很好看，与X星人那僵硬的机器人步伐完全不同。

这么多天来，她第一次仔细观察波波和吉吉，发现这两个人的体格变化了，头发蓬松光洁，胸部和胳膊变得丰满。甚至连他们的目光也变了，变得自信聪敏，没有了X星人的愚鲁和残暴。

在他们之后是那个地球女人，她穿着一件洁白的露背晚礼服，衣裙曳地，面含微笑，走起路来就像在水面上漂浮。她的乳胸十分丰满，把衣服撑得鼓鼓的。

以一个女人的眼光，她也看出了白文姬绝顶的漂亮。白文姬深深地吸引着帝皇、掌玺令、侍卫长的眼光——甚至中书令也逃不脱，不过他用仇恨把这种吸引力抵消了。

奇奇诺瓦阴沉沉地盯着白文姬，白文姬则坦然地迎着他的目光，屋内气氛十分紧张。很久，奇奇诺瓦才冷冰冰地问："是你教唆王子和吉吉不穿机器外壳的？"

白文姬平静地说："对，他们有这么漂亮的体形，为什么要禁锢在机器外壳中呢？毕竟，你们在 X 星的祖先——即第一批地球的移居者——并没有穿外壳。"

"你一直在教他们学地球人的一些乌七八糟的东西？"

"我在教他们学很多东西，至于是不是乌七八糟——你们可以让王子和吉吉演奏乐器、唱歌、做健美操，然后再给出评价。"

奇奇诺瓦沉默了很久，突然问："你想让他们变成彻头彻尾的地球人——以此来实现你的复仇？"

波波和吉吉的心猛地悬起来：这话说得够重了，它足以构成杀人的理由。但白文姬并未显出惊恐，她悲凉地说："一年前，我的亲人和 60 亿地球人在一夕之间死于非命。为此，我曾杀死 10 名 X 星人为他们报仇，如果可能，我会杀死所有的 X 星人。但后来我的想法变了，我想，让 X 星人脱离野蛮，继承地球文明，才是我最该做的事，毕竟你们也是地球人的后代啊。"

波波不知道这些话会不会惹恼父王，他紧张地观察着。帝皇冷着脸沉默了很久，忽然换了话题："你还教唆波波和吉吉食用乌七八糟的地球食品？"

白文姬微微笑了，知道胜利已经在望："对，那是些非常美味、丰富多彩的食品。我相信只要你们尝一尝，就会厌弃刻板的能量合剂。地球上一位古人说过，'夫人情所不能止者，圣人弗禁'，你们为什么要禁止人们口腹和精神上的享受呢？"她挑战般地说："请帝皇允许我为大家做一顿饭菜，大家吃完后再做结论吧。"

满屋的人为她的话感到吃惊，他们想帝皇马上要勃然大怒了。但帝皇只是沉默着，很久才说："好，你去做吧！"

满座皆惊，白文姬则欣慰地笑了，她知道自己的策略已经成功。她并不是没一点把握地冒险，在此之前，她已经知道波波曾让父王吃过地球的食品，而这位帝皇并没表示反对；还有，在帝皇与她在牢房的第一次见面中，白文姬从他的目光里看出了他对美的爱慕。所以她知道奇奇诺瓦并不是一个顽固透顶的家伙，从某种程度上说还是比较开明的。

帝皇派侍卫去白文姬家里取来各种食品原料和佐料，白文姬换下礼服，开始到厨房里掌厨。在准备饭菜时她交代波波和吉吉为大家演奏乐器，两个孩子都相当聪明，仅仅学习一年的时间，乐器演奏水平已有很大提高。白文姬在厨房里忙碌时，能听到波波的笛子独奏《鹧鸪飞》、吉吉的小提琴独奏《梁祝》。他们的演奏还不流畅，时有凝滞之处，但足以让人享受到音乐的美感。

她很快炒了十几盘菜，由于原料全部取自罐头，菜肴的色香味难免打点折扣，但总的来说还算丰盛，有拔丝山药、鱼香肉丝、蟹羹、枸杞竹笋、松仁玉米、回锅蹄髈、葱爆三样、扣三鲜。侍卫临时找来一个大饭桌，把菜摆上去。白文姬从厨房出来时，见厅堂里紧张的气氛已消除，波波和吉吉依偎在帝后的钢铁身躯旁，正讲解着各种乐器的名称，而帝皇乃至掌玺令、侍卫长都很感兴趣地听着，只有中书令十分恼怒——那个钢铁面孔上的怒容看起来真滑稽！但他也无可奈何。

白文姬为波波和吉吉发了筷子，为其他人发了刀叉，笑着请大家进餐。大家都盯着帝皇，帝皇终于用叉子叉起一片竹笋，放在嘴里慢慢嚼着，面孔上没有什么表情。帝后、掌玺令和侍卫长也都拿起了刀叉，只有中书令脸色阴沉地干坐着。

吃了一会儿，波波调皮地问父王："父王，菜炒得好吃吗？"

帝皇哼了一声，没有回答，他把注意力引向中书令："葛葛玉成，你也吃！"

中书令梗着脖子说："我决不吃地球人的食物！"

帝皇的脸色慢慢变阴："你敢违抗我的命令？"

"我宁可违抗你的命令，也不愿坏了祖先的规矩！"周围的人为他捏了一把汗，帝皇怪异地笑笑，说："好，我成全你。来人！"两个钢铁侍卫应声赶到，把中书令夹在中间。眼看饭场就要变成杀人场，白文姬皱着眉头向帝皇转过脸，尽管讨厌中书令，但她也不想中书令为此丢掉脑袋。但帝皇已经下令了，不过这个命令是那么匪夷所思："来人，撬开他的嘴巴，把饭菜往里面塞！"两个侍卫兴高采烈地执行命令。中书令和他们同属于工蜂族，但他们素来对这个眼睛朝天的老家伙没有好感。他们使劲地撬开他的嘴巴，抓起菜肴往里硬塞，很快把中书令弄得狼狈不堪。中书令大声喊："别塞了，我吃！我吃！"侍卫住手了，中书令义愤填膺地喊道："我吃！坏了祖宗规矩，罪不在我！"

他恼怒地闭上眼睛，把菜肴胡乱往嘴里填。奇奇诺瓦哈哈大笑，周围人也都笑了。

饭后，帝皇命令侍卫随中书令回家，要监督他食用地球人的食物至少三天，不吃就照样处理。然后，他像是随随便便地宣布了一条诏令："从今天起，不再限制 X 星人食用地球食物，也不再明令禁止 X 星人脱去外壳，毕竟战争已结束了。"

白文姬望着帝皇，感触颇多。她知道这道命令的意义，X 星人幸而有了这么一位开明的君主，今后一定会慢慢脱离野蛮，接受丰富多彩的地球文明。她确信，X 星人会在地球牢牢地扎下根，对此，她不知是应该高兴还是应该悲伤。

又是一年过去了。奇奇诺瓦所捅开的小小蚁穴已经变成滔滔洪流。几乎所有年轻的 X 星人都脱去钢铁外壳，穿着地球人的时装，吃着地球人的食物，唱着地球人的歌曲，实施着地球人的社交礼节。在一切方面，他们都如饥似渴地向地球人学习。白文姬知道这并不是靠她的一己之力改变的，而是因为地球文化的力量。

与 X 星人的半野蛮文化相比，地球文化博大精深，它的诱惑力是无法抵挡的。

当然，白文姬本人也大大加速了这个过程。

X 星人都是直接从地球信息库中去学习，在书籍、音像资料不足以说明的地方，他们也常常请教白文姬。白文姬戏谑地说，自己成了八十万禁军总教头。总的来说，X 星人的问题还没难住过她，因为这些问题大多是常识性的东西。

白文姬太忙了，这使她能够忘掉悲伤，亲人死亡的第二个纪念日在平静的气氛中度过。

这一天，侍卫长刚刚里斯突然造访。他穿着钢铁外壳，这说明他在轮值，因为平时他也把外壳脱去了。他身材魁梧，脱下外壳几乎没使他身高降低，他很年轻，是一个英俊的方脸大汉。自那次御前会议之后，他对白文姬十分敬畏，对她有种仅次于对帝皇的敬畏感。他常来找白文姬请教一些问题，这个勇猛剽悍的汉子在白文姬面前竟然十分腼腆，常常红着脸，垂着目光，说话显得有点慌乱。

白文姬清楚刚刚里斯对自己的情意，她很珍惜这一点。

但刚刚里斯今天表情紧张，急迫地说："帝皇正在开御前会议，他要废掉帝后！"

"废掉帝后？"白文姬吃惊地说，"为什么？"

刚刚里斯没有答话，直视着白文姬。白文姬知道了，不由得苦笑。这一年来，帝皇常常召她去，或者轻车简从地来到她的住处长谈，贪婪地询问地球的各种知识。他也脱去机器外壳，他个子矮小，又黑又瘦，一双眼睛炯炯有神，充满自信。

他的思维十分明晰，虽然他和白文姬总是站在不同的文化上去思考，但对一般问题常常有相同的结论。几次长谈后，两人已产生很深的默契。

也许这种默契里包含一个男人对女人的爱意，白文姬能看出这一点，却从来没想过挑明它。她在努力帮助 X 星人摆脱野蛮，继承地球文明。她相信自己这样做是正确的，但是——毕竟这些是双手沾满鲜血的野蛮人啊，自己怎么可能同一位野蛮人谈婚论嫁呢。

她没想到事态会发展到这一步。这是典型的奇奇诺瓦的处事方式，他从没向白文姬表白过爱意，但他要快刀斩乱麻地废掉帝后，然后捧着帝后的桂冠来向她求婚！白文姬苦笑着，简短地吩咐："快带我去御前会议，快一点！"

今天御前会议的人数增多了，有几个人白文姬不熟悉。屋内气氛紧张得快要爆炸了。白文姬进去时，掌玺令正在侃侃而谈。侍卫长悄悄告诉白文姬，掌玺令属于帝后的果果部族。

"……我们以果果部族之名，再次请求帝皇收回成命。帝后并无失德之处，突然把她废掉，恐怕人心不服。"

奇奇诺瓦冷冷地说："我意已决，不要多说了！"

掌玺令平时十分老成，但今天像是换了一个人，他冷笑着说："帝皇废后，是为了那个地球……女人吗？"他原想说"母狗"，但平时他其实对白文姬十分敬重，便临时换了词。

帝皇根本不予理睬，帝后也在座，她的目光中蕴含着愤怒和屈辱。不过她看白文姬时，目光中并没有多少敌意——她知道这不会是地球女人的主意。掌玺令双目喷火，声色俱厉地喊："帝皇！你是想逼果果部族的战士穿上钢铁外壳吗？"

帝皇勃然大怒，恶狠狠地说："你想威胁我？来人！"两名穿着机器外壳的侍卫迅速上前，架住掌玺令的双臂。"把他架出去宰了，我要让你没有机会穿上铁壳！"

掌玺令愤怒地喊："果果部族人的血是不会白流的！"

帝皇恶毒地笑了，简短地吩咐："停下！就在这儿掐死他，不要让他流血。"

侍卫毫不犹豫地掐住掌玺令的脖子，很快他的面庞变得青紫。帝后噌地蹿了起来，另外两名侍卫迅速扑过去，阻挡住她。在这千钧一发之际，白文姬高声喊："住手！"

几名侍卫都住手了，扭头看看帝皇并没有什么表示，便乖巧地退下去。白文姬把快要昏倒的掌玺令扶到椅子上，悲愤地说："你们已经杀死 60 亿地球人，还不满足，还要自相残杀吗？"

这句话很重，把大家震住了，包括奇奇诺瓦。他暗自后悔，今天处事过于鲁莽了。白文姬又走到帝后那儿，扶她坐下，带着微笑说："帝后，我早就想找你商量一件事。波波尼亚已在我那儿学习了两年，他十分聪明可爱，我想收他为义子，你答应吗？"

帝后从怒火中清醒过来，明白了白文姬这些话的含意，默默点头。白文姬回头走向帝皇："那你就是我的义兄了。义兄，我替波波求个情，不要废掉他的母后，不要杀害他的舅舅掌玺令，行吗？"

奇奇诺瓦暗暗感激白文姬为他挽回大局，也知道"封白文姬为帝后"的打算不可能实现了——从白文姬的所作所为看，她绝不会同意。他果断地点点头。

白文姬笑容灿烂："很高兴一场误会消除了，喂，掌玺令，还有你的事情呢，波波已经 18 岁了，是否该为他选妃了？我看吉吉杜芝就很合适，你说呢？要不要在这次御前会议上讨论一下？你们开会吧，我该退场了。"

帝皇过来拉住她，心怀感激，但没有形之于色："我宣布，从今天起，白文姬成为御前会议的固定成员，你坐下吧。"

白文姬没有推辞，微笑入座。周围的人都以尊敬的目光注视着她。

第四章

白文姬在 X 星人社会中生活近 50 年，赢得了社会的普遍尊重。作为御前会议的一员，她一般不大发表意见，但只要她发表意见，常常就是会议的定论。

她的学生数以十万计，而"白嬷嬷"成为她的一个专有称呼。

不过她的心境并不平静，每年 5 月 26 日，她会在亲人的灵前点上两束香，悼念自己的父母、丈夫和女儿，同时也悼念 60 亿地球人。这时，她内心深处常常出现一个声音：你以德报怨，帮助双手沾满鲜血的 X 星人脱离野蛮，进入文明时代；你帮他们避免自相残杀，在地球上牢牢站住脚跟。你的所作所为对得起 60 亿冤魂吗？

她相信自己做着正确的事，但她无法消除这种自我谴责。

她还常常感到渗入骨髓的孤凄，虽然她桃李遍天下，虽然波波和吉吉一直待她如生母，虽然她与奇奇诺瓦、果果利加、刚刚里斯都是要好的朋友，但她仍免不了这种孤寂之感。毕竟，她是唯一的地球人，而 X 星人尽管在迅速融入地球文明，但他们毕竟是外来者，他们身上还带着深深的 X 星烙印。

她在这种矛盾的心境中生活着。不过，她从没对自己的工作懈怠过，直到 75 岁那年撒手人寰。

人寰，这个词儿没用错，因为在她去世时，X 星社会已基本融入地球文明。

　　年轻人衣着入时，弹奏着施特劳斯、莫扎特、李斯特、刘天华和阿炳的琴曲，吟着济慈、泰戈尔、李白的诗句。沙滩上，女郎们尽情展露她们迷人的曲线，婴儿们趴在母亲的乳房上尽情地吮吸。工蜂族几乎在一夜之间消失了，他们全都恢复了自然生殖方式。X星人贪婪地学习地球人的一切知识，当然也包括历史。在X星人的历史书上，坦率地记下了那个血腥的时刻，并把它视作新地球人的原罪。不要奇怪他们的变化如此之快，他们只不过是向岔路上走了一段，又回到本来的人生之路罢了。

　　白文姬去世半年后，年迈的奇奇诺瓦五世也去世了，波波继任为奇奇诺瓦六世。

　　登基后他立即颁布一道诏令，追封白文姬为国母，千秋万代享受新地球人的祭祀。

　　她是新地球人的始祖，是新世纪的女娲。地球上原先建造的A字形纪念塔被拆除了，代之以白文姬的塑像。奇奇诺瓦六世还把诏令发回X星，在母星上也建造了白文姬的雕像。

　　雕像是以50年前——波波第一次见到白文姬的时刻——白文姬为模特。一尊裸体的母爱女神雕像，饱满的乳房，美极了的胴体，遥望着远方，平静的目光中微含凄凉，似乎在召唤远方的孩子……只有一点与塑像的基调不大符合——她的手腕上戴着一副银光闪闪的手铐。

　　新地球人以这种方式表达永远的愧疚。

若马凯还活着

长铗

"若马凯还活着……"

这是强尼生前最常说的一句话，而现在，到了人们谈论"若强尼还活着"的年代，马凯已经无人提起了，强尼却时常被人们挂在嘴边。

每当周一，女人们被"守护者"带走，履行每周一次的"天浴"，男人们就会相顾无言，彼此在心中幽幽地重复着一个疑问：若强尼还活着，生活又将怎样？

每当"超级碗"节日到来，门蒂就会把唯一那台收音机调至 104.8 兆赫，喇叭里传来"喀喀喀"的噪声，我们却似乎听到了来自赛场的排山倒海般的欢呼声，我们远眺着火红的天空，屏息凝神。

渐渐地，越来越多的人会聚到这台古老的机器前，聆听这毫无意义的电流噪声，思绪似乎飞到了气势恢宏的雷蒙德·詹姆斯体育场上空。在那儿，匹兹堡钢人队的四分卫格雷厄姆在最后35秒创造了超级碗总决赛历史中距离最长的一次达阵。

"强尼，你听到了吗？"门蒂对着天空泪流满面地轻轻呼喊。

强尼这个人的性格，并不像他的外形那样鲜明，他是个矛盾统一体。强尼与我们奥克罗星的第七代地球移民不同，他身材高大，没有我们后天形成的适应强重力环境的罗圈儿腿；他相貌英俊，女人们说他长得像电影明星克劳德·罗尼——事实上，女人们根本就没见过克劳德·罗尼的真面目，甚至连一部电影也没看过，但强尼的英俊却是毋庸置疑的：强尼的牙齿洁白耀眼，虽然他常吸那种烂菜叶子卷成的"古巴雪茄"。这令我们这些土生土长的奥克罗人自惭形秽，我们的牙齿由于长年受高放射性地下水的污染，上面结满了黄而粗糙的牙垢，就像"四环素牙"——当然，我们从未见过劳什子"四环素牙"，但强尼见过。他嘴里常挂着"四环素牙""本垒打""全明星跑锋"之类的新鲜名词，他见多识广。当然，这也是他的魅力之一。

强尼有一种把人，尤其是女人，吸引到他身边的魔力，当然，这只是传闻。强尼常对我和"哲学家"说："若是我的队伍里全是女人，革命早成功了。"

这句话，我谨慎地将其理解为幽默感。起初，我们对强尼雄心勃勃地对我们所承诺的一切深信不疑，但后来，当我们学会了像"哲学家"一样思考，强尼这个人的魅力就要打个问号了。

"哲学家"是一个人的绰号，他头顶光秃，并留有本杰明·富兰克林那样的长卷毛。

由于麦克利尼早早地死了，"哲学家"便成了队伍里唯一一个当强尼还在开着"猫的第九条命"号飞船打家劫舍时就认识他的活人，所以"哲学家"的话是后人对强尼这个人的历史评价的重要依据。但是自从强尼死后，"哲学家"就三缄其口，一副"是非功过任凭后人评说"的超然态度。于是人们只有通过我——强尼口中的"中国人"胡安·陈的回忆来了解强尼。

我深知自己的叙述将对强尼的历史定位产生什么影响，所以我力求客观公正，不掺杂个人感情于其中。但事实上，我本人对强尼的理解是肤浅的，没有人能走进强尼的精神世界，虽然强尼早已走入那些与他出生入死的战友甚至素昧平生的普通人的心灵深处。

要了解强尼，还得从强尼嘴上常挂着的"第一猜想"开始，那就是：如果马凯还活着……

马凯是个什么样的人，我们从未见过其人，马凯在"猫的第九条命"号的海盗时代就见上帝了。马凯的形象都是通过强尼的回忆以及"哲学家"的点头呼应而建立的。

"马凯体格健壮，如果打橄榄球，他会是一名不错的四分卫。马凯身手敏捷，他能在一分钟内把一把拆得七零八落的柯林特手枪组装好。他双手都能耍枪，像这样……"每当叙述到这里，强尼就会从大腿上的枪套里掏出枪，嘴里伴随着"砰——砰——砰砰砰砰"的配音效果，连配音的节奏都一成不变，先是一停一顿的两响，然后是四连响。马凯收拾敌人时，会打光枪膛里最后一发子弹，哪怕对方早已断气，他也会毫无节制地倾泻着子弹。强尼耍枪的手法飞快，枪可以旋转着从食指移到小指，令人目眩神迷。但他只会一只手这么耍，而马凯两只手都会，可见马凯的确很绝。

强尼从不吝惜对马凯的溢美之词，不过我以小人之心揣度，那仅仅是因为马凯已经死了。这种猜测得到了"哲学家"的印证，马凯还活着时，强尼可没少和他争勇斗狠，好几次甚至大打出手……谁才是"猫的第九条命"号的领导者？"他们两人都是，就像斯巴达人的国王。""哲学家"说。

当然，强尼也没少嘲笑马凯。

"他那家伙不大，射出的尿却像加农炮弹的曲线一样凶猛，弧线又低又平，射程却很远。你们知道'哲学家'射出的尿像什么吗？"每当说到这里，强尼就会像老人一样笑岔了气，喉咙里发出很长的咝咝的声音，"就像那种又短又粗的臼炮射出的炮弹。是吧，苏格拉底？"

"哲学家"臊红了脸，大伙哄然大笑，连女人们也不例外，也许她们都在想象着那种能把尿射得像加农炮的家伙该是多么神奇的尺寸吧。

和强尼在一起，空气中就像飘满了令人喷笑不止的呛药，但很少有人知道这种呛药有时也会爆炸的。强尼从未向我们发过火，虽然他老是大大咧咧地吆五喝六，可我们深知，他的内心单纯而善良，这一点与严厉的马凯大相径庭。强尼常对笨手笨脚的"屁墩"说："小子，你要是在马凯手下混，早就要挨鞭子了，那种用柏油浸过的鞭子亲吻屁股的滋味很绝，想尝尝吗？"

说到这里，强尼的目光就会在"哲学家"的脸上稍作停留。由于强尼每叙述一段"猫的第九条命"号的往事，都会加一句："哲学家，是吗？"所以，我们对这种目光不以为怪。直到许多年后，我才恍然大悟，强尼有弦外之音。传言在身为海盗的时代，马凯就一直想干掉"哲学家",每一次都是强尼挽救了"哲学家"。

"哲学家"在"猫的第九条命"号上干过什么蠢事,已经无从考证了,但从后来发生的事看,马凯的选择是对的。可惜,洞若观火的马凯虽然解决掉"哲学家"就像掐死一只蚂蚁一样容易,但他终究没有干掉"哲学家",相反,马凯自己却被干掉了。

马凯之死一直是强尼心中的痛,每每回忆到此,强尼一般都是打着哈哈用那种调侃的语气糊弄过去。我们却深知,这个话题是应该回避的。没有人去打听马凯之死的详情,所以这一情节直到现在仍是一个谜。

马凯除了转枪和射尿这两门绝活,还有一门看家本领:他玩俄罗斯轮盘赌从未输过。

俄罗斯轮盘赌,是用转轮枪装上一颗子弹,参赌者随机转动,然后对准自己脑门开一枪,直到有一名参赌者被爆头为止。可以想象这种游戏是多么残酷危险,但它的确简洁有效,是太空海盗生涯中最令人信服的一种解决争端的方式。有许多次,"猫的第九条命"号与同行们血拼到最后,眼看就要船毁人亡,马凯就会站出来,单挑对方船长,决斗的方式便是俄罗斯轮盘赌。

"你们知道'星鼻鼹'号上的'大白熊'吗?那可是个身高6英尺9英寸、体重300磅的大块头,当枪管指着他的脑门时,他居然哭得像个娘儿们,马凯像抚摸儿子的头一样安慰着高大的'大白熊'……这就是马凯。"叙述到这里,强尼就会收声止笑,很不耐烦地打量着一个方向,好像他的哥儿们正站在一块岩石后小便,随时准备上路。夕阳给他粗线条的脸部轮廓笼上了一层柔和的金边,那粗硬的短胡楂儿也变得柔软透明。这画面很令女人着迷。强尼爱着马凯，他离不开马凯，就像麦卡特尼离不开列侬①，那种兄弟情义绝不逊于任何人间诗篇大书特书的两性之爱。

当上帝连续掷下19次"自由女神"朝上的硬币后，第20次却是"总统"朝上。在一次无关紧要的玩笑中，马凯用枪管抵住自己的下颌，这一次他的眉头跳了一下，他的手指就像在做一次"认识自我"的哲学思考，迟疑了好久才扳下去……结果，枪响了。

马凯的脑袋瓜儿就像在舱外开香槟，发出很清脆的声音。舱外是真空，我们都很怀疑强尼能听到"很清脆的声音"，但这个比喻的确很形象。

"这是个阴谋。"当强尼转过身来面对我们时，他的目光就像电焊枪喷出的幽蓝火焰，令人不敢正视。他的鼻翼微微翕动，喘着粗气。

这是一个什么阴谋？强尼没有告诉我们。

关于马凯的信息，只有以上这些，真正的故事始于2585年那个秋天，"猫的第九条命"号飞船在新约克着陆。

2585年，天知道这个数字在奥克罗星这个前不着村后不着店的鬼星球上有啥意义，但强尼铭记着这些。

要认识强尼这个人，你得注意到他与众不同的一些特性，比如他手腕上戴着一块齿轮结构的金属手表，上面镶有24颗钻石，还同时显示地球上24个时区的时间。这些毫无意义的时间强尼却看得比钻石还重要，他可以不时抬起手腕瞄一眼说："这

①两人均是披头士乐队的核心成员。

会儿，纽约巨人队正与新英格兰爱国者队进行季后赛的第二场淘汰赛。"那神情看起来好像他随时可以动身亲临赛场加油助威似的。强尼是第五代太空流浪汉，他这辈子其实压根儿就没见过那颗传说中湛蓝碧透、水汽氤氲的星球。但他是个地球通，他狂热地迷恋着那些尘封已久的地球往事。这一点倒是与英国佬"哲学家"相似。"哲学家"被强尼判定为英国人，且有八分之一爱尔兰血统，这是因为"哲学家"每到一个地方就会用英格兰的某个地名命名当地的一些地区——比如这个纪念意义非凡的新约克镇。"全世界只有英国佬这样做。"强尼说。

而我，仅仅因为我的面孔扁平、鼻子稍塌，便被强尼判作中国人。他从不叫我的名字，而是直呼"中国人"，好像这是一种尊称。他的确拥有一种天然的让人亲近的力量。

"孔夫子曾说过：老乡见老乡，两眼泪汪汪。"强尼第一次见我，便搂着我的肩膀如是说。

那一刻，我热泪盈眶。孔夫子是否说过这样的话并不重要，我是否有中国人的血统也不重要，重要的是在奥克罗星，我们坚持了270年后终于见到了地球老乡。这在太空大发现时代，堪称奇迹。

300年前，人类终于发现了数学上早已预测到的一种时空捷径——爱因斯坦－罗森桥，于是光速终于不再是星际旅行的障碍。人类可以通过这种天赐的为数不多的奇异点，进行跳跃。人可以在几个普朗克时间长度内产生数万光年的位移，而无须付出任何昂贵的能量代价。但是这种免费的巴士充满随机性，且没有回程票。这是因为爱因斯坦－罗森桥是由负能量所控制的，人类的知识尚不能理解玄虚离奇的负能量，更别说创造出它了。人们永远也无法预测到这个奇异点是通往星空的哪个位置，这就像是量子层面的旅行，只存在概率上的分布，而不存在确定的"站点"。与麦哲伦的环球旅行不同，太空冒险家是没有机会回到母星享受那种英雄归来的礼遇的，这种旅行就像棘轮的旋转，是不可逆的。即使人们沿原来的奇异点返回，也会像被抛在无名小站的旅客，发现自己面对的是那种完全陌生的巨大虚空。地球，那是再也回不去了，这是条真正的不归路。运气好的，能找到一颗与地球环境相差无几的星球生存下来——比如我的祖上，无疑就是这样的幸运儿。而强尼的祖先就没这么好的运气了，他们沦为海盗，靠打家劫舍过日子。当航线上已无可劫掠的资源后，他们便进行了一次新的跳跃，经历无数次跳跃后，到了第五代——强尼这一代，他们来到了奥克罗星，遇见了我们。

真不知道这是强尼的幸运，还是他的不幸。正如他带给我们的，既有幸运，又有灾难。

在强尼和他的弟兄"哲学家"、麦克利尼在约克镇降临之前，我们奥克罗人的生活平淡而悠长。哈希人为我们提供食物，星期五人为我们建造地洞，亚威农人与我们交易——他们用驯养的鹈鹕交换我们的金属制品、电子仪器、望远镜。

奥克罗星人仍然过着一种田园牧歌式的生活，他们没有工业、科技、电力，所以我们祖上遗留下来的高科技玩意儿的确已经成为一堆废铁。但是奥克罗人迷恋这种容易生锈的破烂儿，他们没有矿业和冶金业，所以金属制品实在是保值不跌的硬通货。而那种可以紧掠地面飞行，像波斯地毯一般的大鸟鹈鹕，真是相当便利的交通工具，我们很乐意与精明的亚威农人交易。直到好几代后我们才发现亏了——起初我们用一磅硅钢制品换一只鹈鹕，后来我们用一颗螺钉换一只鹈鹕。

亚威农人的智力水平与人类不相上下，是奥克罗星三种智慧生物中智力水平最高的，但很奇怪的是他们并不是这个星球的统治者。他们的长相、外形是不相对称的，人类也有不对称的生理特征，比如右手往往比左手强壮一些，心脏安置在左侧，这种现象叫作对称性破缺。而亚威农人对称性破缺的程度则有点夸张，在与他们的右上肢对称的部位，你不太可能找到一只左上肢，而在明明应该是左下肢的部位，那儿却分明长着一只左上肢。如果你还在为他们奇特的外形惊奇不已，那接着把目光投向他们的面部——如果那还能叫面部的话。他们的脸用专业的语言说，不存在一个真正的透视点。好比十台照相机围着一个模特，从不同角度各拍一张，然后拼在同一幅照片里——这在人类的艺术中叫作立体主义，是毕加索的发明——长在一张脸上，这就是亚威农人。你常常搞不清面对的是他的正面还是侧面，你观察他的方式，就是他的存在方式。有趣的是亚威农人的智力水平与道德水平也是不对称的，这群浑蛋坏透了。

星期五人大概是由我们的祖上是在一个星期五发现他们的而得名。他们是与人类外形最相似的奥克罗星人，至少他们是对称的，而不像亚威农人那样看起来就像是核辐射的牺牲品。他们拥有强壮发达的上肢，而下肢短小弯曲，分得很开，就像穿纸尿裤的婴儿，走路一摇一摆。为了弥补这强重力环境下的支撑缺陷，他们的屁股上长有肉墩，累了随时可以用肉墩支地休息一会儿。这就是强尼把手下一个星期五人叫作"屁墩"的原因。星期五人是奥克罗星数目最多的，他们的智力水平差强人意，相当于人类的 10 岁儿童。一个致命的缺陷让他们很难成为这个星球的主人，因为他们的记忆力太牢固了。这种说法可能令人难以理解，因为人类一向把记忆力视作智力的一项重要因素。但事实就是如此，星期五人的脑袋奇特无比，这让他们可以随时记住任何环境、生活信息，很少遗忘，甚至祖先的记忆也先天地保存在大脑之中。他们无须口口相传，也无须文字记载，人人都可以把祖上发生的故事倒背如流，这在人类之中堪称天才。但悲哀的是，他们的大脑虽储存了海量信息，却缺乏组织、整理、归纳、提取、运用这些知识的能力。他们的大脑结构就像金字塔的巨石那样紧密垒砌、坚固无比，但却死板机械。打个比方，如果一个星期五人在某个地方发现了猎物，他第二天、第三天仍然会在原地守株待兔，他们把经验当作常识。星期五人虽然拥有强壮的体格，但这种智力缺陷是致命的，他们根本无法适应瞬息万变的环境，所以他们才会把哈希人奉若神明。哈希人指导星期五人狩猎、采摘果蔬，回报是星期五人必须为哈希人卖苦力。星期五人之于哈希人就像希洛人②之于斯巴达人。

　　一个受过地球传统生物科学教育的人来到奥克罗星是要碰壁的，因为哈希人完全颠覆了人类根深蒂固的观念。哈希人的形象无论如何也难以与一种高等智力生物联系在一起，他们是

　　②古斯巴达农奴，其身为国有。

球形的——强尼称作屎蛋族——中空的，外壁光溜溜的，像是角质，却又是有弹性的。其外壁有 80% 的部位长满了又细又密的小腕足，这些触须样的小腕足帮助他们完成转身、起动、携带物品等动作。但哈希人并不依靠它们行走，哈希人是靠滚动来运动的。由于奥克罗星地表环境恶劣，风化程度强烈，造山运动早已在上亿年前停止，地表的一些古老山峰已被风化作用夷为平地，因而"滚"的确是非常节能且有效的行动方式。他们的外形虽然敦厚，但他们的攻击性却不可小视。其外壁有一个鸡屁股似的多功能"泄殖孔"，他们不仅用它来呼吸、进食、排泄、生殖，还可以用它来攻击。当哈希人要惩罚星期五人时，他们便用小腕足拾起随处可见的石子塞入小孔，身体吸气膨胀，膨胀到多大视射程而定，然后突然喷气，把石子像炮弹一样射出！

哈希人的智力水平是一个谜，就个体而言，他们的智力比亚威农人略低一些，但就整体来说，他们却无处不体现着一种与自然、社会相协调的生活与统治智慧。不过这种智慧不像来自后天的学习，而更可能来自先天的遗传，是一种通过自然选择作用而建立的本能。他们奇特的外形也体现着进化的科学之美，虽然是球形躯体，他们却可以在无任何外力帮助的情况下保持重心平衡，"头"在上，就像一个不倒翁。不同的是，后者是利用了内部质量不均的原理，而哈希人的身体结构纯粹是数学上的平衡，哈希人只在滚动时才是球形，当他们静止时，表面会凝成一种非常复杂的形状，表面只拥有一个平衡点。"印度的星龟也具有类似的形状，这使它们在四脚朝天时利用龟壳表面的不平衡自动翻转过来。"这是强尼告诉我们的，强尼见多识广，知识渊博，他通晓在我们人类的太空子孙中早已失传的古老知识。这正是起初我们崇拜、信赖强尼的原因。

强尼带给我们最令人鼓舞的不是"科学"，而是一种叫"自由""尊严"的稀罕玩意儿。在他看来，哈希人对人类无微不至的照料实际上是一种人格上的侮辱，这与人类圈养牲畜无异，这绝不是生物行为学上的合作关系，而是一种"仁慈"的统治。

"最令人发指的是，你们怎么能容忍自己的女人去接受哈希人所谓的'天浴'，让她们纯洁的身体去接受那恶心的分泌黏液的吸盘的舔舐，这跟苏格兰人要把自己新娘的初夜权献给英格兰领主有什么区别？"

可以想象强尼第一次发表这种演说时所带给我们的震撼，有一种久违的令人血脉偾张的情愫在我们周身蔓延。

"自由！自由！"我们围在强尼身边，把他抛向空中，发出"自由"的呼声。我们从暗无天日的地洞中钻出来，拿起武器向屎蛋族哈希人进军。

后来，星期五人加入了我们，甚至胆小如鼠的亚威农人也加入了我们。"自由"的观念就像一种被陨石碎片带来的太空病毒，迅速在奥克罗这颗原始而丰饶的星球上传播开来。

"星期五人加入我们，是因为他们再也无须依赖哈希人，我们人类的智慧可以让他们有尊严地活着，而不是像屎壳郎那样年复一年日复一日地滚屎蛋，他们对我们会像鲁滨孙手下的星期五一样忠实。而亚威农人加入我们，是因为他们精明的头脑会计算谁才会赢得这场战斗，成为奥克罗星人新的主人！相信我，自由很快就会像创世的洪水一样席卷整个奥克罗星！"强尼的演说就像他的枪法一样精准，字字都说到我们心坎上。

起初，一切都那般美好、顺利。在"猫的第九条命"号携来的火药、激光甚至磁力武器的烈焰下，哈希人的镇压部队与其说是军队，不如说是一盘肉丸子，不堪一击。但是激光、磁力武器很快由于电能的枯竭而哑火，火药武器也渐渐趋于穷尽，战斗从压倒性的胜利转化为相持，直到沦为游击战，我们的队伍从1000多人锐减到300人。"奇瑞谬耳"一役使我们元气大伤，损失殆尽。正是自此一战后，马凯的名字便常被强尼提起。因为，如果马凯还活着，胜利的天平一定会倾向于我们人类，至少强尼是这样认为的。

"奇瑞谬耳"这个古怪的名字缘自苏格兰一个古老的小镇，小镇的布局九曲回肠，犹如迷宫，罗马人曾在这里吃了大亏，"哲学家"用这个名字命名奥克罗星的一处岩溶地貌，的确是别有深意。

由于石灰岩的溶蚀作用，这一片广达8000公顷的石灰岩裸露区变得千疮百孔，就像一块发泡起孔的蛋糕。这种地形对我们无疑是有利的，屎蛋族在坑洼不平、参差不齐的石林中寸步难行，他们不得不借助数以万计的星期五人的抬、搬、挪、扛来逼近我们。我们佯装慌不择路，退入一个被我们称作"米诺斯迷宫"的超级大溶洞。我们上千名战士匍匐在黑暗中，呼吸着浑浊的空气，哈希人泄殖孔释放的气味足以让人连胆汁都吐出来。我们忍受着胃的痉挛，在黑暗中祈望着……

米诺斯迷宫只有三个出口，哈希人封锁了最大的那个入口，也就是我们的退路。但他们不知道，在自己的腕足下，埋有几十磅 TNT 当量的炸药，那将吞没他们身后那巴掌大的一块光明，而我们可以从另外两个不为人知的小豁口逃出。更致命的是，炸药将引爆核反应堆——这本来是"猫的第九条命"号的推进器——虽然早耗尽了它的最后一丝能量，但残留的放射线足以杀死上万名哈希人。

我们的计划的确是万无一失，但不知何故，哈希人似乎洞察了我们的意图，他们疯狂地向我们的退路——那两个小豁口的方向进攻。强尼让我和屁墩担当两个突击小分队的队长，负责打通逃生的通道。他递给我和屁墩每人一把手枪，那是马凯的遗物。他什么也没说，目光里的含意却不言自明。"哲学家"一直是强尼最倚重的兄弟，他被强尼派去引爆炸药，这种技术活也只有他能做。强尼自己则率领大部队，抵挡哈希人的正面冲击。

这会儿，按计划，炸药早就应该响了，可是"哲学家"似乎已被裁判驱逐出场，那梦寐以求的轰雷迟迟未响。在强尼坚守的阵地前，有一个天然的岩溶漏斗，深不可测，可哈希人的石弹只在吸完一根古巴雪茄的时间内就把它填平了。强尼身边的石笋石柱被击得粉碎，狭窄的通道失去支撑，不住地往下掉石块、石渣，岌岌可危。星期五人虽然缺乏机动性，但他们对祖先狩猎的智慧心知肚明，只要对准一个方向一齐射箭，总会有鸟落下的。强尼身边的弟兄一个一个地倒下，被砸死，被射穿，被击中……而我们撤退的通道依旧壅塞不通，手枪的威力是巨大的，它可以轻易地穿透屎蛋人的肉壳，把他们的气放空。但由于恐惧，我和屁墩的手指只会机械地按压，对着黑暗乱射一气，与其说那是射击，不如说那是在发抖。在换弹匣时，屁墩甚至被炙热的枪管烫哭了。直到强尼来到我们身边，他冷静地施射，每一枪都能激起"吱"的一声屁响，那是屎蛋人被消灭的声音。强尼用一己之力开辟了通道，当洞外的光明刺痛我们的眼球时，我看见强尼的面孔阴森恐怖，腮部坚硬的肌肉在微微颤动。

"我们赢了！我们赢了！"屁墩不识时务地欢呼起来。他不知道，炸弹没有被引爆，而我们部队的人数已从四位数锐减到三位数。

"'哲学家'呢？"有人问道。

"他已经死了。"强尼冷冷地回答道。他脚下的石块不住地往山谷崩落，激起令人胆战心惊的碎裂声。强尼喘息未定，转身对准山头射击。那里早已埋伏有屎蛋人的部队，我们已经是穷途末路。

在逃亡中，强尼一路无话，他的沉默就像卡壳的枪，没人敢向他打听将来的作战计划。我的内心忐忑不安，要不是我和屁墩的无能，兄弟们的伤亡不会如此惨重。

三个月后，我们长途跋涉来到爱丁堡，在这儿扎营休整。这儿是一片地势倾斜的岩坡，坡面是绵亘数百里的古老玄武岩，旷野的风把岩坡的表面修磨得光滑平整，坡底则是锯齿状折曲的沟壑，酸性的流水就像刀片一样锋利。高原在沟壑侧壁上投下阴影，我们在清凉的阴影里休整，人类战士们四仰八叉，星期五人坐在肉墩上。天空就像天国般静谧、清澈，静得可以听见大鸟扑翅的声音。

强尼清点了人数，共有 235 人。

"要有 300 人就好了，你们知道温泉关吗？300 名斯巴达勇士大战波斯人的百万大军。"

每一次强尼向我们提到那些英勇的地球往事，我们都会热血沸腾，久久沉浸在那种对英雄的崇高敬意之中。然而这一次，大家都垂首不语，只有旷野的风在空谷里幽幽倾诉。

"陈，你来讲一个中国人的笑话吧。"平时，强尼都会找"哲学家"打趣，然而"哲学家"已经死了，强尼选择了我。可是我对中国人的幽默感一无所知，我只会憨憨地一笑。

"那我来讲一个吧。"强尼是绝不会让他的地盘冷场的。他沉思片刻，说："一个英格兰人、一个爱尔兰人、一个美国人和一个中国人聊天。英格兰人说：'我的儿子在伦敦出生，所以我给他取名叫伦敦。'爱尔兰人若有所思地对美国人说：'原来贵国国父的出生地在首都啊。'美国人很诚恳地点点头：'是的，我想威士忌应该改名叫爱尔兰。'最后，反应过来的中国人大声说：'没错，我们的兰州烧饼也是这样得名的！'"

空气里的呛药终于被引爆了，连屁墩都笑了，嘴里淌着哈喇子，虽然他完全听不懂。

"大家知道大流士的军队为什么不堪一击吗？"强尼提高了声调，神秘的语气把大家放松的神经又拉回到原来很严肃的话题上。大家摇摇头。

"其实历史学家也不知道，但考古学家知道，他们挖出一块石碑，上面刻有大流士的勒石铭功，用最华丽的波斯文写着：这里的泉水是水中最美的。人中之杰、最好最美的大流士参观了这里的泉水……"

我们会心地笑了。这里没有泉水，我们的嘴唇干燥欲裂，内心却沁凉甘洌，就像被泉水浇过。

"那么斯巴达人的碑铭又是什么呢？"有人问道。

"斯巴达人？"强尼望向天空，陷入了凝思。良久，他说道："斯巴达战士是没有碑铭的。他们活在诗人的诗篇中，活在女人的眼泪里。"

朴素无华的诗句，却字字铿锵。强尼在说谎，斯巴达战士是有碑铭的，不知何故他隐瞒了这些，就像他隐瞒了"哲学家"的叛变。或许他觉得这是一个不祥的暗示。

"总有一天，我们会迎来最终的胜利。"他面朝新约克镇的方向，好像人类的探险舰队会随时从天空中降临。他知道，哪怕只有一艘人类的战舰，哪怕只是一艘武装海盗船，哪怕只有一个人，他叫马凯，出现在这里，也会给战局带来重大影响，至少会带给疲惫的战士们以希望。

"该死！这里怎么会有女人？"强尼就像走错了厕所一样嚷了起来。

门蒂像男人一样四仰八叉地躺着，头顶剃得光光的，腋下却是黑乎乎的，要不是胸前耸起，谁会把她当成女人呢？

"小妞，你可艳福不浅。"强尼屈膝蹲下，平视门蒂的眼睛，邪邪地说。

门蒂羞赧地笑了，这一笑可真要命，那一口"四环素牙"暴露无遗。小姑娘才19岁，她还不会在偶像面前掩饰心跳。

"她是克罗斯兄弟的妹妹。"有人说。

"哦？"强尼的神情严肃起来，"是哪个浑蛋把她招进来的？"

笑声戛然而止，斜阳的余晖从对面山的豁口射过来，照在我发烫的脸颊上。

"是我。"我说。

"我们带走了克罗斯家的两个男人还不够吗？你还要带走他们家最小的女儿？！"强尼的目光里冒着青烟。

门蒂加入我们时才 15 岁，她还没发育，就像个假小子，但就算在男孩中，她也不算漂亮。

我无言以对。门蒂说："是我自己执意要加入的！我很有力气，打仗不比男人差。"她鼓了鼓结实的肱二头肌。

强尼的语气柔和下来："那你的妈妈谁来照顾？"

门蒂的妈妈已经快 60 岁了，是个盲婆婆。盲婆婆并不知道自己的两个儿子已经战死了，她对待我们游击队员就像亲生儿子。很令人吃惊的是她只需用粗糙的手抚摸战士们的面庞，便可辨别出大家的年龄、血统、相貌，不差分毫。她很放心地把女儿交给我，也是因为我是东方人，门蒂也是。所以她很信赖我，并要门蒂叫我哥哥。

"守护者不会为难一个老人的。"门蒂满脸纯真地说。

守护者就是哈希人，哈希人奴役了星期五人，让他们种植面包树和果树，每年能收获大量的碳水化合物粮食。这让他们有足够的食物来贿赂人类，他们迷恋人类的体表腺体分泌物，就像人类迷恋抹香鲸的香味一样。如果人类愿意用分泌物交换他们的粮食，他们就愿意为人类养老。渐渐地，这种交易变成了一种习以为常的仪式：每周一次的天浴。哈希人遵守诺言，从来不主动伤害人类。要说他们是仁慈的"守护者",倒也一点没错。

强尼直起身,背转过去,夕阳剪出他疲惫歪斜的背影,他叹了口气,说:"将来,若有机会,我们一定去探望这位伟大的母亲。"

2594年那个冬天,天空竟然下起泥雨来。这种天气在奥克罗星是极其罕见的。奥克罗星气候干燥,高海拔高纬度地区尤其如此。由于大气中长年飘着厚厚的尘埃,雨水裹挟着尘埃倾泻而下,就像鸟屎吧唧吧唧地往下掉。空气中充满了夹带硫黄气味的泥腥味,我们的呼吸越来越沉重,鼻子下挂着两道泥沟。强尼的肺喘得就像风箱,他比我们土生土长的奥克罗地球人更不适应这儿的大气,而且他个子高,又吸烟,他的呼吸系统一直存在问题,他的身体远比看上去虚弱。但如果你见他吃力地躬着腰、步履沉重而试图去搀他一把,那你一定是疯了,他会推你一个大跟头,嘴上还不闲着:"娘的,你当老子是臼炮啊!"

在哈希人的围剿下,我们的部队不得不撤到更高海拔的位置,因为哈希人的身体结构和移动方式的特殊性,他们由低位往高位进攻时是处于劣势的,我们居高抵抗的确是有效的策略。但是我们已经退无可退,海拔越来越高,空气越来越干冷,能找到的食物也越来越少。有时我们不得不劫掠星期五人、亚威农人的庄稼地。渐渐地,原来支持、同情我们的被奴役的土著也开始抵制我们。我们的行踪就像阳光在高原上投下的阴影一清二楚。这让我们无处藏身,疲于奔命。

爱丁堡,这斜坡上的城镇,便是我们最后的据点。虽然大伙私下没有议论，但彼此心照不宣，丢掉了爱丁堡，所有的希望都将破灭。

战斗是从南方的天空开始的。

那片天空就像被一块抹布擦过，黑压压的一团云雾覆盖了我们头顶的天空，四野陡然阴暗了不少。那是哈希人的鹈鹕空中部队，"飞行员"是那些体格瘦小的亚威农人，他们倾泻下石块、木箭，还有大鸟的聒噪，试图把我们赶到爱丁堡的顶部。我们拼了命地往高处爬，由于地势倾斜，哈希人的地面部队没有采取紧逼战术，而是宽容地任凭我们占据制高点。当我们撤到离爱丁堡制高点还有 500 英尺的位置时，强尼朝天空放了一枪，命令部队掉头直下。

大家都迷惑不解，爱丁堡下面是深不可测的沟壑，里面泥流翻滚，乱石横飞，震动得两岸的沙砾纷纷跌落。

"屎蛋人送给我们'魔毯'，我们怎能不领情？"强尼嘴角挂着诡异的微笑。

"砰砰"几声，几只鹈鹕从天空跌落，宽大的翅膀在地面上激起泥团无数。每一只鹈鹕的翅膀摊开足有波斯壁毯那么大，奥克罗星厚重的大气层造就了这种奇特的"毯子"，它们不是通过扑翼而是通过翅膀的波状起伏滚动来获得浮力的。

"每个'毯子'上坐 5 人。"强尼胸有成竹地命令道。

我们击落了几十只鹈鹕，把它们变成我们的"魔毯"。泥雨把斜坡冲洗得滑溜溜的，"魔毯"紧贴在斜坡上陡降如飞，风从我们耳旁刮过，泥浆抽得我们脸皮通红，我们都眯上眼睛，美美地体验着这飞一般的感觉。我们当中只有屁墩一人有"小板凳"

坐，照理说，他应该是最舒服的。可是这会儿，他正紧紧抱着强尼的腰，变形的五官挤成一团，组合出一种既兴奋又害怕的复杂表情，对循规蹈矩的星期五人来说，就算是追溯祖先的记忆数十代恐怕也找不出这样刺激的体验吧。

"抱稳了！"强尼大喝一声，突然把鸟头拽起，魔毯腾空而起，漂亮地跃过一个高坎，利用魔毯自身的浮力，在空中足足掠行了 20 米，着陆时却又像悬爪收翅的信天翁一样平稳轻柔。

"这叫极限运动，在地球上火着呢。地球上有滑冰、滑草、滑沙甚至还有滑水，就差咱这滑泥了。"强尼驾驶着他的魔毯，还不忘向我们讲述地球往事。

当我们冲进谷底怒吼的泥流之中时，宽大的魔毯在泥石流上如履平地。强尼叫我们把魔毯的两翼卷起来，这样，魔毯变身为狭长的摩托艇，在陡转直下的峡谷里疾行如风。密集的石弹不住地在我们身后击起丈余高的泥柱，但它们远远跟不上我们"摩托艇"的速度，那沉闷的撞击泥流的声音更像是欢送我们远去的礼炮。

哈希人被激怒了，屎蛋人、星期五人纷纷从高崖滚落，但奇怪的是，更多的屎蛋人却在崖沿止步不前。

"这是怎么回事？哈希人为什么不敢追击我们？"我问强尼。

按常理他们不会害怕自上而下的进攻，居高临下是很容易取得战斗的胜利的。

"他们下来容易，要上去可就没那么简单啰。"强尼轻描淡写地说。

是啊，多么朴素的智慧。球形的哈希人即使拥有成群的"屎壳郎"苦力，要爬出万尺沟壑也是难于上青天，这正是他们畏惧的原因。

哈希人那些头脑发热滚下山谷的先锋部队下场可就惨了，我们甚至不必动用一枪一弹，泥流就直接吞没了他们。欣喜中唯一的伤感是，在俘虏里我们竟然发现了"哲学家"，他谢顶得更厉害了，光溜溜的脑袋就像是小一号的屎蛋人。

这场置之死地而后生的胜利绝不亚于一次死亡时间内的63码射门，强尼表现出了坎尼战役中汉尼拔一样的指挥天才。更妙的是我们飞流直下，一日千里。曾经我们以为再也回不到低纬度的家乡，而现在，在奥克罗星百年一遇的泥洪的帮助下，我们轻易地实现了战略大转移。

"哲学家"对我们的游击战术了如指掌，他处心积虑地在爱丁堡的顶部布置了重兵，恭候我们钻入罗网，只可惜强尼的灵光一现把他的痴想化为泡影。

"我们本可以解决战斗的。"没想到"哲学家"的第一句话居然是这样，好像他才是胜利者，正在宣判我们的命运。这多么可笑！我们都恨不得把他撕碎。

强尼制止了愤怒的喧哗，平静地说："怎么讲？"

"如果哈希人愿意跟下来，完全可以消灭你们这一小撮力量，即使给自己造成重大损失又何妨？可惜哈希人不明白两败俱伤其实也是一种胜利这样浅显的道理。"

"因为哈希人不是人类！懂吗？"强尼露出轻蔑的笑，"只有人类才会不计较一时之得失去谋求那种杀敌一万自损三千的所谓胜利，因为只有人类才信奉那些用计算无法衡量的价值观念。"

我们静静地聆听着，连屁墩也听得聚精会神。

"哲学家"苦笑一下，说："现在谈这些又有何意义？俘虏是没有资格为自己辩护的。"

"为什么背叛人类？"强尼的声音微微颤抖。

"我没有背叛人类，我只是背叛了你而已。""哲学家"面无表情地说。

多新鲜的逻辑！人群沸腾了，有人把石块扔到"哲学家"的脑袋上，他流血了，嘴上却依旧挂着嘲讽的笑。

"是吗？我倒想听听你的高见。"强尼的表情平静如初。

"强尼，别跟他理论！杀死他！"有人喊道。

强尼却挥手把愤怒的声音压下，目光诚恳地望着他海盗生涯时的兄弟。

"你来到这个星球之前，地球移民人口达 5000 人，而现在只剩下 2000 人！在你这个浑蛋来到奥克罗星之前，陈、门蒂、屁墩他们在阳光下眯着眼睛晒'太阳'，享受着衣食无忧的安逸，每个人都可活到 80 岁。是你，一个把人不断送上断头台的罗伯斯比尔③，是你这个浑蛋带给他们'橄榄球''电影''古巴雪茄'，还有那该死的一文不值的'自由'！""哲学家"昏暗的眸子里闪烁着泪花。

强尼冷笑着摇摇头："真没想到，一个王冠上镶有自由、财产所有权、牛顿、洛克四颗钻石的英国佬嘴里竟说出这样一通混账话！"他的嘴唇在颤抖，善于雄辩的他此时却陷入龃龉。

---

③法国大革命时期的雅各宾派领袖。

他掏出枪对准曾经出生入死的兄弟："早在船上，我就应该干掉你，你谋杀了马凯，你以为我不知道吗？你在转轮手枪里填入了两颗子弹！"

"很好，你已经知道了那个秘密。还等什么，朋友？"血从"哲学家"突出的前额淌下，他依旧骄傲地扬着他的下巴。

强尼的眼珠像红宝石一般血红，他凝视着"哲学家"，他的枪口从未像今天这样抖得厉害。

"滚！"他说。

什么？我们几乎以为听错了。"哲学家"自己也露出不敢相信的神情，说："你放走我会后悔的，就像当初在'猫的第九条命'号上一样。"

强尼在"哲学家"的屁股上踢了一脚，"哲学家"像屎蛋人那样滚出很远。然后他拍拍屁股上的泥土，踉踉跄跄地走远了。

强尼为什么不毙掉"哲学家"，这一直是个谜。有人说是因为"哲学家"在海盗生涯中曾救过强尼一命，他们是有生死之交的搭档；有人说是因为强尼太孤独了，"哲学家"是唯一了解他过去的人，强尼是个恋旧的人；也有人说是因为"哲学家"干掉了强尼的对手马凯，强尼虽然嘴上常挂着马凯的名字，心中却常怀着忌恨……照我说，这些揣度都是肤浅的，甚至是离奇歪曲的。强尼放走"哲学家"的原因其实很简单："哲学家"是个人，有着一个能够独立思考、敢于质疑领袖的有尊严的头脑。强尼曾经只是个可耻的海盗，而自他来到这个星球之后，便摇身一变，化身为自由而战的英雄，是什么造成了这一切？还是因为他是个人，他在履行人类的职责。据说在这个宇宙中，大约有 1000 亿个星系，每个星系平均拥有上万亿颗恒星，一共有兆亿计的生命组织形式，在这么庞大的基数下，茫茫星海中的邂逅，彼此只需报上一个词——人类，便已足够。

那一晚，强尼没有给我们讲笑话，他一人坐在风口，古巴雪茄在黑暗中一明一灭，一夜未停。没有人敢上去安慰他，"哲学家"的话深深地伤害了他——一个把人不断送上断头台的罗伯斯比尔——这又是一个我们奥克罗地球人早已遗忘的名字，但我知道这个名字可要比"浑蛋"之类的粗口锋利得多。强尼大口大口地吞着那团我们奥克罗人难以理解的浓烟，胸深深地陷了下去，宽阔的肩膀也显得瘦削了不少。好像是那团浓烟在吞没他，而不是他吞下浓烟。

"哲学家"没有食言，他说过会让我们后悔的，不久，他便率领屎蛋大军卷土重来。

2594 年春季，我们在萨帕塔的西部遭到伏击。5 个月后，我们在斯特陵又吃了败仗，队伍锐减至两位数。整整一年我们没有在游击战中取得过胜利。旱季到来后，我们疲惫的脚步再也走不动了，为了填饱肚子，我们不得不与亚威农人交易。往往我们前脚刚离开亚威农人的集市，后脚便被屎蛋人的部队咬上了。精明的亚威农人不光卖给我们粮食、药品，还与哈希人交易情报。

在汉明达，我们卸下身上的全部金属件：皮带扣、手链、挂件、戒指、鞋钉，只留下武器，却只换来 5 磅糙粟，这意味着我们21 个人每人只能分得一小汤勺。

"可卡叽哩，还记得 9 年前你们用一只鹈鹕换我们一颗螺钉吗？你们这也太不厚道了！"我揪住矮小的亚威农人脖子下的褶肉，把他提离地面。

可卡叽哩皮笑肉不笑地说："那已是9年前的价格了，现在这个价格已经够公道了。"

"你信不信我会把你的五官重新组装一下？"我扬起了拳头，有时候对懦弱的亚威农人适当地炫耀武力是必要的，哈希人对亚威农人横征暴敛，亚威农人屁都不敢放一个。

可卡叽哩脸上的器官突然收缩，面孔只留下橘子皮似的皱纹，这个表情叫"恐惧"。

"算了，陈。"强尼用手掌握住了我的拳头。

可卡叽哩脚一沾地，立即恢复了得意的神情："还是这位大爷明白事理，我倒是有意与这位老大交易。"他的目光倏地停在强尼的手腕上，那镜面螺纹反射的金属光泽射到哪里，可卡叽哩贪婪的目光就跟随到哪里。

我迅速明白了他的诡计，扳过强尼的身子，说："强尼，不要被这小子骗了。"

但强尼却停住了他的脚步，"哐啷"一声，那块能显示地球24个时区时间的手表跌入亚威农人的橱柜。亚威农人不需要地球时间，可想而知，在这一次交易中我们损失有多大。虽如此，那一晚，我们还是吃饱了肚子。我们响声很大地喝着粥，抽着鼻子，好像什么东西堵住了鼻孔，酸酸的。只有屁墩一个人很享受这顿晚餐，星期五人的幸福是简单的：在饿的时候吃，在困的时候睡。哈希人完全可以满足他们的幸福，有时我真的不明白为什么像屁墩这样的星期五人也跟着我们，那么心甘情愿，任劳任怨，从不当逃兵，更不会背叛。

在昏暗的篝火映照下，我看见门蒂的眼泪簌簌地直往粥里掉。

强尼抱歉地对她说："可惜没什么味道。"

她却使劲点着头："好吃，咸咸的。"

强尼怔怔地望着队伍里唯一的女人，忍不住伸手去摸她扎手的光脑袋，门蒂幸福地眯长了眼睛。也许这一刻，黑黑的她是奥克罗最美的女人，一点儿也不逊于地球上的电影明星。

强尼说："我们离起义的家乡不远了，也许不久，我们就可以去探望你妈妈。"

四周的空气有些沉重，正如这暮色沉沉的荒野。

强尼站起来说："如果马凯还活着，我们就可以玩一场橄榄球赛了，正好22人。马凯这浑蛋是一名不错的四分卫，他扔出的球可以直接击中50码外的记者。"

可惜没有人能理解他的幽默，强尼有些尴尬地望着我。

"那我打什么位置？"屁墩很兴奋地说。

"你？你这么强壮的体格当然得打最重要的位置：角卫。"强尼眨下一只眼。

"真的？"屁墩大眼珠里跳跃着篝火。

"真的，MVP先生，我可以采访一下你吗？"强尼倒握着枪，把枪把递到屁墩的嘴下，"请问，你一屁股把马凯的脑袋坐成鱼子酱，当时是什么样的感觉？"

周围一片哄笑，屁墩的脸涨红得就像狒狒，嘴里咕噜咕噜的，激动得说不出话来。可惜这美妙的时刻并未维持多久，一颗石弹砸进篝火里，火星四溅，就像超级碗赛场里燃起的烟花。

哈希人的鹈鹕发现了我们点燃的篝火，他们很快像狼闻着了腥，攻打过来。

一颗石弹从夜空划过，弧线又高又飘，就像40码外的一次长传。

"屁墩，快闪开！"强尼吼道。

屁墩一摇一摆，扭动着笨重的屁股，向前扑去，他的姿势就像达阵一样优美，可惜石弹还是击中了他的屁股，那里顿时血肉模糊。两个屎蛋人迅速从地面上弹起，向屁墩扑去。

"饭桶！"强尼抬腕连射两枪，那两颗圆球还在空中便瘪了。

屁墩卧在原地，久久没有抬起头来，他的退路上冒出七八个星期五人，嗷嗷地逼近屁墩。强尼心中焦灼若焚，正欲杀回去救他。只见屁墩突然从壕沟里跳起，嘴里胡乱地喊着什么，小罗圈儿腿摆得就像汽车轱辘，飞速地向星期五人堆里冲去。只一刹那，星期五人便像保龄球瓶一样被撞得东倒西歪，屁墩重新杀回了队伍，嘴里依旧念念有词。

有人问他："你在喊什么？"

"我是MVP，我是MVP！"

大伙乐了。屁墩的勇猛让我们深受鼓舞，我们集中兵力，杀出一条血路。

"我知道有一条秘密小路，可以绕到大丘的背面。"门蒂肯定地说。这儿已是她的家乡，她对地形很熟悉。

我们相信了她，在她的引导下，我们迅速消失在浓荫蔽日的热带丛林。奥克罗星的热带植物虽然并不像地球的那般浓茂高大,但它们层层叠叠、厚厚实实的枝叶已足以掩藏我们的行踪。

经过四天四夜马不停蹄的跋涉,我们如愿以偿地绕到了大丘的背面。丛林有效地阻碍了屎蛋人的滚进,他们被我们甩出好几天行程。

"屁墩,你怎么不休息?"途中休息时,强尼发现屁墩奇怪地一个人站得远远的。

"他的小板凳肿啦。"有人替他解释。

强尼查看了屁墩受伤的部位,发现由于缺乏护理,外部像小火山一样肿得老高,伤口内部已经化脓了,流出绿色的脓汁来,大家都掩鼻散去。

"没事吧?屁墩,你这么强壮。"强尼问道。

"没事。"屁墩不好意思地把屁股扭向另一边。

门蒂为屁墩敷上本地的草药,屁墩说感觉舒服多了,大家才释然。星期五人屁股上那坨肉又坚实又厚重,那个部位的伤口实在是无关紧要,大家都这样认为。

可是在后来的行军中,屁墩的步子越来越蹒跚,被落下的距离越来越远。

"不如让他在原地休息吧,哈希人不会为难他的。"有人提议。屁墩作战非常勇猛,可是此时他已经成为一个累赘。就像他伤口散发的腐臭,令人避之不及。

强尼一字一顿地说:"若马凯还在,他会毙了你。"

那人吐了吐舌头,再不吱声了。

强尼一声不吭地走回去,挽起屁墩粗壮却疲软的胳膊,深一脚浅一脚地向前走去。

这样走走停停坚持了3天，屁墩终于走不动了，他那突出的臀部因为化脓几乎已经烂掉了，这让他的身体重心失衡，站立不稳。星期五人身体呈弓形，没有趴下休息的生理结构，这几天他几乎都是站过来的。南方的天空不时晃过几只大鸟的黑影，凄厉的怪叫声就像是黄昏的丧钟，那是哈希人的侦察部队。屁墩躺在强尼的怀里，开始说胡话，用那种很蹩脚难听的星期五语。这里面没有人是他的同类，也就没有人能听懂他的话。大家都默然无语地围着他，只有强尼一个人回应着屁墩，好像他通晓这门语言似的。

"屁墩会死吗？"门蒂眼里泪光闪闪。

"住嘴！"强尼严厉地瞪她一眼，说，"听到没，屁墩在说MVP，听到没？"

果然，屁墩闭上的眼膜突然掀开，嘴里的词也变得清晰起来："角卫，角卫。"

"屁墩，你是跑锋，全明星跑锋啊！"强尼兴奋地摇着他的胳膊。

"我是角卫。"屁墩口齿不清地说。

"不，你是全明星跑锋，屁墩。"强尼肯定地说。

"是角卫，你说过让我打角卫的。"屁墩吃力地提高声调。他的记忆是不会错的，他一直以为角卫是个好位置。

"对不起，屁墩，"强尼垂下了头，"你是个跑锋天才！真正的强力跑锋，全场10万人都会为你的冲锋发抖，你是一个可进名人堂与吉姆·布朗齐肩的伟大球星！"

"我可以看你们打一场橄榄球吗？"屁墩有气无力地说。

"没问题。"强尼让门蒂扶着屁墩的身子,清点了人数,说,"看来我们只能玩七人制了。陈,你打线卫;你,安全卫;你,外接手;你,四分卫;还有你,菜鸟,说你呢,你是近端锋。"强尼很快分配好位置。

我们很尴尬地领好自己的角色。橄榄球?我们连一个橄榄都没见过,但这并不妨碍强尼用高超的解说把我们的"比赛"带入高潮。

"比赛现在进入加时赛。怎么回事?大家都愣在那里,裁判也呆了,一辆小坦克开进了场地——是屁墩!传奇的24号接住了球,陈和肖恩向他撞去,哦,上帝,他们不是一个级别的。他们飞了,像屎蛋人一样在天上滚。大家说屁墩现在挂在几挡?三挡?那是胡扯。屁墩要挂在三挡早就飞出了地球,第一宇宙速度不是他的梦想!他现在挂在一挡,挟球一路狂奔,把对手一个个掀翻、碾碎。60码!历史与纪录被他远远甩在身后,球场之于他小得就像浴缸。他现在离达阵区近在咫尺,一座大山挡住了他,那是马凯!全宇宙最有价值的球员马凯,他曾经一人干掉27个大家伙,让他们直接昏迷离场,这个恐怖的屠夫!所有的观众都站了起来,跺脚,嘶吼。他们在空中相遇,这真是一场灾难!大家似乎听到了骨头碎裂的声音,可怜的马凯,他再也不能表演加农炮射击了。屁墩以他骄傲的屁股压垮了不可一世的马凯,触地得分!全场观众沸腾了,可乐、啤酒、爆米花、汉堡、硬币、车钥匙甚至座椅,所有能扔的东西统统扔进了球场。这一刻,上帝都哭了⋯⋯"

真实的情形是,一个被充当橄榄球的本地歪瓜在空中飞来飞去，就像鱼一样滑溜，我们没几个能捉住它，更别说漂亮的达阵得分了。当我们安静下来时，屁墩已经闭上了眼睛，像强尼解说的那样，以"突然死亡法"告别了我们，带走了他橄榄球的梦想。

天空真的下起雨来，咖啡色的雨滴从我们的脸上淌落，裹挟着汗水、泥土、眼泪、血污……

屁墩死后，大概是因为队伍里少了大活宝，气氛一下沉闷了许多。强尼再没有心情与我们开玩笑，他的脾气变得越来越坏。瓦盖头偷喝了几口水，被他狠狠地抽了一鞭子。亚威农人拒绝向我们提供食物，强尼一枪打穿了他尖尖的耳朵，让他的外形变得更不对称了——强尼终于展现了海盗狰狞的一面，他越来越像马凯。

在依格拉村，我们没有找到门蒂的妈妈。强尼像疯子一样揪住亚威农人的脖襟，向他们打听盲婆婆的下落。起初没有人告诉我们，直到强尼祭起他当海盗时惯用的"猫的第九条尾巴④"，亚威农人才吐露真言："哈希人带走了她，她在萨克森豪森。"

回忆到这儿我常常陷入困惑，强尼为什么执意要去萨克森豪森？那很明显是一个陷阱。后来我与门蒂谈起这个问题，她告诉我一个女人的答案："因为强尼的血液中流淌着一种我们奥克罗地球人早已失传的东西。"

事实上在当时，不止我一人，很多弟兄都向强尼提出过质疑。我们对强尼的判断力、指挥艺术深信不疑，但是这一次，我们动摇了。

④一种鞭刑。

强尼说："孔夫子曾说过，明知不可为而为之……"

"孔夫子绝没有说过这样的话。"我冷冷地打断他。

"这并不重要，中国人。"强尼不认识似的望着我，这是我第一次公然顶撞他。大家也目不转睛地望着他，就像在围观外乡人。

"好吧，"他叹了口气，"愿意留下的原地不动，愿意跟我走的请站出来。"

门蒂第一个站出来，依偎在他身旁。片刻过后，又有三四个人站了出来，虽然绝大多数人都对强尼的计划心存不满，但奇怪的是，最后所有的人都站了出来，我也是。

萨克森豪森是哈希人的疗养地，对人类来说，这是天浴中心，那些在周末被"神"带走，接受神的洗礼的女人，便被集中送往这儿。平时，这儿戒备森严，但这次，我们很轻易地潜入了内部。

我们看到许多透明的罐子，里面装有可疑的浑浊溶液，罐子的底部接有一根管子，塞子还滴着锈红色的滴液。每一个罐子里都浸泡有一个女人，苍白发紫的胴体被泡得发胀，哈希人的不明液体的保鲜性大概不亚于地球人的福尔马林，每一个胴体都鲜活如生，还可以看见皮肤的细密皱纹，这些女人大多是老年妇女。突然有人哭了起来，瓦盖头用手疯狂地拍着一个罐子，号啕大哭起来。那是他的奶奶，10年前就去世了，在这个星球，哈希人充当了牧师兼神的角色，他们带走所有人类的尸体，宣称会以他们的最高礼仪厚葬他们，我们相信了。没想到，这就是他们的厚葬，用药水浸泡人类的尸体，因为他们喜欢人类的味道，特别是女人的，就像人类迷信那种浸泡过动物尸体的药酒的魔力一样。紧接着，门蒂也哭了起来，盲婆婆被泡在另一个罐子里，大概是因为她去世不久，哈希人用颜色更鲜艳的药水浸泡着她，液体里还浮有许多粉红色的半透明小虫，它们快乐地扭动着，在盲婆婆凹塌的脸颊上、深陷的眼缝里、萎缩的牙床上、干瘪的乳房上蠕动。我们的胃剧烈地痉挛起来。

在更隐蔽的位置，我们发现了来参加天浴的女人们。她们白花花的身体比罐子里泡着的尸体更刺目瘆人。哈希人的泄殖孔一张一翕，不停地往外排出黄绿色的黏液。一个足有篮球场大的池子里装满了这种黏液，泛着白色泡泡。女人们的身上浮满了这种戳都戳不破的泡泡，搭配以池面上蒸腾的白气，要不是那液体的颜色太过恶心，这场面堪称美景。据说哈希人分泌的这种黏液是天然的碱性抗菌剂，对人类的皮肤大有裨益，可有效中和富含硫黄的大气和水中的酸。女人们的表情谈不上痛苦，只能说是麻木。她们的皮肤因哈希人泄殖孔里伸出的吸盘的啜吸而变得粉红，并浮出斑点，就像花粉过敏反应。有一位年龄较小的姑娘可能因忍受不了那种麻痛的啜吸而哭了起来，正在享受的哈希人的球状躯体立刻膨胀起来，发出那种沉闷的恐吓声。一旁的中年妇女连忙用手捂住小姑娘的嘴巴，低声训斥着什么。渐渐地，小姑娘的哭声小了，变成一停一顿的抽咽。也许不久以后，她也会习惯这特殊的仪式，脸上浮出僵硬却是满足的神情来。

我们都傻傻地愣在那儿，心情莫名地复杂。仇恨？悲哀？同情？都不是。我扭头看了一眼门蒂，她的脸立刻红了。她15岁就加入了我们，所以她从来就没有参加过天浴。由于奥克罗星气压较高，她的皮肤缺乏弹性，全身浮肿，一按下便有一个坑；又因为缺乏水分的滋润，她的皮肤干燥粗糙，不少地方还皲裂了。在哈希人给我们灌输的观念里，没有参加过天浴的女人是不洁的。很难说这种观念有多邪恶，因为你没办法反驳它。至少那些正被吸盘啜吸着的女人的身体的确较门蒂更光洁照人。人类的皮肤本来就不适应这高气压、强重力并富含硫黄的大气，而哈希人分泌的黏液可以中和这种酸性大气，人类身体皮下腺体的分泌物同样是哈希人梦寐以求的"香精"，两者各取所需，抛开人类的清高、骄傲不说，这的确与生物学上的"共生"并无二致。事实上女人们并不怎么排斥每周一次的天浴，不管哈希人排出的液体多么的刺鼻恶心，爱美的少女们还是愿意每周多进行一次的。

我想，应该不止我一人心中有这样苦恼的疑问吧，因为大家都心事重重地沉默着，眉头紧锁，表情就像这灰蒙蒙的天空一般迷惘。所幸，哈希人的进攻很快中止了我们内心苦恼的思索，那种灵魂出窍般的神圣使命又重新回归本体，我们不顾一切地投入到战斗之中。因为大家知道，这将是最后一次了。

大概是因为第一次在同类异性的目光里战斗，我们抵抗得很顽强。笨拙如我，枪法也比平时精准了不少。哈希人的屎蛋在空中不停地爆裂，喷出黏糊糊的东西，有的落到我们的脸上、裸露的肩上、胳膊上。刺激性气味令我们的胃翻江倒海。但渐渐地，我们适应了这种气味，连碱性的黏液滴落到嘴角也顾不得去揩拭了。

这儿是哈希人的老巢，他们的人员似乎是无穷无尽的，就像那浴池里不断泛出的泡泡，灭了碎了，新的泡泡又冒了出来。他们瘪了的尸体在巷道里堆积着，罐子也被打烂不少，黄绿色的黏液、锈红色的溶液遍地横流。

女人们尖叫着从我们身边跑过，哈希人立刻用他们滚圆的庞大身躯掩护了她们，这场面很滑稽，好像是他们在保护我们的女人。哈希人的愚蠢让我们赢得了喘息的时机，我们且战且退。17 岁的瓦盖头还有时间抓住一个雪白的女孩说："跟我们走吧。"

原谅这个孩子吧。我心中叹了口气——这是他第一次目睹女人的裸体，他还不能控制内心的情绪。女孩的眸子里掠过苍白的恐惧，身子软在地上，哇地大哭起来。

这哭声深深地伤害了瓦盖头，他傻傻地愣在那儿，强尼严厉的呼喊宛若天国一般遥远。

哈希人的石弹击中了他的脑袋，红色的、乳白色的液体溅在女孩的身上，她的身体战栗得更厉害了。

强尼痛苦地闭上眼睛，鱼尾纹像鸟爪一般深深地扣进他俊朗的脸庞，那一刻，他苍老了许多。

"强尼！"一个罐子后突然响起门蒂的呼喊，罐子壁上映出几个哈希人的球影。他们没有使用石弹，而是企图俘获她。哈希人从不伤害女人，这传言似乎是真的。门蒂参加过无数次战斗，但从来没受过伤。

强尼离门蒂很远，中间隔着好几个星期五人筑成的防线。但他还是毫不犹豫地冲了过去。他是个不错的跑锋，常常能上演奔袭的达阵奇迹，但愚笨的星期五人信奉的教条主义同样是有效的——只要同时挥舞大棒，总有一下会击中目标。

　　强尼宽阔的肩膀结实地挨了一下，他一下就歪了，但他还是在惯性的帮助下来到门蒂身边，用枪干掉一个，门蒂则用匕首干掉了另一个，另外两个屎蛋喷着气弹走了。

　　强尼挽起门蒂，拼命地往后奔跑，石块不住地在他们身边激起绿色液体。他的奔跑是那种全明星级别的，很有气势，但他的胳膊，手握枪的那一只，却无力地垂着，就像机械师安装了义肢，却没有安上轴承。门蒂短小的腿跟不上他的步伐，好几次跌倒在地，强尼不怀好意地审视着她臃肿的腰部，恼怒地说："都什么日子了，还能吃胖！"

　　门蒂的眼眶霎时红了，黄牙齿咬着嘴唇，一言不发。永远不要说一个女人胖，哪怕这儿离地球10亿光年遥远。

　　强尼没再说什么，伸出那条能动的强壮胳膊，把门蒂拦腰抱起，在夜色的掩护下向后跑去。他后撤得很慌乱，以至于忘了指挥我们。我们立刻停止射击，跟着他的背影狂奔。我们向后逃出很远，渐渐远离了哈希人的石林箭雨。也许他们出于投鼠忌器的考虑，心疼那些泡在罐子里的昂贵"药材"，没有追上来。我们得到了短暂的安宁。

　　门蒂靠在强尼的肩上睡着了，强尼没有清点人数，所有人都不远不近地坐在那儿，就像手指头那样清晰。屁墩死了，瓦盖头死了……由于他们死得较近，我还记得他们的名字，而那些牺牲得比较久远的人又有多少呢？ 10年了，我心里有些悲凉地感慨着，10年前的那一天，"猫的第九条命"号在新约克镇着陆，我像每一个奥克罗地球人一样，热泪盈眶地向它奔去，顶礼膜拜地迎接它的到来。

我从来没有告诉过强尼我也有一块"手表":一个黄澄澄的烟嘴,它是祖上的遗物。300年了,烟嘴仍然释放着美妙的烟草香。我一次也没有品尝过香烟的味道,我也从没有像强尼那样填一些本地的烂菜叶子过过瘾,更不会在山穷水尽的时候用它从亚威农人那儿换几粒饱腹的粮食。我只是偶尔在夜深人静的时候,把它掏出来,在星光下把玩着它,轻轻嗅着它淡淡的气味。我的鼻息是那般微弱,生怕稍重的呼吸会过快地消耗它的余香。这一晚,我思考了许多。

奥克罗星的自转很快,天不久就亮了。我永远记得那日的破晓,地平线上的紫日喷薄而出,滴沥着隔夜的暗红之血。厚厚的卷积云堆积在天边,缝隙里漏下铁水般炽热的光柱。天空被剃了阴阳头,半边阴晦缥缈半边刺目惨白。玄青色的荒原就像着了火,滚滚潮水般的镏金红霞沿着大地那纵横交错的沟壑蔓延开来。哈希人滚圆的身躯渐渐地从沉沉雾霭中浮出,他们的身后麇集着密密麻麻的星期五人、亚威农人,甚至还有人类。他们围成环形,向我们逼近。如果我有一架飞行器,从高空俯拍那场面一定是相当壮观吧,可惜奥克罗地球人早已遗忘了那些有关飞行的技能,沉重的重力把我们牢牢束缚在地面上。

我们都面无表情地望着企图吞没我们的海浪,没有人惊慌失措,强尼仍在镇定自若地履行他指挥官的职责:"陈,你和桑切斯殿后;呃,你?待在这个坑里,等哈希人走近再放箭;帕迪,你跟我来……"那胸有成竹的神情就像是橄榄球教练在布置战术。

战斗打响了,哈希人的第一拨石弹攻击潮就砸死了我们两个弟兄：帕迪和肖恩。强尼只能用左手射击，可惜他不是马凯，他的枪法现在看起来好像只能击中电话亭那么大的目标。这已经无关紧要了，抵抗是象征性的。

两发石弹从我头顶呼啸而过，我本能地把头缩进衣领。身后两声钝响震得大地觳觫战栗，尘土铺天盖地。

"怎么回事？陈！"强尼冲我嘶吼道。

后方防线是我的责任，我有枪，哈希人害怕这种高科技。我没有回答他，当呛鼻的尘土散去，我看到强尼血流满面，石弹溅出的碎屑把他那张英俊的面孔破坏得不成样子。他望着我，表情陡然凝固了，但这错愕的表情转瞬即逝，他明白了一切。

我用枪指向了他，用那把他亲手赠给我的马凯的枪。

他转向另一个方向，一支颤抖的箭同样对准着他，桑切斯的脸上挂着泪水，像在说对不起。

他向其他两个方向望去，可惜只摆着血肉模糊的尸体。四周一片静寂，哈希人很快明白发生了什么，他们的部队训练有素，立即停止了鼓噪前进。

"很好，所有人都背叛了我。"强尼点点头，露出邪邪的笑，自言自语道，"还有什么好留恋的呢？"他高傲的目光扫过我们的头顶，向新约克镇方向的天空望去，那儿什么都没有，只有几只丑陋的大鸟在怪叫、盘旋。

然后，他朝不远处的哈希人望去，喃喃地说："我以为他会来为我送行。"

我知道强尼在说谁，不知何故，那个浑蛋缺席了这最后一战。

强尼的目光倏地停在左手上，就在这时，门蒂冲了过来，抱住他的左臂，哭喊道："不要，还有我！"

强尼露出略为惊讶的神情。"该死！"他骂道。

我理解他的苦恼，虽然他常开玩笑说"若是队伍里全是女人，革命早就成功了"，但事实上，女人是队伍里无尽的麻烦。

"滚开！小妞。我不喜欢你们奥克罗人身上那股常年不洗澡的狐臊味。"强尼很不客气地朝我这个方向推开了门蒂，我知道这个动作意味着什么，我顺势抱紧了她。

门蒂不哭不闹，也不挣扎，她只是轻轻地说了句："我怀了你的孩子，强尼。"

强尼的下巴一拉到底，脸上浮出那种可以理解的震惊。他冰冷的目光蓦地柔和下来，落在门蒂难看的水桶腰上。他的嘴巴哆嗦了一下，却又强行咽下去那句熟悉的粗口，他说不出话来。

本来他可以毫无牵挂地走的，本来他还可以用他发达的幽默神经嘲笑一下命运的捉弄……但现在，他做不到了，他就是一个可怜虫。

哈希人很快主宰了局势，他们传话过来说，如果强尼能以屈膝下跪的方式向他们臣服，门蒂便可受到特殊的关照，比如免除天浴的义务。否则，她将被扔进罐子里！哈希人的确是深谙驭御之术，他们明白强尼的下跪屈服对现场其他的人类或是星期五人、亚威农人意味着什么，驯服反抗者的领袖无疑是比杀死他更为理想的战果。哈希人丑陋的外形常常让人忽视他们的智慧，实际上他们是颇有心得的统治者。也许在进化之树上，他们只能排在较低的位置，而人类却自诩为树尖。但在奥克罗星，彼此的位置可能得调换了。

强尼两腮的肌肉僵硬似铁，他的目光像秋水一样冰凉。这会儿，他已经堆不出那种满不在乎的表情了。

他朝地上啐了口夹带肉屑的唾沫，狠狠地盯着我说："中国人，好好照顾门蒂，她要受了什么欺负，老子在地狱也不放过你！"

"你会进天堂的，强尼。"我说。

他不置可否地笑笑，突然跪在地上，用枪顶住脑门，扣动了扳机，清脆的响声就像在舱外开香槟发出的声音。

门蒂真的像男人那样强壮有力，要不是她怀孕了，她肯定能挣脱我的胳膊，她哭喊的声音刺破了我的耳膜。

这就是强尼·盖普的故事，与马凯无关。哈希人允许我们用人类的仪式安葬他和他的兄弟们，墓地选在新约克镇，他们登陆的地方。那儿，"猫的第九条命"号海盗船巍峨的身影曾经耸入云霄，后来它连渣也不剩了，亚威农人拆毁并搬走了它。强尼的坟包曾经垒得很高，现在也被奥克罗星强烈的风化作用夷为平地。这样也好，亚威农人找不到他的墓地，也就不会打他身上的金属遗物的主意了，他至少还拥有一把枪，这玩意儿在亚威农人的黑市能卖出五位数。

我与门蒂每年都会去探望强尼一次，带上他的女儿，告诉他超级碗决赛的结果。门蒂名义上是我的妻子，但她一次也没让我碰过，因为我是一个可耻的叛徒。我只好安慰自己，她身上有那种常年不洗澡的狐臊味——门蒂从不用参加天浴，她的皮肤和体味可糟透了——哈希人遵守了诺言。

又过去了许多年，我们最近一次去探望强尼，却意外地发现一块高大的玄武岩上刻着几行字，那是标准的地球文，字的形状很有艺术美感，几乎可以归入书法的范畴。字是这样的：

过路人，请告诉地球人，我们遵照人类的使命，在这里安息。

特别听证会

吕哲

新闻报道

本报讯：近来备受公众关注的"智慧黑寡妇蜘蛛杀人案"，将于今天上午，在联邦政府所在地——西都市联邦权利大厦，举行最后一次会场听证。

今年的 1 月 7 日深夜，著名的动物学家和生物工程学家王吉尔教授，在他工作的实验室里，被其饲养的一只供实验用的绰号"阿拉克涅"的雌性黑寡妇大蜘蛛意外咬伤。而当人们最终发现教授的时候，他已经中毒死亡。

最开始人们以为这不过是件不幸的意外。然而，随着警方例行调查的深入，一个被舆论称为"有史以来生物工程界最大丑闻"的事件逐渐浮出水面。

原来，王吉尔教授和他的助手李远哲，一直在从事有关利用生物工程学手段"提高非哺乳动物智力水平"，用以创造新智慧生物的研究。据一位不愿透露姓名的政府高官称，这一研究具有军方背景，目的是为了提高联邦军"特种战争"的战斗力。而"阿拉克涅"则是这个项目的阶段性成果。对于这种说法，军界态度始终保持低调，似乎有意回避。

据王吉尔教授的学生和主要助手李远哲透露，王吉尔教授利用纳米手术的方法给"阿拉克涅"移植了一个人造副脑，并且创造性地使副脑和"阿拉克涅"的原脑融为一体，从而使得这个生物的智能水平产生了飞跃。这也就是说，它已经不是生物学意义上的"蜘蛛"。更加令人感到毛骨悚然的是，据说这个怪异的生物，不但拥有类似人类的高智商（IQ），甚至还拥有相当程度的情商（EQ）。换句话说，我们可以认为，在那个丑陋的外表下隐藏着"人"的心。据说，在教授被"阿拉克涅"咬死之前，李远哲正在协助王吉尔教授，试图赋予"阿拉克涅"某些社会行为能力。而且，在案发之后，相关部门对"阿拉克涅"进行的一系列验证性实验表明，它已经能够初步判断自己的行为类别和属性。甚至有迹象表明，"阿拉克涅"的道德观念也处于发育形成阶段。

消息一经披露，舆论为之哗然。其中，尤以右翼的自然人权利组织和左翼的绿党反应最为强烈。右翼认为赋予动物，特别是像蜘蛛这样的"八爪怪物"以人类的智慧，是对人类尊严和自然法则，乃至对上帝权威的公然"挑衅""玷污"与"亵渎"；而以环保主义者为骨干的绿党，则强调改变动物的自然基因和天然形态是对"自然界固有的秩序"的犯罪。同时，各方都主张此事绝不能善罢甘休，当局有义务介入调查，彻底查明事件的真相，并及时向公众公布调查结果。

为了尽快查明真相、平息舆论，联邦政府委托联邦科学院生物工程学部，对"阿拉克涅"以及王吉尔实验室的科研活动进行全面评估。评估报告在 3 个星期后，由联邦科学院正式对外披露。报告指出，"阿拉克涅"的行为能力远远超出人们的预料。事实上，"阿拉克涅"的判断力、行为能力和自我控制力，与一个 16 岁的少年相当。据称，有的专家甚至认为，"阿拉克涅"是因为不满教授利用实验"摧残"其身体而报复杀人的。

对于这一结果，社会各界反应不一。保守组织代表——人伦及自然人神圣权利公会（简称神圣公会）的发言人，在报告披露当天，即向新闻界发表谈话，批评政府在处理此案上"态度消极、效率低下"，并要求一旦证明"阿拉克涅"确实有行为责任能力，就必须组织特别法庭，审判并处决"肇事者"。与此针锋相对的是，绿党及环保组织认定政府隐瞒了事件的大部分内幕，并对此表示了强烈的不满。而且，他们要求联邦议会加紧相关立法，保护动物的基因天然性不受侵犯，全面禁止生物基因及其相关技术的不正当使用。而普通公众则更关心近期的能源价格上涨问题，对此事反应冷淡。另据布拉德·梅森社会调查中心最新调查统计，自联邦科学院报告公布之后，以"道德重建"和"经济振兴"为施政纲领的本届政府的支持率急降了 13 个百分点。

为此，属于中右联盟的内阁总理劳尔·库伦特紧急约见了联邦众议院议长张伯伦和联邦科学院首席生物学家马歇尔·卡特。三位"重量级"人物会晤之后，由内阁总理和联邦参议院议长联名致信联邦最高法院及联邦宪法法院，要求启动特别听证会程序，以便审理该案。翌日，联邦最高法院及联邦宪法法院首席大法官团复信同意。同时，任命联邦宪法法院首席大法官科尔·布特和资深议员、著名科学伦理学家巴顿勋爵为听证会联合主席，依据《共和国联邦宪法》之《第十八修正案》，组织共和国联邦历史上的第 6 次特别听证会，负责此案的司法调查，并做出最终裁决建议案。

经过近一个月的法庭调查，舆论注意到控辩双方的力量对比发生了微妙的变化：由联邦司法部和联邦独立检察官团组成的控方逐渐占据了优势；而为"阿拉克涅"提供法律援助的辩方律师团的人数却急剧减少。有消息说，神圣公会通过社会关系对辩方律师施加强大的压力，要求他们退出辩方律师团。

到目前为止，明确表示要出席今天终审答辩的辩方律师，只有北美律师公会的年轻律师爱德华·冯·克莱门特。不过，据消息人士透露：今天凌晨 3 点，克莱门特先生因急性阑尾炎发作而不得不入住国立博爱海德曼医院接受手术治疗。如果这一消息属实且没有合适的人选代替爱德华出庭，那么今天的终审裁决有可能被押后做出。

关于此事件的进一步发展，我们将继续跟踪报道。

——《星期三晨讯》记者张扬，6:23 报道

庭审实况

听证厅在联邦议会大厦的第 18 层，整个大厅将近 5000 平

方米，它的规模仅次于 8 层的众议院大厅。听证厅的布局类似于一般的法庭，三面是可以容纳 3000 人的阶梯座椅，围成马蹄的形状。大厅的正面墙上悬挂着联邦徽章，下面是主席台，主席台的对面，左右两边分别是控辩双方的座位。

与其说这里是联邦权力机关的组成部分，倒不如说，这里是各种社会"疑难杂症"的治疗中心。

共和国联邦是超越以往民族国家概念的世界共和国，而联邦的法律制度则被认为是人类历代立法智慧的集大成者。然而，当法治渗透到社会生活的方方面面以后，诉讼权的滥用也成为法治的一种副产品——曾经有一段时间，"起诉那个杂种"是人们使用频率最高的一句脏话。与此同时，对于某些带有政治性、社会性，以及涉及科技伦理问题的案件，普通的司法诉讼程序显然缺乏应有的专业性和权威性。而此类案件的审判结果，又有可能成为其他类似案件的审理依据，从而产生广泛的社会影响。这又在某种程度上僭越了联邦议会的立法权力。

为解决日益增多的此类问题，联邦在正常的司法制度外，又创立了以联邦议会和联邦宪法法院为主体的特别听证会制度，负责有关"带有政治性和社会性的、没有明确立法和司法案例依据的案件"的审理工作。显然，目前的这宗"智慧黑寡妇蜘蛛杀人案"是完全适用于这一制度的。

这里需要说明的是，虽然按照《特别听证会组织条例》的规定，特别听证会只享有"调查权"和"裁决建议权"，最终司法裁决是由联邦最高法院做出，但是，由于特别听证会是政府或者联邦议会直接授权组成，而且参与做出"裁决建议"的都是资深法官和专业权威，所以联邦最高法院往往是直接引用这个"建议"形成最终的正式裁决。因此，从本质上说，这个所谓的"特别听证会"其实就是一个特别法庭。

开庭：检察官的最终陈述

当时钟指向9：03的时候，整个听证厅里已经座无虚席。但是，在众多的听众里面，有将近七成是携带着各种数码采访装备的记者，其余的也大多是各个社团代表，而真正意义上的"公众"却寥寥无几。事实上，绝大多数公众关注这个案件的真正原因，仅仅是为了满足茶余饭后的好奇心而已。因此，那些真正对此案感兴趣的人，也只需借助经济而高效的媒体来了解事件的最新进展，而不必煞费周章地跑来听审。

"听证会正式开始！全体起立。"

随着书记官的一声"吆喝"，在场的所有人都站了起来。一时间，原本还算安静的大厅里，传出了由不同声源发出的"噼里啪啦""稀里哗啦"的嘈杂声音。与此同时，由联邦司法部诉讼委员会和联邦独立检察官团组成的强大的检察官队伍，一行9人，在主诉检察官小野健三郎的率领下，按照惯例先行步入法庭，出现在公诉人的位置上。而原本应该同时坐上对面辩护席的律师们，此刻却是不知所终。

看到如此情景，小野的心里不禁产生了一丝得意和轻蔑。他清楚地知道，三流电子媒体和地摊小报上所谓"辩方律师迫于社会压力放弃职业尊严"的报道纯属子虚乌有。从整个诉讼开始到现在，控方几乎是始终占据着庭审的主动权。而对于本案的被告大蜘蛛"阿拉克涅"来说，纵然它有人类的智慧与情感，可无论它是罪有应得还是负屈含冤，因为它既不会说话也听不懂人们说的话，所以它丧失了起码的反抗与辩驳的可能。对于这一点，恐怕没有谁的感受会比本案的辩护律师们更深，由于自己"委托人"的特殊性，他们对于案件的了解只能是建立在控方举证的基础上，这无异于"被牵着鼻子走路"。因此，在已经进行过的几次会场调查中，除了玩弄辞藻和毫无意义的"慷慨陈词"以外，参与庭审的律师们就再没有什么可圈可点的表现了。在这种情况下，即使是一个低年级的法科学生也能够轻易地得出"控方必胜无疑"的推论，何况是辩护方那些声名显赫的大律师。然而，职责所在，又不容他们有半点懈怠。因此，在尽心竭力、绞尽脑汁以后，借故退出恐怕是他们保全自己名誉和尊严的最后一步棋了。

在小野检察官看来，这个案子从一开始，就是为迎合公众的猎奇心理而演出的一场政治滑稽剧——虽然他嘴上从来不这么说。甚至对于赋予蜘蛛（即使是有智慧的）诉讼主体的合法性，在他看来都很值得商榷。不过，作为"司法闹剧"中的一个角色，他是绝对不会拒绝任何胜利和荣耀的——即使那根本就是一文不值的东西。

在稍后的几分钟里，从听证厅门外，一前一后走进来两个人。其中一个中等身材，面目和蔼，身穿深黑色的法官袍，手里握着一本精装的《联邦法典》——他就是联邦宪法法院大法官布特。另外一个，身材高大，但是满脸的皱纹，显得异常的苍老，戴着一副老式金边眼镜，穿着一身普通的礼服，腋下夹着一个不大不小的公文包——不用多说，他就是巴顿勋爵。在两个老头的身后，分别跟着5个身着法官袍或者礼服的人。这12个人就是负责提出关于本案最终裁决结果的"特别听证会调查委员会"成员。

按照惯例，每次特别听证会的案件审理权属于特设调查委员会，这个委员会由6名联邦最高法院资深大法官和6名由"中立机构"（在本案中是联邦科学院）提名、联邦众议院司法委员会授权的权威专家组成。而案件的最终"裁决建议"就是由这个委员会协商一致之后做出的。调查委员会产生的一般程序是，先由联邦高法院授权的"召集人"（通常是一名法官和一名专家）担任调查委员会的"联合主席"，由他们分别提名另外5名法官和5名专家。在所有成员都通过遴选并且得到授权以后，调查委员会即宣布组成完毕，正式开始受理诉讼。调查委员会的联合主席在案件的审理过程中，还需负责主持会场调查（庭审）和最终表决。

当人们全神贯注于"调查委员会"成员入场的时候，本案的被告蜘蛛"阿拉克涅"也被悄然带进了听证大厅。而此时的大蜘蛛"阿拉克涅"是被装在一个由复合材料制成的透明匣子里面的，在"她"的身上连接着各种各样的导线和导管。一套复杂的生命维持系统和高灵敏度的监测系统也被安装在装着"她"的匣子里，随时保证"她"的生命安全和监视"她"的行为变化。陪同在"她"身边的是从联邦科学院抽调过来协助工作的科研小组，他们通过特制的监控系统和手提电脑，随时随地地掌握着"她"的各种情况。其实，对于"阿拉克涅"来说，自从被装上"副脑"的那天起，就必须学会适应在身上"插电线"

过日子。唯一不同的是，在王吉尔教授的实验室里，并没有"匣子"的束缚。在"她"被当成是用毒牙致人死命的重大犯罪嫌疑人以后，专家们一致认为"应该限制蜘蛛的活动范围，以免再次伤人"。

在最开始的几次听证会上，"阿拉克涅"的每次出庭都会引起大厅里的骚动和秩序混乱，主要原因则是各大媒体的摄影记者或摄像记者争抢独家"镜头"。然而，随着最初那一点新鲜感的逐渐减弱，蜘蛛出庭已经变得司空见惯了。这意味着没有人再会为此而大惊小怪——整个法庭显得秩序井然！

当调查委员会委员们就座以后，法庭的书记官斯蒂芬走到了大法官布特的身边，轻声说道："阁下，现在已经到了预定的开庭时间了。但是，辩方的律师依然没有到场。据我所知，唯一登记声明出席这次听证会的辩方律师，现在正在医院里接受手术治疗。请问，是不是考虑在辩方律师不在场的情况下，启动'非常程序'，或者暂时推迟听证会，重新指定辩方律师？"

"没有这个必要，亲爱的斯蒂芬！"布特大法官说，"在来这里的路上，我已经收到了另外一名律师的代理辩护申请。事实上，我已经口头批准了这个申请。那名律师很快就会赶来……不过照目前的情况，我看还是请控方提前做最终陈述。这样一来可以等新律师到场，二来也可以节省纳税人开支。"

"明白了，阁下。"书记官转身对在场的众人宣布："各位，大家可能都已经知道了，本案原定今天出庭的辩护律师，因故不能继续履行职责。但是，听证会刚刚接到新任辩护律师的出庭申请。在新律师到达之前，听证会将按照既定程序进行。下面，由控方主诉检察官小野健三郎先生代表控方做最终陈述。"

　　身着检察官制服的小野健三郎缓缓地从自己的座位上站了起来，从桌上拿起早已经准备好的讲稿，清了清嗓子，朗声宣读：

　　"尊敬的二位主席先生以及调查委员会的各位委员：从我开始参与这个案子到如今，已经过去了将近3个月。现在，我怀着异常复杂的心情，代表控方进行关于本案的最终陈述。同时，我们也希望这个旷日持久的案件能够就此终结。

　　"这一事件无疑是一桩前所未有的'奇案'。之所以要称其为'奇案'，不仅仅是因为它涉及了众多前沿的科学伦理问题，更为重要的是，这桩案件撼动了整个人类文明世界赖以生存的神圣基石。

　　"自汉穆拉比法典颁行之日算起，数千年来，还没有任何一种非人类的智慧体，被作为司法诉讼的主体接受人类法庭的裁决。在本案之前，纯粹的动物袭击人类的事件，在法律上，都是作为意外伤害加以处理的。但是，在本案之后，任何智慧——即使它是人造智慧，只要它具有人格的自觉，只要它对社会和人们生命财产的神圣而不可任意剥夺的权利造成了危害，那么它就必须接受神圣法庭的审判。因此，今天我们在这里的所作所为，并非是在演出闹剧，而是在真正地、直接地创造历史，是在建设和完善我们赖以存在的社会秩序。唯有如此，才能够使我们的社会更加公正和健康发展。

　　"在已经进行过的前几次听证会中，控方以充足而无可辩驳的人证、物证和科学佐证，成功地再现了事发当晚发生在王吉尔实验室里的血腥场景。而这些证据完全都是指向本案被告，也就是现在正被关押在此地的大蜘蛛'阿拉克涅'。

"最权威的科学研究证明，这是一只有着人类的思想情感和思维方式的智慧生物，甚至被赋予了判别自己行为的能力。这也就是说，它已经具备了人格自觉的全部要素。因此，它必须对自己的全部行为负责任，无论它是出于怎样的动机、是在什么样的情况下，向王吉尔教授发起攻击的。而这种攻击的结果是导致一位知名教授——更是一位联邦公民的非自然死亡。单就这个行为本身，就是犯罪行为，就足以对它定罪量刑。

"因此，控方恳请特别听证会的诸位委员，认定它的行为触犯了联邦法律，并一致裁定被告谋杀罪名成立！"

插曲：新律师的到来

小野的话音刚落，只见已经关闭了多时的听证厅大门突然被推开了。整个大厅的注意力也随即向那扇被推开的门集中了过去。在场每个人几乎都在那一刻屏住了呼吸，仿佛有一位出色的演员即将登场。

然而，事实却让不少人有些大失所望。走进来的那人，是一个有着明显的斯拉夫特征的小老头。最让人过目不忘的是他那明显有些比例失调的大鹰钩鼻子，这使能够表明他聪颖与博学的秃顶以及高度近视眼镜，显得不那么引人注目。在他的腋下，还挟着一个鼓鼓囊囊的老式公文包。

对于法庭里的那些旁观者来说，这个老头除了滑稽的外貌以外，似乎就没有什么引人注目的地方了。然而，对于在座的法律界的资深人士以及那些常年专门跟踪报道司法审判的记者而言，出现在他们面前的却是一个令人敬畏的身影。那么，他到底是谁呢？

他就是人称"辩护之王"的联邦法学院终身教授博拉·伊万诺维奇先生。而他本人则更喜欢他的朋友和学生们称呼他为"大鼻子伊万"或者"博拉教练"（前一个绰号是源于他令人印象深刻的外貌特征；而后一个绰号则是形容他体育教练式的教学方法）。

其实，伊万诺维奇并不是法学科班出身，他在大学里主修的是科学史，并且获得了这个专业的博士学位。然而，仿佛是命中注定他终究要成为一名出色的律师。

那是距离现在50多年前的一个闷热夏日，刚刚获得博士学位的博拉，正在享受着他作为大学初级讲师的第一个长假。因为找不到有空调的其他地方，他便跑到了装备有当地最好的空调设备的地方法院里面，打算以旁听审判为名，趁机睡一个舒适的午觉。可是，在那个下午，他却并没有能够如愿以偿。用他自己的话来说就是："我丢掉了一个午觉，但却收获了自己此生中最珍贵的两件东西。"

事实上，他是被当天的那个案子吸引住了。而更让他着迷的是负责那个案子的检察官——当时才刚刚获得联邦检察官资格，而且是第一次参与司法诉讼的女检察官卡拉，也就是后来成为伊万诺维奇夫人的那位女士。

那是一宗涉及烦琐而复杂的专业科学知识的环境损害赔偿案。很显然，对于刚刚离开法学院的卡拉而言，那的确是个糟糕的"处女作"。被指控污染环境的某大公司，聘请了数位专家级辩护律师，对卡拉展开了轮番的"口水轰炸"。面对这样的强大攻势，年轻的卡拉在顽强地抵抗了半个小时以后，就逐渐变得有些招架不住了。就在最后一轮法庭辩论将结束的时候，一直坐在旁听位置上的博拉突然发现了一个被双方忽视了的关键问题。于是，他立即写了一张条子悄悄地传给卡拉。而当时还并不认识博拉的卡拉，居然立刻领悟到了他在字条上面所写的意思。结果，在案子的最后关头，形势发生了大逆转，控方最终赢得了这场官司。而博拉和卡拉也在那次理所当然的酬谢晚餐之后，成为了"要好"的朋友。

在卡拉的影响下，博拉对于审判和案件渐渐地发生了兴趣，特别是那些与高科技相关的案件，更是让博拉找到了从未有过的乐趣。于是，在做了一段时间卡拉的"免费业余助手"以后，博拉从大学里辞职，考取了职业律师执照，成立了属于自己的律师事务所，专门承揽那些疑难案件和与高科技有关的案件。

几十年后，当他再次回到大学里并接受辩护学终身教授职位的时候，他已经是人称"辩护之王"的金牌律师了。而且自正式从业以来，他经手的案件从未败诉。这在整个联邦的司法界都堪称神话。

见到来人是博拉，曾在联邦法学院修业的检察官小野健三郎不由得倒吸了一口冷气。这并不仅仅是出于对博拉的敬畏，而且身为检察官的直觉告诉他，这个长着大鼻子的老头，很可能成为他的对手。更重要的是，小野非常清楚，已经功成名就的"博拉教练"，如果不是有十足的把握，是绝不会随便接受任何一宗案件的。"难道他发现了什么不为人察觉的细节？"想到这里，小野下意识地看了看摆在自己面前的卷宗。

　　就在小野低头去翻阅卷宗的时候，博拉已经坐到了对面的辩护人席上。"尊敬的布特大法官和巴顿勋爵阁下，非常抱歉，我迟到了！在我来这里的路上发生了交通阻塞，整整耽误了一个小时的时间。"说着，博拉从包里拿出一份文件，递给了法庭的书记官，"昨天晚上，当我和我的夫人就要上床休息的时候，我接到了我的学生爱德华·冯·克莱门特律师从医院打来的电话。他说，他本来无论如何也要以辩护律师的身份来出席今天的特别听证会。可惜，由于众所周知的原因，他今天无论怎样也不可能来这儿了。所以，他恳求我一定要代替他来出席这个听证会，至少也要代他将结案陈词提交给法庭。但是，经过了一整夜的调查了解之后，我发觉这个案子中，似乎还有一些并没有被人们充分注意的细节。因此，我决定以委托代理人的身份，正式出任本次特别听证会的辩方律师。刚才，我已经把相关的材料呈交给了法庭的书记官，希望听证调查委员会接受我的请求。"

　　坐在主席台上的布特大法官扭过头去，与身边的巴顿勋爵小声交换了一下意见，随即郑重其事地说道："在我来这里的路上，已经接到了博拉·伊万诺维奇先生要求代理此案的E-mail，但是为了正式起见，我还是要求他准备好所有相关法律文书。刚才，我已经核对了伊万诺维奇先生提交给听证调查委员会的这些文件，而且征得了巴顿勋爵的同意。如果其他委员先生没有什么不同意见的话，我将批准伊万诺维奇先生的要求。"很显然，没有委员提出异议。布特大法官又问小野检察官："在我正式宣布批准伊万诺维奇先生的申请之前，我想知道，控方是否有不同意见？"

"我想，如果这是调查委员会的一致决定，那么控方没有异议。"虽然小野健三郎并不愿意去挑战这位"辩护之王"，但是情势至此，他和他的手下也已经别无选择了。不过，唯一让他感到欣慰的是，他对自己的胜算有着绝对的把握。而在他的内心深处，甚至有着能够亲手终结"辩护之王"神话的憧憬。

"好吧！"布特大法官正式宣布，"我代表调查委员会，正式接受博拉·伊万诺维奇大律师作为本次特别听证会的辩方律师，并参与今后的全部听证调查。"

"非常感谢调查委员会的诸位先生！"博拉说道。

转折：有力的无罪辩护

鉴于辩方律师已经到达听证会现场，布特大法官立刻宣布当日听证会继续进行。不过，在那以后，布特将既定的程序做了一个小小的修改。

"在场的女士们、先生们，按照既定的听证程序，今天我们应该进行本次听证的最终陈词。"布特顿了顿，接着说，"不过，因为博拉·伊万诺维奇大律师是中途接手本案的，所以，为了公平起见，我希望在辩方正式开始最终陈词以前，由控方对案情和涉案的相关证据再进行一次简要的说明，以便博拉先生能够更好地履行辩护职责。不知道小野检察官对此是否有异议？"

这个提议显然有违反惯例之嫌，因为按照不成文的规定，案情陈述必须在特别听证会的预备会议时进行，而在正式听证会召开期间，除非有特别重大的案情变化，否则是不再允许重复进行案情陈述的。这主要是出于提高听证会办案效率的考虑。

一听布特大法官的话锋，小野就很自然地联想到，这肯定是博拉凭借在法律界多年的老关系,对布特做了"工作"的结果。其实,在法律界,资历和人际关系同样有着相当的分量。虽然还不至于达到颠倒黑白的程度,但是在一些关键的时候,却往往能够收到"奇效"。在这个方面,像小野这样的"年轻人",自然是相当吃亏的。不过,在没有更具说服力的反对理由的情况下,身为主诉检察官的小野也只能示意下属接受听证会主席的要求。毕竟,听证会联合主席有对于整个听证会程序和内容的"自由掌握权"。

坐在控方倒数第三个座位上的范德萨助理检察官,慢条斯理地从自己的位置上站了起来。他是控方负责证据的检察官。只见他不紧不慢地打开放在面前的那台笔记本电脑,轻快而麻利地敲击了几下键盘。之后,他便站起身来,分别朝着主席台和对面的辩方律师点头致意。

"现在,由我代表控方,对本案做案情陈述!"范德萨说,"鉴于在听证会预备会议期间,控方已经做了详细的案情陈述,所以我在这里仅做一个摘要的叙述。

"案发时间是今年1月8日上午8点14分,当时市警察总署报警值班系统接到王吉尔教授所在的汉密尔顿联邦动植物研究所第九实验室的报案,说王吉尔教授在当天早上被人发现已经在实验室内意外身亡。随即,值班员马上与正在实验室附近街区执勤的巡逻车取得了联系。第一批警员于10分钟以后抵达事发现场。当时在场的全都是闻讯赶来的实验室工作人员,其中也包括最先发现尸体和报警的人——王吉尔教授的学生和助手李远哲。

"据李远哲先生此后给警方的证词称，当天早上8点左右，他照常去实验室上班。可是当他进入实验室的时候，却发现王吉尔教授躺在地板上，而作为秘密实验品的"阿拉克涅"已经挣脱了大部分实验设备的束缚，正在桌子上四处爬行。李远哲立即跑到实验室外面求助，而当人们再次回到实验室内的时候，发现王吉尔教授已经死去很长时间了。

"后来法医对尸体的解剖证实，死者的死亡时间是1月7日的23点到1月8日凌晨5点之间，死亡原因是蜘蛛毒液中毒，而且在死者颈部明显有被蜘蛛毒牙咬过的痕迹。后来，通过分析死者的血液组织样本，也同样找到了蜘蛛毒液的主要化学成分。因此，控方推论，王吉尔教授肯定是在夜间实验的过程中，遭到了毒蜘蛛的袭击，结果导致意外身亡。"

在陈述的最后，范德萨助理检察官依然例行公事似的加上了那句惯用结束语："基于以上的证据，控方认为本案被告，也就是大蜘蛛'阿拉克涅'，必须对故意杀人的行为承担责任。控方要求听证会支持我方的要求。"

在范德萨落座以后，布特大法官的脸转向了坐在辩护席上的博拉："请问辩方，对于控方的指控有什么需要质疑或者反驳的地方吗？"

"哦！是的，尊敬的主席先生。"此时的博拉，不知从什么地方摸出了眼镜，架在他的大鼻子上，"事实上，我对本案的疑问是很多的。至于我想问控方的第一个问题，是……啊！是这样的，你们指控我的当事人咬死本案的受害人王吉尔教授的主要依据是什么？"

　　刚刚坐下的范德萨助理检察官立即回答道："控方提出指控的直接证据包括以下几点：第一，在受害人的颈部发现的蜘蛛毒牙留下的咬痕；第二，在死者的血液组织样本中含有致命剂量的蜘蛛毒液，而这种毒液的化学成分是黑寡妇大蜘蛛所独有的……"

　　"非常感谢你，范德萨检察官！"博拉非常礼貌地打断了范德萨的话，随后便说道，"事实上，最初引起我对本案的兴趣的就是那个奇怪的咬痕。我有个从事动物行为学研究的朋友，他在年轻的时候，曾经被毒蜘蛛咬过手臂。幸运的是，因为抢救及时，所以最后他还是保住了性命。我记得他告诉过我，一般情况下，毒虫和毒蛇之类的东西如果攻击人类，多数情况是出于自卫，而它们攻击的部位也以手臂为主。但是，我提请听证会注意的是，王吉尔教授的伤口是在后颈部。这显然是违反常规的。"

　　"那又怎么样？"控方座位上站起了一位20来岁、面目清秀的年轻人，"我希望辩方律师注意，你所谓毒虫只攻击手臂的论断只是一般情况而已。而本案的被告是一只特殊的，据说是有智慧的蜘蛛，根本不能用动物的思维和逻辑常理去判断它的行为。"说话的是新近加入联邦最高检察院的初审检察官查理·克罗夫特。虽然他的资历很浅，但是因为善于捕捉辩护律师们的语言和逻辑漏洞而很受小野健三郎的赏识。这次是小野特意将他从别的案件中抽调过来参与这个案件的。

　　"哦！年轻人，你说得有些道理。"虽然博拉对于这个年轻人的鲁莽行为有些不满，但是他依然面带微笑地说，"不过有一点是你应该注意到的，那就是王吉尔教授是个身材不高的胖子，他的脖子本来就比较短……哦，抱歉，希望我这样叙述事实，不至于是在亵渎死者，请大家原谅。我的意思是，我的当事人——蜘蛛'阿拉克涅'，如果它要给王吉尔教授造成那种伤痕的话，我想只有两种可能：要么它趁着被害人背对着它的时候，跳起来攻击他的脖子；要么它必须要在被害人完全没有察觉的情况下，爬到被害人的脖子上咬上一口。但是事实上，我们知道这两种情况，都是几乎不可能在实验室的情境中发生的。首先，'阿拉克涅'根本就不可能跳起来攻击目标的，它的生理构造不允许它这么做。其次，即使我们假定蜘蛛可以在被害人完全不知觉的情况下发动攻击，但事实却根本不可能。"说着，博拉用手指了指关在笼子里的蜘蛛。"我想请在场的诸位了解一件事情，现在被关在笼子里面的蜘蛛，它身上连接了各种设备和导管。据我所知，这些装置绝大部分都是为了维持它的生命，而并非是为了限制它的行动。原因也很简单，它几乎已经丧失了哪怕是作为一只蜘蛛的行动能力。这一点，在联邦科学院的调查报告中就已经得到了确认。只不过，我们中的不少人似乎是把它忽略了。即使我们可以暂时忽略这一点，如果我们设身处地地站在王吉尔的立场上，或者说你就是那位可怜的王吉尔教授，要是有一个像黑寡妇蜘蛛一样的大家伙在你的身上乱爬，你真的会一点感觉都没有吗？当然，除非你是一个死人。事实上，我想任何一个机能健全的人，都能够在蜘蛛发起攻击前做出恰当的反应以避开可能的危险。而王吉尔教授作为研究者和专家，他会那么容易就受到自己的研究对象的攻击吗？当然，这里还有一种可能，那就是王吉尔教授自己把脖子伸过去给它咬，但是如果是这样，岂不是变成自杀案件了吗？"

听到这里，巴顿勋爵向布特大法官使了个眼色，对辩护律师的说法给予了肯定。于是，布特大法官示意博拉继续讲下去。而坐在博拉对面的检察官们，则大多有些不知所措。不过，还是有几个稍微镇定一些的，他们已经开始飞快地用摆在眼前的便携式计算机，或翻阅卷宗，或在互联网上寻求相应的专业援助。当然，其中也包括本案的主诉检察官小野健三郎、助理检察官范德萨和初审检察官查理。

见到检察官们的狼狈表现，博拉的心里却没有什么窃喜的感觉。这样的场面已经不是博拉第一次见到了。事实上，如此的场景在博拉接手的许多案子中是司空见惯的。有时候，连博拉自己也感到奇怪，为什么检察官们总是用一种思维方式来看问题！其实，如果他们懂得事实真相远比审判公正更重要的话，那也就没有那么多稀奇古怪的案子需要他这个"金牌律师"出马了。想到这里，博拉突然下意识地扫了一眼旁听席上的人们。虽然此时的大厅里还保持着起码的安静，但是在场者的情绪显然已经被调动起来了。有些新闻记者已经开始将会场内的变化传回总部，并且要求立即加派人手进行跟踪报道。是的，一个原本似乎已经盖棺定论的案件，突然之间却又峰回路转，这是无论什么人都会感兴趣的事情。

博拉并没有按照布特大法官的示意继续他的陈述，他在等待——在等待检察官们的反应。果然，年轻气盛的查理最先开始了"反击"："这里有一个细节，我想辩方律师似乎是忽略了。

当人们发现被害人尸体的时候,大蜘蛛正在桌子上爬。这意味着,您所做的仅仅是推论而已,而事实却是大蜘蛛的确发起了攻击。"

"那么,我想请问控方的检察官们,你们所谓的事实是如何判定的? 或者说,你是怎么知道大蜘蛛在被人们发现的时候,是在桌子上爬? "

"当然是通过目击者的证词。"查理对于博拉的提问感到莫名其妙,因为那实在是太"幼稚"了。而查理的回答带了些挑衅的意味。

"哪些目击者的证词? "博拉又追问了一句。

"这……"查理一时语塞。在那之前,他只是注意到这是证词的一部分,而没有注意到到底是谁提供了这些证词。

"让我来告诉你吧! 年轻人。"博拉依然面带微笑地说道,"这个细节,只是在警方给本案的第一目击者,也就是最先发现尸体的李远哲先生所做的笔录中才出现过。而当本案的其他目击者,也就是在实验室工作的其他人,以及在接到报案而赶到实验室的警察们进入实验室的时候,他们所看见的仅仅是倒在地上的王吉尔教授,以及据说是被李远哲重新捉住并且放回原位的蜘蛛。"说到这里,博拉对从刚才开始就一直低着头核对卷宗的范德萨说:"范德萨先生,你是否也同意我的说法呢? "过了一会儿,范德萨面带沮丧地点了点头,算是认可了博拉的说法。

虽然如此,但是查理并没有就此认输,稍微沉吟了一下,便又向博拉发起了攻势:"但是,尊敬的博拉先生,你又如何解释在死者体内发现的毒素呢? 毒素已经被证明是属于黑寡妇蜘蛛的。要知道,我们所在的这块大陆上,并没有这种蜘蛛的分布，而且被王吉尔实验室用于实验的蜘蛛是一个非常奇特的亚种。据我所知，它是被王吉尔教授从它的原产地带到我们这座城市里的。这也就是说，如果有什么东西能够用这种毒液致人死亡的话，那么它一定就是现在正在这里的这只蜘蛛。"

"这确实是本案的一个重要疑点，"博拉显然已经是胸有成竹了，"在我正式开始解释这个问题之前，我想请范德萨先生解释一下，你们是如何确认在死者体内发现的致命毒素就是蜘蛛毒液的呢？"

范德萨看了看坐在主诉检察官位置上的小野，又看了看坐在主席台上的两位联合主席，接着他便说道："关于这方面的情况，我想应该是由助理检察官罗斯女士说明，她是在检察官团里负责科学和法医证据工作的。"

"可以吗？主席先生！"博拉回过头来，问布特大法官。

布特轻轻地点了点头，说："既然如此，那就请罗斯女士来说明一下。"

只见在小野的身边站起一位40岁左右的女人，她几乎不带任何语气地说："我们获取法医证据的过程是这样的：在案发现场，警方的监视人员和法医首先进行了初步勘查，结果排除了王吉尔是死于自然原因或者死于自杀以及一般类型的谋杀的可能。随后，尸体被运往市警察总署法医鉴定中心，进行了司法解剖。解剖证明，王吉尔除了后颈部有明显的蜘蛛咬痕之外，身体的其他部位再没有任何的损伤，而且死者的身体组织有明显的中毒症状。为了确定死者所中毒物的类型，我们将从死者身上取得的血液组织样本，分别提供给两家独立拥有许可证的化学实验室。在它们传回的报告中，蜘蛛毒液的主要化学成分检测都呈阳性反应。据此，我们认定王吉尔是死于蜘蛛毒液中毒。"

"那么，罗斯女士，我还想知道的是，那两家独立化学实验室，它们到底是用什么方法进行检测的呢？"博拉接着问道。

"它们都是采用气体色层分析法，而其中的一家还使用液体分光法进行了验证。"罗斯依然不带任何语气地回答道。

"罗斯女士，你能不能更为具体地解释下检测方法的流程？我想，在座的非专业人士也一定很有兴趣了解这里面的细节问题。"一直没怎么说话的巴顿勋爵，此时却突然开了口。

"可以——如果这是您的愿望！"罗斯接着说，"气体色层分析法的具体做法是：将从死者身上采集的血液组织样本汽化，然后注入装有惰性气体的试管中。由于在惰性气体中，每种化合物的沉淀速度不同，这个过程被称为'停留期'。将测得的每种化合物的停留期制成标准图表，并同已知物质停留期样表进行比对，就能判断血液中的化合物种类。我们所委托的实验室就是利用这种方法，测定了样本中所含特异物质是蜘蛛毒素。"

"非常感谢罗斯女士的讲解。"博拉接过了话题，他转向主席台，"布特法官、巴顿勋爵，我现在要求听证会调阅控方提交的这两份图表，这对于我们认定事实将起到至关重要的作用。"

两位主席再次交换了一下眼神，布特随即命令法庭书记官调阅控方提交的这份证据。不一会儿，书记官就翻出了那两份图表。那是两张绘制着"停留期曲线"的薄纸，但是质地却似乎很坚硬。书记官将它们递到了两位主席的面前。布特大法官则示意书记官，将图表交给博拉。而与此同时，博拉也从自己的公文包里拿出了两张类似图表的东西，放在了自己的桌子上。当博拉接过书记官手中的那两张图表之后，便离开辩护人席，走到大厅的中央。他先是分别用两只手拿住两张图表，向众人展示："诸位请看！现在，在我手上握着的是控方提出的最重要的科学证据，它们来自两个不同的实验室，而图表上的这些曲线则代表了属于蜘蛛毒液的主要化学成分。现在让我们把它们重叠起来……"说着，博拉将手里的两份图表相互重叠，因为纸张很薄，所以两条曲线看上去似乎完全重叠在一起了。接着博拉将相互重叠而成的"新图表"举了起来："大家请看，这两份图表完全重合了。由于两份图表都是标准化的，这也就意味着两个实验室检验发现的是同一种物质。可是，这种物质到底是不是蜘蛛毒素呢？"说到这里，博拉回到自己的桌子旁，从放在上面的图表中拿出一张，向在场的人们挥了一下，说："各位！这是一张我的当事人'阿拉克涅'所属的那个蜘蛛亚种所分泌毒素成分的气体色层分析参照曲线图。它来自最权威的全球生物化学与分子化学资料库。现在就让我们将这三张图表重叠起来，看看结果如何！"说着，博拉便将那张新图表也叠了上去，然后高高地举过头顶。

在那一刻，整个听证大厅似乎都已经冻结了，安静得只能听到人们的心跳。然而，转瞬之间，不知从哪里冒出来一个声音："天啊！那些曲线没有重合在一起。"

"说得对！"博拉的语气也变得激动了起来，一边比画一边说，"它们的确是没有重合在一起。各位请看这些曲线的顶点……

看看，它们的差距有多大！再看看它们的振幅……差别实在是太明显了。诸位，请想想看，这到底意味着什么？这也就是说，毒死王吉尔教授的根本就不是蜘蛛的毒液。"

博拉的话音刚落，整个听证大厅一下子就沸腾了起来，各种各样的声音混在一起，根本就分辨不出人们都在说些什么！

面对这样的场面，主持听证会的布特大法官也感到有些措手不及，他连忙猛敲法槌维持会场秩序，同时冲着博拉叫道："嘿！博拉……不！是伊万诺维奇大律师。请您马上到主席台前来。"当博拉笑盈盈地走过来的时候，布特压低声音对博拉说："喂！博拉，你到底在干什么？这太可笑了，难道你在演小丑戏吗？我警告你，如果你继续这样做的话，我真的会指控你藐视法庭的。"显然，大法官对博拉的"个人表演"有些不满。

"哦！得了吧，老伙计。"博拉却说，"难道你还不相信我吗？放心，我会让真相大白的——就像往常一样。"

"好吧！好吧！"布特无可奈何地摆了摆手，"但是，你最好快一点。"

"知道了，知道了。"博拉一边说，一边向坐在旁边，已经被刚才的一幕惊得目瞪口呆的检察官们走去。他把三份叠在一起的图表交给小野健三郎。面色铁青的小野接过图表，扫视了一下，便交给了坐在身边的罗斯。助理检察官罗斯接过图表，认真地核对了起来。不一会儿，罗斯便沮丧地将图表交还给了博拉，又冲着小野点了点头，这意味着控方接受了博拉的论断。但是，罗斯还想做最后的努力，便对博拉说："博拉先生，我还是希望您能够解释，为什么实验室用液体分光法进行的验证检验也是呈阳性反应。"

"这个嘛,"博拉似乎是想卖个关子,"我待会儿会解释的。不过在那之前,我想罗斯检察官也应该清楚,液体分光法检测结果的准确率是比气体色层分析法低一些的,难道不是吗?"

罗斯自讨了个没趣,便不再说什么了。就连刚才还神气活现的查理,此刻也老老实实地坐在自己的座位上,一声不吭。

可是以上的这些,并非是博拉的全部用意。他从罗斯的手里拿回图表以后,便回到了自己的桌子旁,将另外一张图表拿了起来:"诸位,我这里还有一张图表,让我们在将它和控方提交的两份图表再重叠一下,看看到底会发生什么事情!"说着,博拉将那些图表再次举过头顶。而听证大厅里再次响起了人们的惊愕之声。

"就像大家所看到的那样,"博拉依然带着微笑面对众人,"它们是完全重合的。"

"行了!博拉,"布特大法官显然是有些恼火了,"快告诉我们,你手里拿的到底是什么东西。"

"是气体色层分析参照图表,同样是来自全球生物化学与分子化学资料库。尊敬的主席先生!"博拉说,"不过它并非是蜘蛛毒素的图表。"

"那它到底是什么?"布特急切地问道。

而博拉则不紧不慢地说道:"事实上,这是一种和蜘蛛毒素非常类似的物质。不过,它来自南亚的一种非常罕见的荧光植物体内——当然它也是一种毒素。但是,在自然条件下,它基本上是无害的,只有在被高度提纯之后才有致命的毒性。与蜘蛛毒素相比，两者的有机构成和工作机理却大相径庭。这一点反映在图表上，就是两者之间的停留期相差大约 17 秒。要知道，这在气体色层分析法中是很大的差异。"

说完这些，博拉又从公文包里拿出了一份文件，连同 4 份图表一起递到了主席台上。

"两位主席先生，各位调查委员会的委员，"博拉说，"我刚才呈交给听证会主席的是动植物毒素研究领域的首席专家、东方联合大学生化学和分子化学系教授维茨曼先生的证词。这份证词的主要内容，就是用更加规范的语言来叙述我刚才所讲述的那些事实。"

始终很少说话的巴顿勋爵，在拿到图表和证词以后，反复地看了几次。最后，他摇了摇头，说："真是没有想到，商业实验室的水平居然这么低。"而布特大法官则补充道："而且是在关系司法裁决结果的情况下！真是个天大的玩笑，太让人感到不可思议了。"

"事实上，一开始我也是这么想的，"博拉说道，"但其实这也不能完全归罪于实验室的错误。"

"这么说来，你难道是想告诉我们，你已经发现了事实真相？"虽然布特已经有了思想准备，但是，听到博拉的话，他依然感到有些吃惊。

"大概是这样的，主席先生！"博拉的语气开始变得凝重起来，"不过，在此之前，我要求在听证会上传唤本案一位关键性的证人。"

"证人！你要传唤证人？"布特感到有些突然，因为在这以前，博拉并没有说他准备传唤证人。布特稍微考虑了一会儿，对博拉说："那么，你准备传唤谁呢？"

"我要传唤的……"博拉抬手一指，"就是本案中第一个发现尸体的目击证人，现在正准备离开这间听证大厅的——李远哲先生！"

随着博拉的话音落地，所有人的目光都向博拉手指的方向聚焦。博拉手指的地方，正是听证大厅的正门。在那里，一个消瘦而高挑的男人背影跃入了人们的视野之中。这就是李远哲。而就在博拉从口中吐出他名字的时候，李远哲原本伸向门把手的那只左手，猛地抖了一下，之后，便若无其事地垂下来，插进了自己西裤的口袋里。

……

或许在这以前，没有人能够想到被传媒称为"荒唐审判"的智慧黑寡妇蜘蛛杀人案，却因为"辩护之王"的出现而发生了如此巨大的逆转。原本是板上钉钉的指控，如今却突然烟消云散。此时此刻，人们迫切想知道的是，在这个不可思议的上午，到底还会发生些什么不可思议的事情。

结局：意想不到的真相大白

博拉（简称"博"）：李远哲先生，我真的感到很奇怪，为什么在本案出现如此重大转折的时候，你却突然要离开呢？难道你就不想搞清楚，你的老师到底是怎么死的吗？

李远哲（简称"李"）：其实，我原本就是打算听到这里为止的。今天下午，我还有一个重要的活动。

博：那么你能否告诉大家，那是一个怎样的活动？如果它不属于个人隐私的话！

李：……其实，这没有什么值得保密的——我今天下午必须参加一个庭审。

博：什么样的庭审呢？

李：说起来很惭愧，是交通肇事。因为我违章超速驾驶，结果被路口的监视器拍了照，所以就接到了交通法庭的传票。开庭的时间就在今天下午。

博：哦！这没什么。有谁没犯过错呢，关键是要懂得负责。我现在想问你的是，你对王吉尔教授的印象如何？你会怎么形容你们之间的关系？

李：他是我的导师，也是我的老板。我是他的学生，也是他的助手。在科研方面，我们还是合作者。但是在生活中，和他周围的很多人一样，我也觉得我的老师是个相当和蔼的老人。

博：在今天以前，你是否也认为是你们的实验品——大蜘蛛"阿拉克涅"杀害了王吉尔教授？

李：我觉得在今天之前，我没有什么理由不相信是"阿拉克涅"咬死了教授，况且我还是目击证人之一。但是，我始终对此存有怀疑。正如你知道的那样，"阿拉克涅"不仅仅是一只蜘蛛，"她"还有人的思想和感情。也许你们不相信，但是王教授真的是把"她"当成自己的亲生女儿看待的。所以，我也对这个事件存有怀疑。好在你为"她"洗刷了冤屈，我真的非常感谢你的所作所为。

博：真是这样吗？那我想问你，你是否知道，独立检察官团所委托的那两家鉴证实验室，为什么会把毒杀王吉尔教授的荧光毒素误判为蜘蛛毒素？

李：不清楚。难道不是因为工作失误吗？

博：应该不完全是。我想你也应该知道，在这种级别的实验室的数据库里面，是不会有这两种物质的详细资料的。而根据控方和委托实验室的记录，它们进行测试所用的参照图表是你提供的。你对此有什么解释？

李：是吗？……好像是有这么回事。不过现在想来，那应该是我的一个严重失误。对此，我也深感遗憾。

博：仅此而已？

李：仅此而已！

博：为什么你们的实验室里会有荧光毒素？

李：不知道。我虽然是王教授的助手，但是实验室里的很多实验品是王吉尔教授个人的收藏。他从不向我透露这方面的情况。

博：那蜘蛛咬人又是怎么回事？根据事后从现场找到的实验笔记判断，"阿拉克涅"的毒液分泌腺早已在正式开始实验操作前，就被王吉尔教授给结扎了。但是你却告诉警方，这种结扎并不可靠。

李：这是事实。即使是昆虫专家，也不能百分之百地保证这种复杂的结扎手术的成功。况且，王教授和我都是半路出家。我也曾劝过教授，让他请专业人员来操作，但是他却始终不加理会。我想，他可能是不希望有更多的人了解我们这个项目的细节。

博：你的老师会是自杀的吗？

李：不会。你知道，我们的实验即将取得最后的成功，这意味着他马上就要登上事业的巅峰。这个时候，你认为有人会轻生吗？况且，教授是个天生的"乐天派"，身体非常强健。他曾经说过，就算是全世界的人都自杀，他也不会……对了，他最近才皈依了天主教。而且，我也不认为最近还有什么特别的理由，可以让他选择自杀。

博：那么，在你的印象中，你的老师有没有和别人结怨？或者说，有什么人要置他于死地？我的意思是说，既然王吉尔教授不是自杀，也不是被蜘蛛咬死的，那么他一定是被什么人害死的。作为教授的助手，你是否知道谁有杀害王吉尔教授的动机？

李：这个……（李远哲沉默了很长一段时间。）我不认为像王教授这样的人会和别人结怨。可是，案发前的几个月，也就是我们的实验进入关键时刻的时候，王教授的行动的确有些古怪，而且经常有些不相干的人会给实验室打电话。现在想起来，的确是有些可疑。但是更加详细的情况，我……我就不清楚了。

博：好的……让我们换一个话题如何？能不能告诉我们，你们为什么给蜘蛛起名叫"阿拉克涅"？

李：这个名字来自一个故事。阿拉克涅是一个精于纺织的少女，但是她居然向女神雅典娜挑战织工。最终，在与神的较量中败北，被女神变成了蜘蛛，以示惩罚。"阿拉克涅"的寓意就是被惩罚而能思考的蜘蛛。事实上，这个名字是教授起的。

博：那么，你能不能对你们的实验做一个简短的说明？

李：可以。其实，这是一项具有基础性的科研计划。和大多数人想象的不同，作为高等生物的人类，从本质上说，他们的思维神经系统结构与作为低等生物的昆虫没有什么区别。换句话说，即使是类似蜘蛛这样的低等生物也同样拥有逻辑思维系统，只是相当简单而已。因此，在理论上，昆虫也能够拥有人的智慧乃至情感。而我们所做的，就是要把可能变为现实。当然，这种科研项目是不会得到政府资助的，我们的科研经费完全来自私人基金。我想，你也能够谅解，在这个场合我是不便于说出资助者名字的。

在经过了严格的筛选和论证以后，我们选择了蜘蛛作为实验对象。至于具体的原因，说起来很复杂，我觉得在这里也没有详细叙述的必要。至于我们的实验，简单地说，就是设法将蜘蛛的逻辑思维系统与蜘蛛的其他部位分割，之后用特别制造的纳米仿生电子脑，也就是所谓的"副脑"代替这部分逻辑思维系统。当副脑和蜘蛛体内的生物原脑，逐渐磨合恢复为一体状态的时候，实验的第一阶段就算是取得了成功。此后，我们要做的工作就是不断提高装配在"阿拉克涅"身上的那个副脑的应用水平。从理论上说，除了一些器官功能性障碍——比如语言，"阿拉克涅"甚至能够拥有相当于成年人的智力和情感。

不过，最近一段时间，"阿拉克涅"的情况很反常。应该说，这也是意料之中的事情。因为这个实验本身就存在一个悖论：实验进行的前提是实验对象是动物，但是实验的目的却是要把动物变成"人"。而实验一旦成功，也就意味着"人"不会再像动物那样任人摆布了。

博：非常感谢你的介绍！我想问你的另一个问题是，你平常都是什么时候到实验室上班？

李：实验室规定的上班时间是早上 9：00 整。一般而言，我早上 7：30 左右离开公寓，开车到实验室大约需要 40 分钟。

博：请等一等。据王吉尔教授的公务秘书向警方提供的证词，你以前都是在早上 8：40 左右抵达实验室。只是在最近的一个月里，你才提前到达，而且往往都是第一个到达。能告诉我们这里面的原因吗？

李：我想这没有什么好奇怪的！最近一个月，实验室的工作已经进入了最关键的收尾阶段，我们必须争分夺秒。事实上，我并不是第一个到达实验室的人。因为王教授最近一段时间，都是吃住在实验室里的，这一点实验室的所有工作人员都知道。

博：根据实验室安装的保安摄影系统记录：1 月 8 日，也就是你发现王吉尔教授在实验室出事那天，你早上 7：58 就到达了实验室——你还是第一个到达的，而且后来的人都没有看见你的汽车。对这点你如何解释？

李：我记得 1 月 7 日那天晚上，我开车到我的一个朋友家参加午夜聚会。我朋友的家距离我工作的实验室很近。我记得那天晚上，我们玩得很疯狂，我喝醉了，于是就找了个地方休息。第二天早晨，当我醒过来的时候，感到头很疼，所以就没开车，步行去的实验室。

博：但是，同样是根据保安摄影系统记录，你从实验室出来报警是在早上 8：14。请问你在这漫长的 16 分钟里到底都干了些什么？

李：当我走进实验室的时候，我看见"阿拉克涅"正在桌子上乱爬，原本系在它身上的各种设备，除了给副脑提供动力的主电缆以外，都已经脱落了。至于这些设备是怎么脱落的，我就不得而知了。但是，按照监测电脑的记录，设备处于非正常状态已经超过4个小时了。而我也看到我的老师王吉尔教授躺在地上。当我俯下身子想看个究竟的时候，却发现……他已经死了。于是，我立刻用实验室的主控计算机向"阿拉克涅"发送强制麻醉信号，让它失去行动能力。然后，给它重新接上那些脱落的设备。完成这一切以后，我便离开实验室去报警。

博：但是，你不觉得你的解释有些太不合常理吗？一般情况下，当人们发现尸体的时候，总是惊慌失措的，而且会马上跑出去找人帮忙。为什么你能够这么镇定地做这么多事情？

李：是的，先生，我想你说得很对。不过，我是个科学家。而且，我是学医出身。尸体，对我来说是司空见惯的。要知道，在那时，我的老师已经死去多时了。而挣脱了各种设备的"阿拉克涅"同样面临着生命危险。如果当时主电缆也被挣脱了，那它恐怕也死了。在这里我希望诸位能够了解的是，"阿拉克涅"是我和我的老师生命里最有价值的东西。如果换了是我死在实验室里，我想我的老师同样会这么做的。

博：那么，你是怎么知道王吉尔教授已经死了很久了？

李：看尸体的僵硬程度！据我判断，老师已经死了超过8个小时了。

博：就像我刚才说的那样，保安摄影系统是相当精确而可靠的。但是，为什么它没有给本案提供任何有价值的线索呢？

李：我想这可能是因为这个系统有盲点……

博：是在实验室？

李：不，不是，先生。虽然实验室里也没有安装摄影机，但是你不能称那是盲点。因为如果安装了摄影机，那就意味着我们的整个实验过程会被别人轻而易举地获取，这是我们决不能允许的。我所说的盲点指的是实验室的那扇后门。穿过那扇后门是一条走廊，连接着我和我老师工作的那个房间。那里没有保安摄影机。至于为什么没装，我也不知道。总之，从我到实验室工作开始就那样了。不过，在我的印象里，那扇门始终是锁着的。记得关于这件事情，我也跟警察讲过了。

博：是的，警方的确曾经调查过那扇门，确实没有发现被撬开的痕迹。但是这也不能排除哪个有钥匙的人在事发时进入过现场。

李：你错了，博拉先生。第一，整个实验室的所有钥匙和电子钥匙卡，都是由我的老师亲自保管的。其他人都只拥有自己工作区范围内的钥匙或者电子钥匙卡。而能够打开后门上的那把老式锁的钥匙，整个实验室里只有老师身上有。第二，我确信没有人能够在不被发现的情况下，从后门溜进实验室。因为在那扇后门的对面是一家24小时营业的便利店，几乎每一分钟都有人值班。如果有谁想从实验室的后门进入的话，一定会被便利店里面的职员发现。

博：这就是后门没有安装摄影机的原因吗？

李：或许吧！

博：这么说来，你对那一带的环境相当熟悉了。

李：那是当然。你知道，我在那里工作已经超过5年了。有时，我们在实验室加班，还经常打电话到那里订外卖。

博：这么说，他们还提供上门服务。

李：是的。不过，每天晚上 11 点到第二天早上 7 点，因为值班人手不足，所以配送费用要加倍。

博：李先生，我记得你说，在案发当晚，你在参加一个朋友的午夜聚会，是这样吗？

李：是的。

博：而且，聚会的地方距离你工作的实验室很近？

李：是的。

博：有多近？

李：……不清楚，但应该是很近。

博：让我来告诉你吧！即使是步行，往返也不超过 20 分钟。

李：是这样吗？……或许是吧。

博：你们聚会那天所用的东西都是实验室后门的那家便利店提供的吗？

李：我不知道。因为我不是组织者。

博：但是你的朋友后来曾经对警方说，是你向他们推荐的那家店，而且你说那里的东西又好又便宜。结果，在第二天结账的时候，他们才发现那家店的配送费很高。他们为此对你很不满意。是这样吗？

李：抱歉，我不记得了。或许是那些事情已经过去很久的缘故吧。

博：李先生，我想再问你一次，你确信你从来就没有过实验室后门的钥匙吗？

李：没有！

博：你肯定？

李：非常肯定！

博：能让我看看你的钥匙串吗？

李：当然可以。(李远哲从口袋里取出自己的钥匙串递给博拉。)

博：李远哲先生，我再问你一次，你真的肯定这里面没有那把后门的钥匙吗？

李：当然，非常非常肯定。

博：好吧。这个还给你！其实，这也不奇怪，如此重要而明显的证据，当然早就被销毁掉了。

李：博拉·伊万诺维奇大律师，难道你是在怀疑我吗？怀疑是我杀死了我的老师王吉尔教授？如果真的是这样的话，那么我会认为这是无耻的诽谤。

博：别着急，李先生。我并不是在怀疑你，而是非常肯定，就是你——李远哲，谋杀了汉密尔顿联邦动植物研究所第九实验室的负责人，著名的动物学家和生物工程学家王吉尔教授。

李：哈哈哈，博拉先生，你不觉得自己的玩笑开得太过匪夷所思了吗？我刚才就说过，在案发的那段时间里，我正在出席一个朋友的午夜聚会，有超过 200 个人能够做我的时间证人。你倒是说说看，我要如何才能犯下那个令人发指的杀人罪行？

博：可是，据我所知，你的不在场证明只是持续到 1 月 8 日凌晨！在警方的例行调查中，和你一起参加那个午夜聚会的人说，你在 1 月 8 号凌晨的时候，便醉得不省人事。有人将你搀扶到一间卧房里休息。从那以后，直到早晨 7：00 以前，没有人再见过你……

李：没错，我喝醉了，在卧房里休息。

博：但是，你的很多朋友都说你的酒量很大，可那天你没喝几杯就醉倒了，对于这个你又如何解释？

李：酒量？这是一件很难说的事情。有时候大，有时候小，根本没有什么稀奇！而且，这也说明不了什么！

博：但是，在我看来却是能够说明一切的关键！这样吧，还是由我来说明你犯案的整个经过吧。

那天，你在聚会上佯装醉酒，当别人将你送到卧房里休息的时候，你就趁机偷了那人的手机——至于为什么这么做，我待会儿再说明。等那人走了，你便将那间屋子反锁，这样一来即使有人来，也会以为你在睡觉。而你却从屋子后面的窗户爬了出去，神不知鬼不觉地离开了聚会的地方，以最快的速度来到实验室的后门。因为午夜聚会地叫外卖的次数很频繁，所以那时候整个便利店就剩下了一个值班的店员。但是，为了稳妥起见，你就用偷来的手机给那家便利店打电话。因为你知道，那家店的值班电话在里屋，如果值班员要接电话就一定会进入里屋。你就趁机用偷配的钥匙打开后门，溜进实验室。而你离开实验室的时候，也是用同样的方法让便利店的值班员无法发现你。说到证据，当警方向当晚值班的便利店员询问可疑情况的时候，那位店员说，曾经在 1 月 7 日晚上 11：40 到 1 月 8 日 0：15 之间，先后接到了两个对方没有讲话的奇怪电话。而打出这两个电话的手机，经调查证实属于参加那天午夜聚会的某人，而他也就是扶你回房间休息的那个人。不过，这两个电话绝对不可能是他打的。因为他把你扶进房间之后，就发现自己的手机不见了，还为此大动肝火，找遍了整个屋子都未见踪影。关于丢失手机这件事，当天参加聚会的人都知道。而在第二天上午，这部手机却离奇地出现在了大厅的桌子上。至于你偷窃手机的目的，无非是为了掩人耳目罢了。按照你的计划，因为当天向便利店订货的人很多，所以没有人会怀疑参加聚会的人给便利店打电话是有其他的目的。而你之所以不敢说话，是因为你害怕那些熟悉你声音的店员会拆穿你的身份，破坏你的不在场证明。但是，这反而使我加重了对你的怀疑。

不过，当你第一次进入实验室的时候，你并没有杀死王吉尔教授，而是将他用麻药麻醉。同时精通电脑技术的你，还趁机伪造了电脑记录。第二天早上，你假装因为酒醉之后不敢开车。其实，你是走捷径赶到实验室，在你给王吉尔使用的麻药失去作用以前，用早已准备好的仿真毒牙和荧光毒素杀死王吉尔，然后销毁所有的作案工具。而你之所以会在实验室里待那么长时间，就是为了验证毒药的效果，而不是像你说的那样，给"阿拉克涅"重新装配上生命维持系统。事实上，通过分析和研究王教授的实验笔记，我们会清楚地知道，对于"阿拉克涅"而言，即使是负责供给副脑电力的主电缆完好无损，只要脱离其他生命维持装置超过 10 分钟，阿拉克涅同样会面临死亡。而按照你的说法，"阿拉克涅"就必须脱离生命维持装置超过 4 个小时以上，这是完全不可能的。当然，为了让谎言看起来像是真的，你的确使用实验室的主电脑向"阿拉克涅"的副脑发出了麻醉信号，但是这个信号却被连接在它身上的其他监视设备捕捉到了，这也就戳穿了你所谓"除主电缆以外的其他设备都被挣脱"的谎言。

李先生，对于以上这些你是否有什么辩解？

李：胡说八道！都是胡说八道。我问你，如果真是按照你说的那样，我为什么不在第一次进入实验室的时候就把教授给杀了？反而冒上被别人意外发现的风险，先把他麻醉，等到第二天早晨才把他杀死。你别忘了，教授的死亡时间是法医验尸以后才确认的。

博：你之所以要费这么大的力气来精心布局，就是要掩人耳目，栽赃嫁祸给"阿拉克涅"。你之所以要先麻醉教授，是为了能够赢得充足的时间来修改电脑记录。而之所以在第二天早上动手，是你用来杀人的那种名为荧光毒素的毒药的特性所致。我刚才说过，荧光毒素来自南亚的一种非常罕见的荧光植物体内，只有高度提纯之后才是致命的毒剂。与一般的神经毒剂不同，它不但会攻击生物体的神经网络，而且会加速肌肉的僵硬速度，从而混淆死者的确切死亡时间。而对于一般的法医而言，荧光毒素中毒是闻所未闻的，自然难以确切判断。再加上李远哲通过一系列的假象，使调查人员产生了先入为主的主观臆断，更使得整个案情变得扑朔迷离。这些正是他瞒天过海的鬼魅伎俩。

李：够了！你还要胡扯多久？如果真的如你所说，那就拿出证据来！你有证据吗？你不会有证据的，不会，不会，你不会有的。

博：哦！你这么自信吗？现在我就拿出证据来给你看看。（博拉从公文包里拿出了两张数据光盘，将其中的一张交给了掌管听证会技术设备的官员。过了一会儿，大厅的光线便暗了下来，听证大厅东侧的电视墙被启动了。）

在场的诸位，正如李远哲所说的那样，在王吉尔实验室里，后门和实验室内的确曾是保安摄影系统的盲点。但是，在案发前一个月，王吉尔教授委托另外一家安保公司，在实验室内也安装了内藏式夜间摄影系统。这个系统白天不工作，只是在晚上 11 : 00 到第二天凌晨 5 : 00 之间才启动。

而安装这个系统的时候，李远哲因为去南亚某地度假，所以并不知情。其实，他去南亚的真正目的，不是度假，而是向当地的违法毒物经销商购买荧光毒素。而在那次交易以后不久，卖给他毒剂的经销商就被当地警方逮捕了。从他的家里，找到了李远哲用来购买毒剂的旅行支票。并且，那个经销商也对这宗买卖供认不讳。

不过，就是这个在李远哲度假期间安置的摄影系统，在案发当天，拍摄下了李远哲第一次进入实验室内作案的全过程。（博拉示意技术设备官员播放那张光盘上的录像。录像的大致内容是一个明显是左撇子的蒙面人闯入了实验室，从身后打晕王吉尔教授，随即掏出注射器给王吉尔进行静脉注射。然后，又奔到实验室的主控电脑前，飞快地操作了起来。）

为了节省时间，录像只是摘要播放。这里插一句话，你蒙面并非为了躲避摄影系统，因为你根本就不知道有摄影系统存在。那不过是你以防万一的手法罢了。

事实上，这个秘密是今天没有到场的爱德华·冯·克莱门特律师发现的。说起来也很凑巧，给王吉尔实验室安装内藏式夜间摄影系统的安保公司，因为债务问题而在这件案子发生前3天，向法庭申请破产保护。爱德华·冯·克莱门特律师就是这桩破产案的代理律师，他是在无意中发现这个大秘密的。这也就是他敢于作为唯一的一名辩护律师出席今天听证会的原因。不过，很不幸的是，他因病而不能来这里了。所以，就委托我这个老师来做代言人。

李：这算什么？啊！就因为我是左撇子，就断定我是杀人凶手。没错，我是到南亚旅行过，但是我的旅行支票被人偷了，你们去查呀！有案底的。

博：那不过是你的掩耳盗铃术而已。真没想到，你居然到现在也不肯承认自己是杀人犯。那好吧！就让我来揭穿你这个杀人恶魔的真面目吧！我问你，你今天有没有戴手表？

李：没有！

博：是吗？但是，你是怎么知道应在什么时候离开这个听证大厅的呢？

李：直觉。

博：直觉！不是吧，我看你是害怕自己的阴谋被揭穿，所以才想逃之夭夭的吧！

李：胡说八道。

博：是吗？请技术官先生将我刚才交代的那个画面放大。

博：各位，请注意这个罪犯的右手手腕。一般而言，左撇子的人都把手表戴在右手上，这和一般用右手的人把表戴在左手上是一样的，都是为了便于另一只手的书写。大家看到了吗？

对了，是手表。那是一块纯金的机械手表，这样的东西在现在来说不但是难得一见，而且可以说是稀世珍宝。据我所知，这块金表是王吉尔教授在你23岁生日的时候，送给你的礼物。因为是定制的，所以全世界独一无二。李先生，这一点你不否认吧！

李：没错，我是有这样一块金表，但是……但是在出事之前，就已经被别人偷走了。

博：唉！真没想到，你到现在还在狡辩。李先生，我记得在我们谈话的一开始，你说你今天下午要接受交通肇事法庭的传唤，是吧？而据我所知，这件事发生在不到一个星期前。

李：是啊！那又如何？

博：既然这样，不妨让我们再看看你超速驾驶那天的情景。（博拉把另一张光盘交给了技术官。不一会儿，屏幕一分为二，左边还是那个蒙面人戴着手表的手腕，右边则是李远哲在开车的画面。）这就是那天李远哲先生在超速驾驶时，被路边的监视器拍到的照片。请技术官先生按照我刚才的要求重新定位。（不一会儿，李远哲握住方向盘的手便被放大了。）我想不用我多解释了，大家都看到了，那是什么？没错，就是刚才李先生声称在杀人案发生以前就遗失的手表，却在一个星期以前的时候，还戴在他的右手手腕上。而且，这块手表也就是案犯在行凶的时候，戴在右手手腕上的那块。这一切都证明你——李远哲，就是不折不扣的杀人凶手。李先生，你还有什么要狡辩的吗？对了，李先生，我得告诉你，原定今天下午交通肇事法庭的庭审被延期了。因为代理律师爱德华·冯·克莱门特先生在昨天生病住院了。所以，他还委托我向你表示歉意。

李：不、不、不！怎么会这样？不会的，不会、不会，我没有理由……我没有理由……你说——你说，我、我、我为什么要杀教授，啊！我、我为什么要杀他？为什么？

博："阿拉克涅"——被变成蜘蛛的少女。我想，这是你唯一合理的杀人动机。

李：你、你、你，你不是人，你不是，不是的。告诉我，你怎么会、怎么会什么都知道？

博：我是怎么知道这些的无关紧要。但是，我所感兴趣的是那些我不知道的。这个故事还不完整，剩下的我希望你能够加以补充。

在经过了将近 10 分钟的沉默之后，李远哲似乎渐渐从被揭穿的惊愕中恢复了过来。

李：我真是没有想到，我最后还是没有斗过王吉尔这个老狐狸——没错，是我杀死了王吉尔。但是，我并不后悔我的行为，他是罪有应得。

唯一让我感到惊讶的是，你——博拉先生，以及克莱门特先生，居然如此轻易地就识破了我的手法。要知道，为了这个计划，我精心准备了一个多月，而且翻阅了众多的侦探小说和刑侦档案，才最终设计出这个计划来。但是，看来我实在是太愚蠢了。我居然相信，这个世界上有完美的犯罪，而且自以为可以做到完美……

我有个妹妹叫娟娟，是我的同胞妹妹。我们的父母很早就去世了，我们兄妹俩自小相依为命，在孤儿院里长大。我妹妹的身体很弱，常常生病，每次她生病，我都会整天整夜地陪着她。我知道，她不喜欢生病，可是还是经常生病。所以，我决定以后一定要当个医生，这样的话，不管妹妹生多重的病，我都能给她治好。后来，我真的进了东方联合大学的医学院读书，还差点当上了医生。

可是，就在我读三年级的时候，我在生命科学学院选修了王吉尔的基础生物神经学，他当时已经是第九实验室的负责人了，但还在东联大兼课。我就这么跟那个魔鬼认识了。因为我是医学院的学生，而且数学和计算机的功底都很深，所以我在那门课上的表现很抢眼。于是，王吉尔就想把我挖到他的门下。其实在那个时候，他就已经开始酝酿这个科研计划了，而我扎实的专业知识正是这个项目所需要的。当然这些都是他后来才告诉我的。

当时的我其实很矛盾。我妹妹的身体依然不好，时常需要有人照顾，而且大部分的医疗费用都是靠我的奖学金来负担的。我原来打算毕业以后，就找一份固定的工作养家糊口，另外也可以多抽出一些时间来照顾妹妹。但是，在内心深处，我对于上学深造还是有着强烈的渴望的。我希望能够读更多的书，成为一个博学的人。

后来，我不知道王吉尔从什么地方知道了消息。于是，就找我去谈话，他答应我只要我转投到他的门下，他不但保证负担我读研究生的全部费用，而且还保证帮我向校方争取全额奖学金。至于我妹妹，他保证找最好的医院和医生，一定把她的病治好。你知道，我很小的时候就没有了双亲，也从来不知道什么是父爱。或许那时候，我真的把他当成我自己的父亲了。

可是，其实他是想利用我，利用我的才华来达到他的目的。不过，如果他真的只是想利用我，那也没什么，不是说能够被爱自己的人利用也是一种幸福吗？可我呢！我居然不知不觉地把自己的灵魂出卖给了魔鬼。

我照他说的做了，从医学院转到了他的研究所。他也兑现了对我的承诺，送我的妹妹到了最好的医院去检查治疗。最后，医院确诊我妹妹患的是一种罕见的遗传性脑病，需要长期住院治疗。这也意味着我必须长期留在王吉尔的身边工作，因为只有他才能给我那么高的薪水，供我妹妹住院治疗。可是，过了不到一年，我妹妹的病情却突然恶化，不久就死了。我当时非常难过。虽然当我妹妹的病被确诊以后，主治医师就告诉过我，我妹妹的病随时都可能恶化，而且一旦恶化就会危及生命。不过，我相信有了最好的治疗，我妹妹一定会痊愈的。虽然我明知道这是个很蠢的想法，但是我相信一定会有奇迹，至少她的病不会继续恶化了。可是，从小就和我相依为命的妹妹还是死了。不过，我想她是带着微笑离开的。在我得知真相以前，我一直都这么想。

自从妹妹死了以后，我便了无牵挂了，一心一意地帮助王吉尔搞他的项目。虽然有时候他会把我的成果记在他的名下，但是我想很多教授和导师都做过这种事情吧，况且，他还曾经给过我那么大的帮助，所以我一点也不计较。

后来，我们的科研项目陷入了死胡同。依靠常规的数理逻辑建立起来的副脑思维模型，与一般的人脑思维系统的差异实在是太大了，我们慢慢地发现，被实验动物变得更像智能机器，而不是人。为此我们尝试了许多的方法，结果都失败了。因为进展缓慢的关系，王吉尔就给了我假期，让我出去放松一下。可是，当我度假回来的时候，原来的实验品都不见了，出现在我眼前的就是"阿拉克涅"。而且，我发现以前的那些问题都已经解决了。新的副脑系统已经相当成熟，并且开始越来越多地具备类似人脑的特征。当时，我真的很激动，而且也更加佩服那个老家伙，甚至以为他真的是个少有的天才。

但是，从那以后，每次我面对"阿拉克涅"的时候，都会有一种非常奇怪的感觉。虽然我清楚地知道它不过是一只蜘蛛，但是每次当我在它身边工作的时候，都会有一种亲切和友善的感觉，仿佛我们是老相识。而且，每当这个时候，仪器记录的"阿拉克涅"的情感变化也会变得异常的强烈。不过，在相当长的一段时间里，我并没有在意这些。

直到不久以前，王吉尔突然要我以度假的名义去南亚，找一个毒物经销商购买高纯度的荧光毒素。这当然是一次非法交易，但是对于我们这些人而言，有时候为了科研的需要，这也是很正常的事情。类似的非法买卖，我们以前也干过几次。这次照例也是先把钱存进我的银行账户，然后由我带着旅行支票前去交易。

可是，就在我将荧光毒素带回来不久，这座城市里就接连发生了离奇的命案。开始的时候，我也没太留心，但是那些被害人的名字却似乎耳熟。直到去年年底，当第七个被害人出现的时候，我才突然想起，先后被杀的七个人都是我妹妹曾经就诊过的那家医院的医生，其中也包括给我妹妹治过病的三个人。我觉得事情很蹊跷，于是就在网上查找相关的报道。结果让我非常吃惊，虽然那时候警方并不知道他们的死因，但是我却知道他们无一例外，都死于荧光毒素中毒。这是因为，高纯度荧光毒素是一种非常恐怖的毒剂，它毒性大、发作快且没有解药，同时它不仅像一般毒剂那样通过麻痹神经系统置人于死地，而且它还能促使肌肉加快僵化，进而分解肌肉组织。中毒者在死后18个小时内，整个尸体就会萎缩成干尸的模样，惨不忍睹。而那七个人全都是这种死法。据我所知，这座城市里，除了我们这家实验室，没有谁会有这东西。而在实验室里，除了我和王吉尔以外，没人知道荧光毒素的事——如果不是我干的，那一定是王吉尔。可是为什么呢？

我曾经旁敲侧击地问过他，但是他总是避而不谈。老家伙做事开始变得很小心，而且似乎还有意防着我。我知道，这里面肯定是有文章的，不过我只能靠自己找出答案。

我回想起，当年给我妹妹治病的医生里面，还有一个人活着，只是不在这个城市居住了。于是，我就利用假期去找他。结果，终于让我找到了他。一开始，他根本就不想跟我合作。我就给他看那些人的死亡报道，而且对他说，如果不跟我合作，他就是下一个。最后，他终于说了实话。原来，当年王吉尔曾经参与了一个秘密的脑科学研究项目，目的就是要搞清楚人的思维构成，并且用计算机技术手段进行仿制。而这项研究的一个前提，就是需要通过一系列被现行法律明文禁止的脑外科方法，将某些患有特殊脑病病人的思维流程，进行提取、复制、建模。事实上，每个被试者在经过了那些实验以后都必死无疑，其中也包括我妹妹。但是，这个科研项目中途搁浅了，参与其中的科学家和医生订立了攻守同盟，并且保证销毁所有相关资料。不过，那人说他对最近发生的谋杀一无所知。

　　凭我的直觉，我相信他说的是实话。但是，我真不敢相信，我最敬重的一个人，居然把我妹妹推进了火坑里，眼睁睁地看着她死去。从那一刻开始，王吉尔在我心里的形象彻底变了，他不再是慈祥的父亲，而是一个十足的恶棍。不过，在他得到报应以前，我还得了解更多的事情。我得想办法让王吉尔说出全部的秘密。

　　后来，我找了个机会把王吉尔灌醉了。结果他酒后吐真言，不但承认了当年所有的事情，而且他还告诉我，我当年所有上学的费用和所谓的奖学金，都是我妹妹参加那个科研项目的"抚恤金"。我成了什么东西？我今天的一切，居然都是靠出卖自己的亲妹妹得到的。而且，他还承认死的那七个人，都是他用荧光毒素毒死的。至于这样做的原因，他说是他擅自保留了当年我妹妹的脑组织结构框架模型，而且用在了"阿拉克涅"的身上。我告诉你们这意味着什么！这意味着，在那个丑陋的蜘蛛躯壳里锁着我妹妹娟娟的灵魂。这可能就是我们能够有心灵共鸣的原因吧！但是，这个消息被当年同样参加那个秘密科研项目的另外七个人知道了，他们以此来要挟和敲诈王吉尔。于是，那老家伙就一不做二不休，把他们一个不剩，全都杀人灭口。七条人命啊！再加上当年死在手术台上的那些冤魂，王吉尔的手上沾满了鲜血。我当时就想把他碎尸万段，但是我还是忍住了。我不能让他死得那么痛快。我也要让他品尝一下，被人杀死的滋味！

　　从那以后，我就开始精心策划这次行动。至于过程，就像博拉先生所说的那样，一点都不错。但是，为了让人们不把王吉尔的死和另外七个人的死联系起来，我深入研究了荧光毒素的发作机理，将剂量调节到既能够隐瞒真实的死亡时间又不至于使得肌肉组织萎缩溃烂。最后，我只是用沾了荧光毒素的解剖针在他的动脉血管上刺了一下，老家伙就归西了。如我所料，这个细微的伤痕被法医忽视了。但是，我却没有料到，最后居然是他送给我的金表和老家伙偷偷装的摄影机出卖了我。

其实，我现在反而觉得轻松得多。虽然我做了许多的掩饰，但是也做好了随时被揭穿的准备。纸里终究包不住火！但是，能够亲手替妹妹报仇，我就是死了也没什么可惜的。

博：李远哲，你真的以为自己是正义的使者吗？你错了，你和王吉尔一样都是十足的恶魔。你明知你的老师所犯下的罪行，却不敢将其揭露出来，唯一的理由就是你也是王吉尔凶残计划的参与者，你同样害怕自己的罪行被揭露，这一点你和王吉尔没有任何区别。对你来说，杀死王吉尔并不是为了替妹妹报仇，仅仅是为了消灭在这个世界上能够以你的罪行来要挟你的人而已。在你的心里，"阿拉克涅"从来就不是你的妹妹，和王吉尔一样，你不过是把它当成你取得名誉和地位的工具而已。否则，你绝不会让它承担杀人的罪责。事实上，你希望人们能够尽快处死"阿拉克涅"，这样你和你的老师的那些罪行就会永远地被掩盖，不是吗？

我想给你看点东西！（博拉又从自己的公文包里拿出了一沓文件。）虽然实验室里的摄影机只是拍到了你第一次进入实验室时的行动，但是当你第二次进入实验室并且行凶的时候，"阿拉克涅"却目击了你的整个犯案过程。这些都是实验室里的电脑在你行凶的那段时间里记录下来的"阿拉克涅"的情绪变化曲线图。作为项目的参与者，你应该知道这些曲线的含义吧！

李：——惊讶——痛苦——悲伤——绝望——（强行输入镇静讯号）！

妹妹、妹妹，难道这就是你看到哥哥为你报仇时的想法吗？

妹妹，难道你不愿意看到哥哥为你报仇吗？

妹妹，难道哥哥真的错了吗？难道哥哥真的也变成了王吉尔那样的坏蛋了吗？

告诉哥哥，这都是为了什么？这到底是为什么？为什么！

……算了，无论如何，一切都结束了，结束了，结束了……

我是一个十恶不赦的罪人，我是的。

妹妹，哥哥对不起你，哥哥错了。

休庭 15 分钟

布特大法官再次敲响了法槌，"鉴于本案事实真相已经查明。我宣布，本次听证会会场听证调查到此结束。有关李远哲谋杀王吉尔一案，将交由一般司法程序审理。我宣布，现在休庭 15 分钟。15 分钟以后，调查委员会将聆听辩方对本案的结案陈词。"

"结束了，又是一个。"博拉长出了一口气，放松地坐回了自己的座位。

这时候，布特从主席台上走了下来："博拉，我的老朋友，祝贺你又了结了一桩蹊跷的官司，而且是一口气了结了三个案子。好家伙！我得替司法界的朋友们好好谢谢你。"

"哦！得了吧，老布特。你在开我玩笑吗？"博拉笑着对布特说，"找出事实真相也是律师的职责之一，不是吗？但愿我的突然介入没有给你带来麻烦。"

"那怎么会呢！"布特说，"不过，当我得知你要来做这个案件的辩护律师的时候，我还真有点替你担心。没想到你还是像往常一样，神速而又出人意料地把案子给解决了。不过，让我纳闷的是，在以前的几次听证会上，那个年轻的克莱门特似乎没有什么惊人的表现，为什么他能够在一夜之间发现这么多至关重要的证据呢？"

博拉又是淡淡地一笑："克莱门特是我最出色的学生之一，但是他毕竟还很年轻，有时候他的思维也显得有些缺乏创造力。事实上，昨天他住院的时候，将手里的所有案子全都委托给我了。那些证据关联准确地说是我发现的。不过，我已经老了，即使能够解决这个案子，也不会有更多的好处。可是，对于年轻人而言，这意味着一个不错的机会。虽然这么干有作弊的嫌疑，但是我希望你能够保守这个秘密。"

"好的！"布特转身向休息室走去，"亲爱的博拉，就像人们常说的那样，你不但是个好老师，而且是个好教练。"

此时，显得有些没精打采的检察官小野健三郎走了过来，耸了耸肩，对博拉说："教练，这次是我输了，而且是一口气输掉了三个连环案。看来我的确不是一个好队员。我记得您曾经对我说过，我总是像个发明家似的，喜欢寻找简单的方式来解决最复杂的问题，对于一个律师或者检察官来说，这不见得是好事，早晚会吃亏。可惜直到今天，我才明白您这话的意思……无论怎样，输给教练，我无话可说。"

"小野，我看你还是没有真正弄懂我的意思。你知道吗？你也是我最出色的学生之一。而且，我现在依然这么说。"博拉说，"不过，作为联邦检察官，作为一个受人尊敬的执法者，你应该明白，在法庭上，最重要的不是个人的胜负，而是事实真相和司法公正。其中，公正司法仅仅是法律的底线罢了，司法的目的是寻觅事实真相，让那些罪犯得到应有惩罚。因此，对于我们而言，唯一的胜利者只是真相，而我们不过是一些孜孜以求的人而已。如果你想成为法庭上的常胜将军，那就最好永远站在真相这边。"

"您始终是我最好的教练！"一直绷着脸的小野终于露出了笑容，"我能够去拜访您吗？我的意思是同时拜访卡拉总检察长，向他汇报有关这个案子的详细情况。"

"当然，为什么不能呢？不过，你最好星期二来。那天，我俩都会在家。"

"好吧！到时候，我一定登门拜访。"小野转过身子。

"等等，小野，"博拉叫住了他，"喂！你还没跟我拥抱告别呢！难道离开学校这么久以后，你已经完全忘记怎么和你的老教练告别了吗？"

小野笑着转过身来："当然不会的！我说教练，您已经这么大年纪了，怎么还是这么孩子气！好吧！那就让我再一次地拥抱尊敬的博拉教练。"说着，小野伸开双臂，和大鼻子伊万紧紧地拥抱在一起。

结案陈词

在场的女士们、先生们，尊敬的布特大法官和巴顿勋爵阁下：

就在 15 分钟前，我们在这个神圣的法庭上，成功地揭穿了一个经过精心策划的罪恶把戏。正如你们看到的那样，我们最终获得了有关这起事件的全部真相，并且纠正了一宗可能的冤案。为我的当事人……不！应该说是为一只无辜的、并不讨人喜欢甚至是"臭名昭著"的大蜘蛛讨回了公道。然而，身为本案辩护律师的我，却并不为此而感到高兴。事实上，当我将所有的线索归纳起来，按照正确的逻辑推导出事实真相的时候，我也为案件离奇的结果而感到万分的惊愕。

算起来，在我所经手的案件中，这宗案件并非是最复杂的，但却是最诡异的一个。要知道，这场官司不仅仅断送了一个优秀青年学者的锦绣前程——虽然从任何意义上讲，他都是咎由自取——而且扯出了一系列严肃而棘手的社会和伦理问题。

同大多数人一样，我认同在科学研究中，应该保持起码的理性、社会道德规范和法制观念。但是，在这个案件中，我们可以清楚地看到这条人文社会规范的底线是多么的脆弱！

我想，此时此地，在我们这些人当中，身为科学伦理学专家的巴顿勋爵，恐怕是对这个问题的严重性，认识最为明了的一位了。然而，通过这个案件的调查与审理，我们不得不承认，在绝大多数情况下，人们往往还是低估了问题的严峻性和紧迫性。

正如各位知道的那样，作为本案受害人的王吉尔教授，并非是纯粹的无辜者。这不仅仅是说他将擅自非法制作的脑组织结构框架模型用于实验，更令人发指的是，他为了自己的名誉和利益不至于受到损害，不惜成为连环命案的元凶。但是，同样身为科学家的李远哲，在得知事实真相以后，并不是通过正当的渠道寻求问题的解决办法，反而将他过人的智慧，用于一个精心布置的谋杀骗局，从而达到他所谓的"复仇"的目的。这恐怕将不是简单的"意气用事""为情所累"所能够概述的。我们有必要将这个问题上升到精神乃至人性的高度加以阐述。

通过我对本案案情和背景的深入了解，李远哲的种种过激行为都因他健康人格心理被扭曲。最近几年，他在实验室中的主要负责项目，也就是用常规计算机技术编写仿生脑程序，因为遭遇技术瓶颈而始终没有突破。而王吉尔改用脑组织结构框架模型作为解决方案，就意味着李远哲数年工作的彻底失败。可以想象，巨大的挫败感转化为寂寞和孤独彻底包围了他。而由于感情失去寄托，他陷入了极度的情绪低落之中，因此，向来被称为"超级天才"的他，也不得不面对更多从未体验过的失败和挫折。因此，我们有充分的理由相信，心理的失衡将这位青年英才最终推向了犯罪的道路，并引发了这个悲剧。不过，或许真的如他自己所说，我们这些局外人的确是永远也无法理解他所面临的创伤和痛苦。

然而，有一件事或许是我们应该了解的，那就是作为一个优秀的科研工作者就意味着要时刻面对着无比巨大的压力。这些压力有可能是来自社会、家庭、朋友、伙伴或科研对手，更主要的还是来自难以捉摸的科学本身。而这些压力已经足以使某些科学家陷入难以抒怀的痛苦——能够进入象牙塔当然是一种荣耀，可当他们在向塔顶攀登时，除去精致的墙壁之外，所剩下的恐怕只有心灵的孤寂。而在当今这个充满竞争和不断变化的时代，对于那些能够给予竞争对手沉重压力的精英人物，往往要承受来自外界的数倍的"反压力"。此时，他们最需要的是心灵的抚慰，甚至是良好的心理治疗。但是，事实上在大多数的情况下，却由于种种原因而无法实现。在我看来，这个责任既有个人的，也有社会的。而这种心理状态的病态积累，直接导致精神状态恶化，又极有可能成为过激甚至犯罪行为的心理依据。可以想象，这种行为一旦是来自掌握着高度智慧的科学家，那么所造成的恶劣影响也将是灾难性的。

在相当长的一段时期内，我们对于小说家们所杜撰的"科学灭世"的故事，总是用荒诞不经加以形容。然而，一旦这种威胁的现实可能性被揭露的时候，我们又显得束手无策。这里最关键的一点是我们似乎还无法找到约束科学奇才蜕变为"科学狂人"的有效手段。但是，透过这个案件，我们应该能够充分地认识到这个问题的严重性。同时，也必须尽快建立一套行之有效的针对科学家们不良心理倾向的排险机制，至少也要在理论上确定一个可行的方向。而基本的思路将是，用心理（医）学的方法，给从事科研工作的人群提供有力而针对性强的心理咨询和治疗，减轻他们的心理压力，使那些可能有损于个人、家庭和社会的行为，在萌芽期就得以根除。而当我们把上述理论原则体制化之后，我们就有理由相信，科学技术的危险程度将会在现有的基础上降低一个档次。同时，我也相信，这样的工作将有助于整个社会的健康和发展。毕竟，这个被称为"知识阶层"的社会群体，掌握着整个社会将近 80％ 的创造力。

　　除此之外，我希望各位注意和思考的是，当我们将设计并实施了谋杀的罪犯绳之以法之后，是不是就意味着所有应该偿付的责任都已经了结了呢？未必如此。追本溯源，今天我们之所以要如此兴师动众、耗费大量社会资源来追查一宗其实不算复杂的谋杀案，在我看来，完全是因为整个刑事侦查部门和司法系统，过分迷信现代刑侦技术和细化的司法调查程序。虽然事实证明，在大多数情况下，它们的应用确实提高了办案的效率，但是，当面对计划周密的高智商犯罪的时候，分散在众多部门的案情细节，以及程式化惯性刑侦思维模式经常会使调查者陷入罪犯精心预设的逻辑陷阱。当然，请不要将这些善意的批评理解为对参与调查本案的先生们的冷嘲热讽。事实上，正是以诸位先生细致而缜密的工作为前提，我才能将整个案情的所有细节拼凑在一起，从而揭开所有的谜团。可是，如果那些连贯的细节和不应该出现的疏漏能够被及时发现和穿连，或许罪犯早已经认罪服法，而不必像现在这样无端地浪费我们这些纳税人的金钱了。在此，我希望联邦的司法官员们都能够引以为戒。

　　不过，对于我们大多数人来说，只要是案件的真相能够大白于天下，使无辜者不必为那些不应该由他们负责的事情负责，这本身就是一件令人感到兴奋的事情。在这里，我要警告那些心存恶念的人，只要是人类犯下的罪行，就不可能掩饰完美。而且，我希望那些执迷不悟的家伙，能够记住一句来自古老东方的告诫：若要人不知，除非己莫为。